Helga Flatland

Roman

Aus dem Norwegischen von Elke Ranzinger

Eine moderne Familie

Weidle

Liv

Die Alpenzinnen sind wie Haizähne, sie spitzen aus einem im Zuschnappen erstarrten Maul durch die über Mitteleuropa hängende dichte Wolkendecke. Sie verwirbeln den Wind, er reißt von allen Seiten am Flugzeug, und wir sind darin so klein, die Hinterköpfe vor mir ruckeln im Takt. In dem Landstrich unter uns findet über die Hälfte der Bevölkerung es in Ordnung, Kinder zu schlagen, denke ich, und für einen Moment suche ich mit dem Blick nach meinen eigenen, die vier Reihen weiter vorne hinter den Rückenlehnen der Sitze völlig verschwinden. Daneben Olaf, dessen Kopf halb an der Kabinenwand, halb am Sitz lehnt. Vor ihm Ellens blonder Scheitel, und durch die Sitze hindurch sehe ich, daß Mamas Kopf an Ellens Schulter ruht, sie schläft. Papa kommt den Mittelgang entlang, um den Hals die neuen Bose-Kopfhörer, hatte er die etwa auf dem Klo dabei? Ein plötzliches Gefühl tiefer Zuneigung, ich lächle ihn an, aber er bemerkt mich nicht. Er setzt sich neben Håkon, dessen Gesicht ich nur teilweise sehen kann, die hohen Wangenknochen und die Nasenspitze vom Licht des Computers vor ihm leicht bläulich gefärbt.

Sie könnten irgendwer sein. Wir könnten irgendwer sein.

In Rom regnet es. Darauf sind wir vorbereitet, seit drei Wochen checken wir täglich die Wettervorhersage, besprechen sie am Telefon, in Textnachrichten und in der Facebook-Gruppe und sagen, es spiele keine Rolle, es sei April und das Wetter unvorhersehbar, und wärmer als in Norwegen wäre es allemal, das Wetter ist ja nicht der Grund für unsere Reise – trotzdem war die Stimmung bei zwanzig Grad und Frühlingssonne am Flughafen in Gardermoen eindeutig besser als jetzt in Fiumicino bei dreizehn Grad und Regen. Ist vielleicht auch einer Art verfrühter Antiklimax geschuldet, unsere Nervosität und gegenseitige Zugewandtheit aus Gardermoen sind im Laufe des Flugs abgeflaut, erste Etappe geschafft, alle atmen vorsichtig auf.

Daß die anderen jetzt mit mir hier sind, fühlt sich wie ein Eindringen in meine Privatsphäre an, sogar am Flughafen. Ich versuche Olafs Blick aufzufangen, möchte eine Bestätigung dafür, daß er das auch so empfindet: Rom und alles Drumherum, alles, was damit zusammenhängt, gehört uns. Durch die Ankunftshalle zu gehen ist heute anders, ich atme nicht so befreit auf, wie wenn Olaf und ich allein hier sind, ich spüre nicht dasselbe Kribbeln. Aber Olaf ist gerade damit beschäftigt, Zugtickets für alle zu besorgen, und ich ärgere mich über meine Undankbarkeit, meine Egozentrik. Als Wiedergutmachung nehme ich Hedda auf den Arm, küsse sie auf die Nase und frage, ob ihr das Ruckeln im Flugzeug Angst gemacht habe. Sie windet sich in meinen Armen, bestimmt zuckergeschockt von den Keksen und der Schokolade, die Olaf nur im äußersten Notfall zum Einsatz bringen sollte.

Wir werden zwei Tage in Rom bleiben, dann fahren wir weiter zu dem Ferienhaus von Olafs Bruder in einem kleinen Dorf an der Küste. Zwei Tage sind zu kurz und zu lang, schießt es mir durch den Kopf, während ich die kleine Familie, die ich mit Olaf geschaffen habe, und auch die, aus der ich komme, mit neuen Augen betrachte.

In vier Tagen wird Papa siebzig. Bei seiner Geburtstagsfeier letztes Jahr hat er mit der Gabel an sein Glas geklopft und verkündet, nächstes Jahr werde er sich und seiner ganzen Familie zum Geburtstag eine Reise schenken. »Wohin auch immer«, hat er laut gesagt, sich zur damals vierjährigen Hedda umgedreht und ergänzt: »Vielleicht fahren wir ja nach Afrika!«

Die Idee an sich, die Art, wie er sie bekanntgab, und seine beinahe exaltierte Stimmung in den Monaten vor seinem Neunundsechzigsten sahen ihm gar nicht ähnlich, weswegen Ellen mir in der Zeit danach täglich eine Liste von Symptomen bei Gehirntumor schickte. »Bestimmt nur seine Reaktion darauf, bald siebzig zu werden«, meinte Olaf, wogegen Ellen und ich heftig widersprachen: Er sei nicht der Typ, der auf sein Alter reagiere, über Leute mit sogenannten Krisen anläßlich von Geburtstagen sowie deren Kompensation mit auffälligen Verhaltensweisen habe er sich immer lustig gemacht, das sei nur eine Maskierung anderer Bedürfnisse. Und da Papa nicht krank wirkte und auch nicht anderweitig in einer Krise und unsere Besorgnis sowieso nicht unsere Lust auf einen gesponserten Urlaub übertrumpfen konnte, gingen Ellen und ich dem nicht weiter nach.

Wir sind schon seit ungefähr zwanzig Jahren nicht mehr zusammen im Urlaub gewesen, nicht mehr, seit »Familie« nur Ellen, Håkon, ich, Mama und Papa waren. Gelegentlich haben wir Überschneidungen unserer Aufenthalte in der Sommerhütte geplant, dann blieben Mama, Papa, Håkon und vielleicht auch Ellen ein paar Tage länger, bevor Olaf, ich und die Kinder übernahmen, aber so eine Reise, eine geplante Wir-fahren-jetzt-gemeinsam-in-Urlaub-Reise, haben wir nicht unternommen, seit ich Anfang Zwanzig war und in der Provence gemeinsam mit Ellen und Håkon auf der Rückbank eines Mietwagens saß.

Ich kann mich nicht daran erinnern, daß wir uns damals so fremd gewesen wären wie jetzt. Fernab von Oslo und unserem Elternhaus in Tåsen, ohne die gewohnten Rahmen, die Muster unserer Gespräche, unserer Treffen, ohne unsere festen Plätze am Tisch, hat sich die Dynamik irgendwie verändert. Jetzt weiß keiner mehr, wie soll man sich aufführen, wie sich anpassen, welche Rolle übernimmt man. Vielleicht liegt es auch daran, daß wir drei erwachsene Kinder im Urlaub mit ihren Eltern sind.

Die Afrika-Idee wurde schnell verworfen – von allen außer von Hedda –, und genaugenommen schlug Olaf Italien als Reiseziel vor, wir könnten ins Haus seines Bruders fahren. Olaf achtet darauf, nie irgend jemandem etwas schuldig zu sein, und der Gedanke, Papa könnte ihm und seinen Kindern die Reise bezahlen, war ihm schnell unerträglich geworden. »Aber du kannst ihm kein Geld anbieten«, sagte ich, »das ist zu überheblich.« Als Kompromiß bezahlt Papa die Flugtickets und das Hotel in Rom, und den restlichen Urlaub wohnen wir umsonst im Haus von Olafs Bruder.

Wir sind für Italien viel zu groß. Hochgewachsen, hellhäutig und blond, im Restaurant passen wir kaum um den Tisch. Das Mobiliar und seine Anordnung ist für putzige kleine Italiener gemacht, nicht für Papa und Håkon mit ihren einsfünfundneunzig, nicht für so lange Arme und Beine, nicht für uns. Wir zwängen uns auf die Stühle, überall Ellbogen, Knie, viel zu viele aneinanderstoßende Glieder. Ellen und Håkon rangeln um Platz, sind plötzlich wieder Teenager; mir fallen die markanten Nähte zwischen den Sitzpolstern auf dem Rücksitz unseres Autos ein, die wir als Grenzlinien nutzten – nicht mal ein Jackenzipfelchen durfte die eigene Linie überqueren. Sogar der Luftraum rundherum wurde von diesen Nähten definiert. Håkon war erst drei, sein Aufwachsen war begleitet von Linien im Auto und von Schwestern, die Regeln aufstellten, im Zelt, am Eßtisch und im Leben generell.

Am Tisch neben uns sitzt eine italienische Familie, sie sind mehr als wir, ihr Tisch ist kleiner, und sie verspeisen ein Gericht nach dem anderen, wie das Olaf und ich bei unserem ersten Mal in Rom ausprobiert hatten. Wir sagten zum Kellner, wir hätten gerne genau das gleiche wie die Familie am Nebentisch. Ich hatte das schon öfter beobachtet, wie sich diese großen italienischen Familien jeden Abend stundenlang zum Essen niederließen, mit ihren Kindern und den Großeltern, lautstark redend und wild gestikulierend wie im Film, und ich vermißte meine eigene Familie – auch wenn ich bereits damals wußte, es wäre nicht dasselbe, wenn die anderen tatsächlich da wären. Hier. Jetzt sind sie hier, wir sind jetzt hier, an diesem Tisch: Mama, Papa, Ellen, ihr Freund Simen, Agnar und Hedda, Olaf und ich – und Håkon.

Mein Blick geht zu Papa, er sitzt am Tischende, und mir wird schlagartig bewußt, daß wir uns genauso hingesetzt haben wie bei Mama und Papa zu Hause. Papa sitzt am Kopf, Mama links von ihm, ich neben ihr – und Håkon ihr gegenüber, daneben Ellen. Wer später dazugestoßen ist, Lebenspartner, Olaf, Agnar und Hedda, hat sich unserer Sitzordnung anpassen müssen, ich glaube nicht, daß wir darüber nachgedacht haben. Der einzige, der einen stillen Aufstand geprobt hat, ist Simen – die paar Mal, die er bei Familientreffen anwesend war, plumpste er auf den Stuhl neben Ellen, eigentlich Håkons Platz, legte den Arm auf ihre Stuhllehne und klammerte sich demonstrativ fest, bis sich alle anderen gesetzt hatten.

Papas volles Haar ist grau: An die dunklen Haare, die er auf meinen Kindheitsfotos hat, erinnere ich mich nur vage – in meiner Erinnerung ist er schon immer so grau wie jetzt. Unsere Blicke begegnen sich, und er lächelt, ich frage mich, was er denkt, ob er zufrieden ist, ob er sich das so vorgestellt hat. Vielleicht hat er sich überhaupt nichts vorgestellt, normalerweise stellt er sich nichts vor, läßt aber immer Kommentare über mich und meine Vorstellungen ab: »Du mußt versuchen, die Dinge zu akzeptieren, wie sie sind, Liv«, hat er gesagt, als ich jünger war und völlig verzweifelt geheult habe, weil die Ferien, ein Handballspiel oder ein Schulaufsatz anders geworden waren, als ich mir das vorgestellt hatte, und obendrein wegen der Unmöglichkeit, Papa klarzumachen, wie entscheidend es war, daß alles exakt so wurde, wie ich mir das ausgemalt hatte, daß alle großen wie auch kleinen Ereignisse und Leistungen einem vorhersehbaren Verlauf folgen mußten, um kein unfaßbares Chaos entstehen zu lassen. »Man kann das Leben aber nicht bis ins Detail planen«, hat Papa gesagt, »du mußt akzeptieren, daß du nicht die ganze Zeit alles unter Kontrolle hast!«

Jetzt beugt er sich zu Mama, mittlerweile hört er auf dem linken Ohr, das am Eßtisch ihr zugewandt ist, schlechter, sie hebt die Hand und schirmt ihre Worte gegen den Restaurantlärm ab – oder andersrum. Papa sieht sie nicht an, er lächelt und nickt.

»Na, habt ihr euch entschieden?« fragt er laut in die Runde und wedelt mit der Speisekarte, noch ehe Mama die Hand wieder gesenkt hat.

Seit wir die Karten bekommen haben, sind gerade zwei Minuten vergangen, und er hat seine noch nicht einmal aufgeschlagen.

»Erst mal sollten wir vielleicht Wein bestellen«, sagt Mama.

Auch darauf geht Papa nicht ein. Aufmerksam studiert er jetzt die Speisekarte. Sie beugt sich zu seinem schwerhörigen Ohr und wiederholt ihre Worte laut, und er nickt noch einmal, wortlos, sieht nur nach unten. Mama lächelt, aber nicht zu ihm, zu keinem von uns. Klappt die Weinkarte auf.

»Wir müssen ja nicht die ganze Zeit zusammen verbringen«, hat Mama gesagt, als wir dabei waren, die zwei Tage in Rom zu planen, und niemandem außer ihr der Besuch im MAXXI ein Bedürfnis war, wie Håkon es ausdrückte. »Ein Bedürfnis«, hat sie wiederholt, »das ist für mich kein *Bedürfnis*. Ihr redet darüber, als wäre es so was Grundlegendes wie essen, ich hab einfach Lust, meiner Auffassung nach gehört es dazu.« Und obwohl auch Håkon und Ellen da waren, hatte ich wie immer das Gefühl, das ging an mich, unter ihren kritisierenden Worten lag eine Botschaft, in diesem Fall, daß Olaf und ich schon mehrmals in Rom Urlaub gemacht hatten, ohne ein einziges Kunstmuseum besucht zu haben. Genaugenommen war es überhaupt ein Angriff auf unsere Art, Urlaub zu machen, die Kinder zu erziehen, zu leben – jedes Mal trifft es denselben Punkt, so tief drinnen, daß ich es nicht einmal in konkrete Gedanken fassen kann, es ist nur ein winziges Pieksen von einem Gefühl, im Gedächtnis als etwas abgespeichert, wogegen ich mich verteidigen muß. Rom sei ja insgesamt ein Museum, habe ich schnell geantwortet, es gebe da an sich schon soviel zu sehen, daß ich es eher überflüssig fände. Sie lächelte nachsichtig, wie immer, wenn sie meine Verteidigung durchschaute oder ich etwas sagte, was sie selbst heute noch als naseweis klassifiziert. »Sei nicht so naseweis«, sagt sie, und jedes Mal vergesse ich, daß ich vierzig bin.

»Na ja, wir müssen ja nicht die ganze Zeit zusammen verbringen«, hat sie gesagt und forschend beobachtet, wie die Worte bei uns ankamen, und jetzt, vor dem Kolosseum, gefangen im Getümmel einer japanischen Touristengruppe, bin ich mir sicher, auch Ellen und Håkon haben das Gefühl, wir hätten lieber mit Mama Kunst anschauen sollen.

Papa ist auf eigene Faust in den Vatikan gefahren. Er hat nicht einmal gefragt, ob sonst jemand mit möchte, hat einfach während des Frühstücks seinen Plan für heute verkündet. »Und irgend etwas an diesem Benehmen ist seltsam«, habe ich nach dem Frühstück zu Olaf gesagt, »irgend etwas an den beiden ist seltsam. Du merkst das doch auch, oder?« bohrte ich weiter, wußte aber nicht, was ich selbst eigentlich merkte – einerseits waren sie netter zueinander als seit langem, neckten einander, lachten herzlich über die Erzählungen des anderen und beteiligten sich aufrichtig an den Diskussionen, die der andere bei Tisch aufbrachte, als wären ihnen Standpunkt und Ansichten neu – oder als hörten sie diese auf eine neue

Art. Andererseits hing über und zwischen ihnen etwas Distanziertes, vielleicht so etwas wie ein Mangel an Vertrautheit.

Olaf meinte, ich solle mich nicht so auf sie konzentrieren. »Wir sind ebenfalls im Urlaub«, sagte er, »und außerdem habe ich meine Zweifel, daß irgend etwas davon besser werden könnte, wenn du versuchst, sie zu ergründen, und jede Bewegung und jeden Blick interpretierst.« – »Mach ich doch gar nicht«, widersprach ich, woraufhin Olaf lachte.

Agnar besteht darauf, sich in die Warteschlange vorm Kolosseum einzureihen. Wir sehen weder, wo sie anfängt, noch, wo sie aufhört, das wird Stunden dauern. Ellen und Håkon schütteln lachend den Kopf und meinen, sie gingen lieber in dieses Café, an dem wir etwas weiter oben vorbeigekommen seien. Ich schaue zu Olaf, er zuckt mit den Schultern.

»Ich kann alleine rein«, sagt Agnar.

»Bist du verrückt?« antworte ich fast automatisch.

Agnar schaut zu Olaf.

»Eigentlich spricht nichts dagegen«, sagt Olaf.

»Eigentlich spricht *alles* dagegen, Olaf«, antworte ich.

Agnar ist gerade vierzehn geworden und meiner Meinung nach für sein Alter etwas unreif. Olaf meint, er sei genau richtig. Dabei beurteilt Agnar die meisten Situationen noch immer auf Basis der kindlichen Erwartung, alles werde sich irgendwie regeln, jedenfalls ohne jeglichen Gedanken an Konsequenzen, getrieben allein vom Lustprinzip. Hinterher folgt dann die große Reue, er verzweifelt richtiggehend, wenn ihm klar wird, daß Olaf und ich uns Sorgen gemacht haben, weil er beispielsweise über eine Stunde zu spät nach Hause gekommen ist und per Handy nicht erreichbar war – aber schon ein paar Tage später exakt dasselbe Lied. Wir haben ihm erklärt, er sei egoistisch, er müsse sich zusammenreißen, wir müßten ihm vertrauen können, aber zugleich weiß ich, um Vertrauen geht es gar nicht – es geschieht nicht mit Absicht, wie er selbst erklärt: »Wenn ich wo voll drin bin, vergeß ich mich einfach.« Er vergißt absolut alles andere, ich weiß, und ich verstehe es, aber Olaf und ich haben keinen blassen Schimmer, wie wir die Situation handhaben sollen. Außerdem erkennt sich Olaf beinahe schon zu sehr in ihm wieder und meint, momentan sei es am besten, wir ließen ihm eher mehr Freiheiten als weniger. Als wir vier Tage vor Abreise zu Hause in Oslo am Frühstückstisch saßen, mit dem artigen Agnar, wie Olaf ihn mittlerweile an Tagen nach solchen Auseinandersetzungen nennt, wenn Agnar sich darin überschlägt, uns was Gutes zu tun – Kaffee kocht und Frühstück macht und anbietet, auf Hedda aufzupassen und so weiter und so fort, bis in alle brave Ewigkeit –, war ich für den Versuch einer derartigen Lockerung offen.

Aber nicht hier, nicht in Rom. Ach komm, Olaf, bitte, sage ich mit dem Blick.

»Ich hab doch mein Handy«, sagt Agnar.

»Das du nur benutzt, wenn es dir paßt«, entgegne ich. »Ich komm mal lieber mit.«

Wenn er sich derart dafür interessiert, kann ich ihm doch einen Besuch im Kolosseum nicht abschlagen, überraschenderweise beschäftigt er sich seit ein paar Jahren intensiv mit Geschichte und Architektur, und als ich ihm erzählt habe, die Reise gehe nach Rom, bekam er leuchtende Augen.

»Nein, mußt du nicht, ich *möchte* alleine gehen«, sagt Agnar, trippelt ungeduldig auf der Stelle und fummelt nervös am linken Ohr herum, wie Håkon in Streßsituationen.

»Es geht nicht darum, was du tun möchtest, es geht darum, was du tun kannst und was nicht«, sage ich. Hedda zerrt an meiner Hand, sie will sich auf den dreckigen Asphalt setzen, ich ziehe sie wieder hoch, sie quengelt los, hängt mir wie ein Äffchen am Arm, meine Schulter tut weh.

»Er kann. Hör zu, wir machen es so«, sagt Olaf, legt Agnar die Hände auf die Schultern und sieht ihm direkt und eindringlich in die Augen. »Du hast jetzt zwei Stunden für dich. Bis drei Uhr also. Das bedeutet, wenn du innerhalb der Zeit nicht reingekommen bist, verläßt du die Schlange. Und um drei treffen wir uns in dem Café dort.« Olaf zeigt auf das Café, zu dem Håkon und Ellen unterwegs sind.

Agnar nickt, fast wie gelähmt, wagt kaum einen Blick zu mir, weil er Angst hat, ein Einwand von mir könnte ihm alles kaputtmachen. Aber Olaf und ich haben die beinahe unverbrüchliche Übereinkunft, vor den Kindern die Meinung des anderen zu teilen, wir sind in bezug auf Erziehung, Regeln, Grenzen konsequent und koordiniert, also kann ich nur nikken. Zumal ich ja auch stolz darauf bin, daß er sich so brennend für Dinge interessiert, die anderen Vierzehnjährigen komplett egal sind – und ich wünschte, Mama wäre hier und könnte ihn hören.

Olaf überprüft, ob Agnars Handy genug geladen ist, gibt ihm Geld und sagt, das solle er erst an der Kasse aus der Tasche holen, außerdem *müsse* er alle zehn Minuten auf die Uhr schauen, das sei ein Test, und wenn er die Freiheit haben wolle, um die er bittet, müsse er den bestehen. Ob Agnar verstanden habe?

»Alle zehn Minuten. Um drei. Geld. Im Café. Verstanden!« sagt Agnar, und auf seinem weichen, vertrauensseligen Gesicht erscheint dieses niedliche Lächeln, ein Traum für jeden Kindesentführer oder Pädophilen, mir wird vor Nervosität übel, dann verschwindet Agnar in der Menge.

Olaf geht mit Hedda zu einem Spielplatz in der Nähe, ich in Richtung Café, alle zehn Schritte drehe ich mich um und schaue, ob ich Agnar in der Schlange erspähen kann, weiß nicht mehr, wie ich selbst mit vierzehn war, bin aber ziemlich sicher, daß ich nie vorgeschlagen hätte, in einer fremden Stadt allein loszuziehen.

Håkon und Ellen sitzen am Rand einer Terrasse mit Ausblick übers Kolosseum. Simen hat sich entschieden auszuschlafen und stößt lieber erst zum Mittagessen zu uns. Eine für unsere Familie im Urlaub völlig undenkbare Einstellung: nicht aufzustehen, nicht rauszugehen, nichts zu *tun.* »Urlaub heißt für mich ausschlafen können«, hat Simen beim gestrigen Abendessen verkündet. Papa hat gezwungen gelächelt. Wahrscheinlich ist Simen auch der Typ, der ohne Probleme an einem freien Tag bei schönem Wetter im Haus bleiben und fernsehen kann, was für Håkon, Ellen und mich allein praktisch schon unmöglich ist. Selbst als Erwachsene bekomme ich ein schlechtes Gewissen, wenn ich das schöne Wetter nicht ausnutze, wie es Papa uns an jedem einzelnen sonnigen Samstag und Sonntag seit unserer Geburt als Lebensregel eingebleut hat.

Håkon hat eine Flasche Rotwein bestellt, ich bitte den Kellner um ein Glas. Ellen legt die Hand über ihres, als Håkon ihr einschenken will.

»Ich bin wieder mitten in einer Penicillinbehandlung«, sagt sie, »quäle mich seit einem Jahr mit einem rezidivierenden Harnwegsinfekt rum.«

»So oft, wie du Antibiotika schluckst, trägst du bestimmt maßgeblich zur weltweiten Antibiotikaresistenz bei. Vielleicht solltest du es lieber mal mit etwas mehr Moosbeerensaft versuchen«, meint Håkon.

»Interessant, du bist jetzt also auch Experte in Sachen Harnwegsinfekt, Håkon, gibt es eigentlich irgend etwas auf dieser Welt, das du nicht weißt? Wozu du keine Meinung hast?« erwidert Ellen, rollt mit den Augen, lächelt aber zugleich.

Ihre Frotzeleien beruhigen mich, doch mein Herz schlägt weiterhin schnell, und mein Blick richtet sich auf die Touristenmassen, in denen Agnar bestimmt herumirrt und keine Ahnung hat, wohin er soll. Ich schließe die Augen und trinke einen großen Schluck von meinem Wein. Beneide einen Moment lang Ellen und Håkon, die unbekümmert und frei von Verantwortung einfach nur in die eben durch die dünne Wolkendecke brechende Sonne schauen können.

Nur zu dritt sind wir selten. Erst seit Håkon älter ist, treffen wir uns ab und zu auf ein Bier oder zum Essen, immer auf Initiative von mir oder Ellen. Ellen ist zwei Jahre jünger als ich, Håkon wiederum acht Jahre jünger als sie, sein Dreißigster war vor ein paar Wochen. In den letzten Jahren, seit sich der Abstand zwischen uns nicht mehr so groß anfühlt wie früher, als er zehn war und ich zwanzig, sucht auch er den Kontakt, und wir lernen uns als Erwachsene noch mal neu kennen – auch wenn die Hierarchie weiterhin existiert. Ich glaube, Ellen und er haben ein ganz anderes Verhältnis zueinander, sie treffen sich häufiger und haben mehr Kontakt, bestimmt fühlen sie sich einander ähnlich, und sie sind sich auch *ähnlicher:* Beide ähneln Mama, haben dieselben blonden Haare und großen Augen. Ellen hat außerdem Mamas Kurven und Körperbau – weich und auf graziöse, ansprechende Weise füllig, ganz anders als ich, ich bin schon immer dünn, beinahe kantig.

Ich würde gerne tauschen, hätte gerne Ellens Körper, ich kann mich gut daran erinnern, wie schrecklich es mit sechzehn war, daß sie, die zwei Jahre jüngere, mehr Rundungen und größere Brüste hatte als ich. Daß die Jungs aus meiner Klasse bei uns anriefen, um Ellen zu sprechen. Ich war damals so wütend auf sie, meine Tagebuchaufzeichnungen verraten, daß ich sie richtiggehend haßte und daß ich hunderttausend Gründe erfand, warum das so ist, was wäre sie doch nervig, was für eine aufdringliche Ziege. Als sie dann auch noch vor mir ihren ersten Freund hatte und der mit uns am Abendbrottisch saß und ständig an ihren Haaren herumspielte, erklärte ich Mama, ich wolle ausziehen. Begründet habe ich es mit allem außer Ellen, aber im nachhinein ist mir klar, Mama muß mich durchschaut haben. In meinem Tagebuch steht, daß Mama etwas mit mir unternahm, daß wir Ausflüge machten, zu Oma und Opa fuhren, essen gingen oder ins Kino, daß sie viel Zeit mit mir und ohne Ellen verbrachte. Erwähnt habe ich das aber nur in Nebensätzen, als Kommentar oder Bewertung des Kinofilms, den wir gesehen hatten. Ich kann Mamas total offensichtlichen Einsatz nicht reflektiert oder erkannt haben, oder vielleicht war es mir einfach zu peinlich, sogar vor meinem Tagebuch, daß ich dafür bemitleidet wurde, eine kleine Schwester zu haben, die in jeglicher Hinsicht soviel gelungener war als ich.

Selbst heute überkommt mich noch manchmal kurz dieses erbärmliche und erdrückende Neidgefühl, manchmal flammt es auf, wenn ich wahrnehme, was für Blicke ihr zugeworfen werden, auf der Straße oder in einem Café, manchmal, wenn ich Fotos von früher anschaue, oder am schlimmsten, wenn ich sie bisweilen mit Olaf reden sehe – nein, andersherum, wenn ich sehe, wie er mit ihr redet. Ich habe ihn nie danach gefragt, auch wenn sich diese zutiefst primitive Frage mit naiver Kraft aufdrängt: Findest du sie schöner als mich, hättest du dich für sie entschieden, wenn du gekonnt hättest? Noch nicht mal während unserer heftigsten Streitereien, wenn ich kaum noch weiß, was ich tue oder sage. Wie oft hatte ich nicht Lust, es herauszuschreien, insbesondere am Anfang, habe mich aber immer rechtzeitig gebremst und lieber eine Freundin oder Kollegin von ihm ins Visier genommen: »Glaubst du, ich sehe nicht, wie du sie anglotzt«, schrie ich, »wie du dich ihr zuwendest und dich öffnest, aber glaubst du wirklich, du hättest eine Chance, glaubst du wirklich, *sie* ist an *dir* interessiert?« Ja, das ist ziemlich kleinlich und ziemlich erbärmlich, aber immer noch besser als die Alternative.

Mit Anfang Zwanzig wurden Ellen und ich enge Freundinnen. Als ich Olaf kennenlernte, nahm Ellen eine neue Rolle in meinem Leben ein. Auf einmal war sie jemand, dem ich mich anvertrauen konnte, ein Mensch, eine Schwester, jemand, der mir nahestand, und nicht mehr nur die Manifestation von allem, was ich sein wollte und nicht war. Ich studierte damals Journalismus und teilte mit einer Freundin eine Wohnung in Majorstua, während Ellen noch immer zu Hause lebte. Im Jahr nach meinem Auszug trafen wir uns, glaube ich, höchstens zu familiären Anlässen, ich kann mich lediglich daran erinnern, wie wunderbar es war, allein zu leben und mich nicht jeden Morgen in Ellen zu spiegeln, Freunde zu treffen, die nicht wußten, wer sie war. Dann lernte ich Olaf kennen, und auf einmal erschienen meine ambivalenten Gefühle für Ellen übertrieben und kindisch, sie und ich kamen uns schrittweise näher, und nachdem ich Agnar und Hedda bekommen hatte, waren die alten Gefühle nur noch eine schwache Brise, die mich daran erinnerte, wie es einmal gewesen war.

Nach zweieinhalb Gläsern Wein und soviel Sonne, daß meine Nasenspitze sonnenverbrannt prickelt, bin ich ruhiger. Und froh, daß Olaf das Heft in die Hand genommen hat, froh darüber, daß Agnar sowohl das Kolosseum sehen kann, als auch, daß er Eltern hat, die ihm Freiheit bei eigener Verantwortung geben. Froh, mit meinen beiden Geschwistern in einem touristifizierten Café in Rom zu sitzen, während sich unsere Mutter moderne italienische Kunst ansieht und unser Vater durch den Vatikan spaziert.

Ich wage nicht, weiter über meine Sorgen um Agnar zu sprechen, nicht, nachdem Ellen und Håkon mich verständnislos angesehen hatten, als ich ihnen noch vor dem Hinsetzen erzählt hatte, wie sehr ich unter Strom stand. Wir haben darüber schon öfter lang und breit diskutiert, ich weiß, Håkon findet, ich sei überbehütend, hätte zu viele Regeln für die

Kinder und deswegen auch zu viele Sorgen. Ellen ist von unserer Art der Kinderhaltung fasziniert, wie sie früher mehrfach ironisch angemerkt hat, seit einem Jahr mag sie nicht einmal mehr einen Kommentar abgeben – zieht sich bloß zurück, wenn wir anfangen, über Kindererziehung zu sprechen. Und auch wenn ich verstehe, was sie damit meint, daß wir Teil eines Trends seien, weiß ich dennoch nicht, wie ich es anders machen soll. Wenn ich mich gegen die intensive Fürsorge auflehne, die auf allen Ebenen und überall propagiert wird, werden die Leidtragenden nur Agnar und Hedda sein, sie geraten ins Abseits.

»Es ist jetzt vierzehn Uhr dreißig«, sagt Ellen und bricht damit in Håkons Reflexionen über unsere Klischeevorstellungen von der italienischen Großfamilie, obwohl Italiener heutzutage durchschnittlich nur etwas mehr als ein Kind pro Familie bekommen.

»Was ja, mal abgesehen davon, daß es von Rezession und schlechter Familienpolitik zeugt, an sich keine Katastrophe ist. Viele Kinder zu bekommen sollte nicht das Ziel sein. Im Gegenteil«, meint er, »die Welt ist sowieso überbevölkert.«

Ellen übertönt die letzten Worte seines Satzes, indem sie lautstark Mama parodiert, die immer, ob man sie nun danach gefragt hat oder nicht, nach einem Blick auf die Uhr verkündet, wie spät es ist.

Damit ziehen wir Mama seit Ewigkeiten auf, mittlerweile ist es ein Insiderwitz zwischen Håkon, Ellen und mir, sogar zwischen Olaf, Agnar und mir. Aber es hat zugleich etwas Verläßliches, Neutrales und Erhellendes. Und Håkon, Ellen und ich haben selbst begonnen – wenn auch in Mamas Tonfall witzartig –, einander und anderen die Uhrzeit mitzuteilen, entweder um eine Stille zu vertreiben, oder um bei diversen gesellschaftlichen Anlässen zum Aufbruch zu blasen, oder als reine Auskunft.

Ich lache, niemand, den ich kenne, kann besser parodieren als Ellen, sie hat eine besondere Beobachtungsgabe, kann noch so kleine Bewegungen imitieren, die Mimik, ein leichtes Schütteln des Kopfes oder einen bestimmten Augenaufschlag, und plötzlich hat sie sich in Mama, Oma, eine Freundin oder irgendeine bekannte Persönlichkeit aus der Politik oder dem Fernsehen verwandelt.

»Danke«, sage ich.

»Mein Gott, entspann dich, er ist vierzehn«, sagt Håkon.

Wir sind augenblicklich darin einig gewesen, daß Ellens vierzehn Uhr dreißig ein Versuch war, mich zu beruhigen – gleiche Assoziationen, gleiche Bezugspunkte. Ich frage mich, wieviel davon genetisch ist, ob wir dieselbe Programmierung haben, ob das der Grund für unser ständiges intuitives Verständnis voneinander und füreinander ist oder ob wir uns in der Art zu denken, reden, assoziieren und schlußfolgern einander angenähert haben. Jedenfalls gibt es zwischen Ellen, Håkon und mir solche Verbindungen, stillschweigend, beständig, losgelöst von Ort und Zeit.

Als ich direkt nach der Journalistenschule als Freie für ein Frauenmagazin arbeitete, schrieb ich über ein Zwillingspaar, das bei der Geburt getrennt worden war. Aber im Gegensatz zu den üblichen Zwillinge-die-direkt-nach-der-Geburt-getrennt-wurden-Geschichten ging es um eineiige Zwillinge, die absolut gleich aussahen, auf dieselbe Art sprachen, dieselben Voraussetzungen hatten, aber völlig verschiedene Leben lebten, verschiedene Entscheidungen getroffen und komplett unterschiedliche Werte hatten – der eine wählte extrem links, der andere weit rechts, sie hatten keine gemeinsamen Interessen und mochten weder dasselbe Essen noch dieselbe Musik oder dieselben Filme; strenggenommen hatten sie außer dem identischen Aussehen keinerlei Ähnlichkeiten. Sie fühlten sich nicht halbiert, hatten nicht, wie ich es in ähnlichen Artikeln gelesen hatte, in ihrer Kindheit und Jugend einen Bruder vermißt, von dessen Existenz sie nichts wußten, und sie konnten in keiner Weise spüren, was der andere dachte, oder gar die Sätze des anderen beenden.

Meine Redakteurin nahm den Artikel nicht an, meinte, an der Sache sei nichts Aufsehenerregendes oder Faszinierendes, sie wollte das Gegenteil, denn interessanter und spannender wäre, wenn sie tatsächlich dieselben Entscheidungen getroffen hätten, dasselbe Essen mögen würden und die Gedanken und Sätze des anderen beenden könnten. Ich glaube, sie war ein Einzelkind.

Agnar kommt um zehn nach drei angeschlendert, und ich muß mich ziemlich zusammenreißen, um ihm nicht ins Gesicht zu brüllen, was während der letzten zehn Minuten alles in meinem Kopf vorgegangen ist, denn Olaf legt ihm den Arm um die Schultern und lobt ihn, wie toll er das gemacht habe, nicht wahr, Liv? Die Erfahrung hat Agnar ungefähr zwanzig Zentimeter wachsen lassen, vor lauter Stolz und dem Gefühl, erwachsen zu sein, sind seine Schultern und sein Rücken kerzengerade, und so umarme ich ihn, statt zu schimpfen, gebe ihm einen Kuß auf die Stirn und lege meine Hände an sein Gesicht, das noch immer kindlich, rund, pausbäckig ist. Nur ein paar Pickel um die Nase erzählen davon, daß der Übergang vom Kind zum Erwachsenen begonnen hat.

»Absolut«, sage ich und lächle, »das hast du richtig toll gemacht. War es spannend?«

Diese Frage bereue ich sofort, denn Agnar legt los, bis ins kleinste Detail vom Kolosseum zu erzählen, andererseits bestreitet er den gesamten Weg zurück zum Hotel das Gespräch, und ich kann im Taxi meinen Kopf an die Scheibe lehnen und spüren, wie Olaf meine Hand drückt, als wir an dem Hotel vorbeikommen, in dem wir schon ein paar Mal gewohnt haben. Ich erwidere den Händedruck, streichle mit dem Daumen über seinen Handrücken, freue mich plötzlich auf die Weiterreise, raus aus Rom, darauf, in einem Liegestuhl zu liegen, mit Olaf an meiner Seite und einem Buch in der Hand zuzusehen, wie Hedda und Agnar im Pool baden – und daß der Rest der Familie um mich herumschwirrt, wie ich es mir in meinem Büro in Oslo sehnsuchtsvoll vorgestellt hatte. Ausnahmsweise war mir der Gedanke gelungen, wenn auch nur die Hälfte dessen, was ich mir vorstellte, einträfe, wäre ich zufrieden.

Wir haben uns auf drei Autos verteilt und verlassen Rom in Kolonne: Olaf, die Kinder und ich im ersten Wagen, Simen und Ellen im zweiten und Mama, Papa und Håkon im dritten. Obwohl Olaf fast schon verantwortungslos langsam durch den italienischen Verkehr steuert, verliert uns Mama in einem Kreisverkehr, sie nimmt die falsche Ausfahrt, und ihr Wagen verschwindet hinter uns im Verkehrsgewusel.

Ich sage zu Olaf, wir müßten umdrehen oder anhalten, aber wir sind auf einer dreispurigen Straße eingekeilt zwischen unzähligen Autos und können nur geradeaus weiterfahren. Ich rufe Papa an.

»Hallo, hier Sverre«, geht Papa typischerweise ans Telefon, obwohl er mittlerweile ein Handy hat und sehen kann, wer anruft.

Ich habe ihn mehrmals darauf hingewiesen, wie merkwürdig diese Art sei, sich am Telefon zu melden, wo er doch jetzt sehen könne, daß ich oder sonstwer, der ihm nahesteht, anruft – und wir unsererseits könnten ebenfalls sicher sein, wer rangehen werde –, aber er meint, es sei gewöhnliche Telefonetikette, seinen Namen zu sagen.

»Hallo, ihr habt euch verfahren«, sage ich.

»Das vor uns seid nicht ihr?« fragt Papa.

»Nein, ihr seid im Kreisverkehr falsch abgefahren«, sage ich.

»Aha, und wo seid ihr dann jetzt?« fragt Papa ruhig.

»Wo wir *sind?* Keine Ahnung, Papa, wir sind auf dem Weg raus aus Rom. Du mußt Mama sagen, daß sie umdrehen, zum Kreisverkehr zurückfahren und die dritte Ausfahrt nehmen muß. Und dann müßt ihr dem GPS folgen.«

»Das funktioniert nicht«, erklärt Papa. »Liv meint, wir müssen umdrehen«, sagt er zu Mama, ich kann nicht hören, was sie antwortet.

»Natürlich funktioniert es, Olaf hat es doch vor dem Losfahren eingerichtet«, sage ich. »Kannst du es bitte Håkon geben, damit er es wieder einstellt?«

»Håkon schläft«, sagt Papa, rund um ihr Auto wird jetzt so

heftig gehupt, daß ich das Telefon vom Ohr weghalten muß, Mama ruft irgendwas.

»Mein Gott noch mal, dann weck ihn auf!« fordere ich. »Ihr müßt nach dem GPS fahren, und wir warten auf euch, sobald wir irgendwo anhalten können. Ruft an, wenn ihr den großen Kreisverkehr verlassen habt.«

»Wie gesagt, das GPS geht nicht, aber ich werde das schon meistern«, beruhigt mich Papa. Er wird Håkon nicht aufwekken, teils aus Stolz – er will partout niemanden um Hilfe bitten, nicht im allgemeinen wie auch bei technischen Dingen im speziellen –, teils aus Rücksicht: Wenn Håkon müde ist, muß er schlafen.

Beide, Papa und Mama, haben ein extra großes Herz für Håkon, wie Mama gerne sagt, weil Håkon mit einem Herzfehler zur Welt kam und sie die ersten Wochen nach seiner Geburt geglaubt hatten, er werde sterben. Ich kann mich gut daran erinnern, an den winzigen Körper im Brutkasten, die ganzen Schläuche, ich glaubte, er wäre was Außerirdisches.

Als ich nach Agnars Geburt auf der Entbindungsstation lag, mußte ich viel an Mama denken, wie es wohl für sie gewesen war, da zu liegen wie ich gerade, nur ohne ein Kind neben sich; wie es gewesen war zu wissen, daß Håkon irgendwo in dem riesigen, unübersichtlichen Krankenhaus lag, mit einem winzigen Herzchen, das ein Loch hatte.

Während Håkons Geburt waren Ellen und ich bei Oma, und am nächsten Tag kam Papa zu uns, er saß am Küchentisch und weinte, bemerkte Ellen und mich kaum, wie wir ihn stumm anstarrten. »Ich wußte nicht, wohin mit mir«, sagte er zu unserer Großmutter, die seine Hand streichelte, als wäre er ein kleines Kind, »du kannst dir das nicht vorstellen, ich bin die ganze Nacht zwischen Entbindungsstation und Intensivstation hin und her gerannt.«

In den folgenden Monaten wohnten Mama und er abwechselnd im Krankenhaus. Håkon wurde operiert, die Farbe seiner Haut änderte sich, und er fing an zu schreien, und Mama und Papa waren für dieses Schreien so dankbar, daß Ellen und ich darüber buchstäblich verzweifelten. »Kannst du ihn nicht zum Schweigen bringen?« fragte ich in einer der ersten Nächte, nachdem er nach Hause gedurft hatte – Håkon schrie pausenlos, und Papa trug ihn mit seligem Gesichtsausdruck durch unser Wohnzimmer, das direkt unter meinem Zimmer lag –, und ich erinnere mich, wie Papa antwortete, er könne sich im Augenblick kein schöneres Geräusch vorstellen.

Aus der Angst, Håkon könnte sterben, wurde die Gewißheit, daß er ein wenig anders war, etwas zerbrechlicher, vielleicht ein bißchen wichtiger als wir anderen. Mama und Papa sorgten sich auf völlig andere Art um ihn als um Ellen und mich. Die Ärzte hatten sie darüber unterrichtet, daß er vielleicht in seiner Entwicklung hinterherhinken, Lernschwierigkeiten bekommen oder Verhaltensauffälligkeiten zeigen könne – und obwohl Håkon schon in der Grundschule einen Kopf größer und eine Schulter breiter als alle Klassenkameraden war, obwohl er schon vor der Einschulung lesen, schreiben und rechnen konnte und obwohl er eine fast übertrieben empathische Persönlichkeit hatte, machte sich Mama die ganze Zeit Sorgen um ihn, sie schien sich schier dem Gedanken zu verweigern, daß er ganz normal war.

Erst viel später sollte sich herausstellen, daß vielmehr Ellen Legasthenie hatte, viel zu spät entdeckt, was sie Mama und Papa noch heute vorwirft, »denn sie hatten ja nur Augen für Håkon«, sagt sie jedem, der es hören will, »und alle dachten, ich wäre dumm.« Das ist nicht wahr, niemand glaubte, Ellen sei dumm, das ist eine Aussage, die sie irgendwo über Legastheniker und Adoptivkinder gelesen hat; was jedoch stimmt, ist, daß es lange gedauert hatte, bis es entdeckt wurde, eher aber weil Ellen so intelligent war, daß sie ein eigenes System entwickelt hatte, Worte zu erfassen, und sich damit auf eigene Weise ziemlich gut durch die gesamte Grundschulzeit gelesen hatte.

Doch Håkon war der lang ersehnte Nachzügler. Seit Ellen zwei Jahre alt war, hatten Mama und Papa versucht, noch ein Kind zu bekommen, und auch wenn beide Ellen und mir die ganze Schwangerschaft hindurch versichert hatten, sie würden sich freuen, egal, was es werden würde, bin ich überzeugt, sie wünschten sich einen Jungen. Das ist überhaupt nicht seltsam, seltsam war nur, daß die beiden – sicher auch vor einander – darauf beharrten, sie wünschten sich ebensosehr noch ein Mädchen.

Als ich mit Hedda schwanger gewesen bin, habe ich gehofft, es werde ein Mädchen, und das habe ich auch jedem, der fragte, ganz offen erzählt. »Das kannst du nicht sagen, Liv«, sagte Mama. »Warum nicht«, antwortete ich, »nur undifferenzierte Menschen kapieren nicht, daß ich das Kind in jedem Fall liebhaben werde. Aber ich möchte jetzt nunmal lieber ein Mädchen, ich verstehe das Problem nicht.«

»Mir ist jedenfalls ganz lieb, daß du nicht einen Jungen bekommen wirst, dem später zu Ohren kommt, du hättest die ganze Zeit herumerzählt, du möchtest lieber was anderes«, sagte Mama, als klar war, es würde ein Mädchen werden. Ich antwortete, daß ich hoffte, meine Kinder würden nie so unsicher und unreflektiert werden, egal welchen Geschlechts.

Niemand weiß, warum Mama und Papa sich so schwergetan hatten, Håkon zu bekommen, warum es viele Jahre mit Fehlgeburten gedauert hatte, und in einer Privatklinik, in der Mama endlich Hilfe gesucht hatte, hatte man gemeint, es könne von einem Geburtsschaden kommen, der bei Ellens Geburt entstanden sei. »Eine grauenvolle Geburt«, sagt Mama zu Ellens großem Ärger immer. »Aha, du meinst also, daß ich dankbar sein muß?« bemerkt Ellen darauf, und dann fangen jedes Mal die exakt gleichen Reibereien an, die beiden sind sich so ähnlich, gleich stur, manchmal wirkt es, als konkurrierten sie um etwas, das sonst niemand versteht.

Håkon war jedenfalls ein sehnlich erwünschtes Kind und ist es bis heute. In familiären Zusammenhängen benimmt er sich bis heute wie ein kleines Kind, nimmt die Rolle des unbeholfenen Jüngsten ein, legt sich aufs Sofa, wenn wir Essen machen, geht vom Tisch, ohne seinen Teller abzuräumen, sitzt mit Kopfhörern und dem Mac auf dem Schoß mitten im Wohnzimmer, und seine schmutzige Wäsche bringt er erst seit kurzem nicht mehr nach Hause – wahrscheinlich weil seine letzte Freundin das einmal kommentiert hat. Sind Ellen, Håkon und ich unter uns, ist er ganz anders, dann ist er ein erwachsener Mann, der sich an erwachsenen Gesprächen beteiligt und erwachsene Probleme hat.

Aber wenn er sich bei einer Autofahrt durch Italien hinter Mama und Papa auf die Rückbank gelegt hat, muß er jedenfalls schlafen, denkt Papa, und ich beende ohne ein weiteres Wort über das GPS das Gespräch.

Das Haus von Olafs Bruder liegt auf einer kleinen Anhöhe über einem mittelgroßen Badeort an der Riviera. Wir fahren teils am sonnig glitzernden türkisen Mittelmeer entlang, teils weiter oben in den trockenen olivbraunen Bergen durch kleine Dörfer, in denen die Zeit stehengeblieben zu sein scheint, obwohl Olaf meint, diese Art von Kommentar sei ziemlich vorurteilsbeladen.

»Was weißt du schon?« fragt er. »Du weißt beispielsweise nichts über sie oder ihr Leben«, fährt er fort und zeigt auf eine alte Frau in schwarzer Kleidung, die vor ihrem Haus auf einem Hocker sitzt, offensichtlich ohne irgend etwas zu tun zu haben.

Ich antworte nicht. Drehe mich zu Hedda und Agnar um, die auf der Rückbank aus den Fenstern schauen.

»Stellt euch vor, hier leben Menschen!« sage ich zu ihnen.

Das sagte Mama früher immer, wenn wir mit dem Auto unterwegs waren, ob nun in Norwegen oder in anderen Ländern, und an einem Ort vorbeikamen, der auf uns einen verlassenen oder unwirtlichen Eindruck machte. Insbesondere kann ich mich an einen Ort in Portugal erinnern, wir hatten ein Auto gemietet und fuhren ins bergige Hinterland der Algarve. Ich war vielleicht vierzehn. Wir waren schon eine Ewigkeit auf schmalen, kurvigen Straßen unterwegs, die Luft flimmerte von der Hitze über dem Asphalt, und Ellen und ich kriegten den Mund nicht mehr zu, als Papa in vollem Ernst behauptete, auf dem Asphalt könne man bestimmt Eier braten. Wir fuhren durch ein kleines Dorf, es bestand vielleicht aus zehn bis zwölf Häusern, einem kleinen Markt und einer Tankstelle, an der Papa anhielt, um zu tanken. Die Tankstelle ähnelte eher einem kleinen Schuppen, die Schilder und Zapfsäulen waren rotbraun vom Rost. Davor, im Schatten eines kleinen Sonnenschirms, saß ein Mann. Als wir kamen, stand er auf. Er lächelte – Ellen sagte hinterher, er habe nur einen einzigen Zahn gehabt –, betankte für Papa das Auto, auch wenn Papa das lieber selbst tun wollte, und als wir wieder wegfuhren, schaute er uns nach. Ellen und ich drehten uns um und sahen durch die Rückscheibe, wie er kleiner und kleiner wurde. »Stellt euch vor, hier leben Menschen!« sagte Mama wie üblich, und plötzlich verstand ich, was sie meinte. Spürte eine unbändige Sympathie für diesen Mann, der hier zurückbleiben mußte, irgendwo in der portugiesischen Einöde, an einer Tankstelle, das war tatsächlich sein Leben. Er ging mir den ganzen Urlaub nicht mehr aus dem Kopf, ich hatte ein schlechtes Gewissen. Ein paar Tage später im Hotel fragte ich, ob sie glaube, daß er Familie habe. Sie konnte sich nicht einmal mehr an ihn erinnern, und ich erklärte ihr unter Tränen: »Dieser einsame Mann ohne Zähne an der Tankstelle, der dort bestimmt jeden Tag sitzen muß, ohne Familie oder Freunde oder Geld, ohne irgendein Leben.« – »Ach *der*, aber Schatz, Liv«, sagte Mama und lächelte mich an, »er würde sicher denken, daß unser Leben in Oslo unerträglich anstrengend und hektisch ist. Nicht jeder, der nicht haargenau so lebt wie wir, ist arm dran.«

Weder Agnar noch Hedda scheinen sonderlich auf besagte Phrase zu reagieren. Agnar ist mehr damit beschäftigt, uns die Algen zu erklären, die dem Mittelmeer seine Farbe geben, und Heddas Augen sind am Zufallen, gleich schläft sie ein, ich überlege, ob ich mich mehr darum bemühen sollte, sie bis zur Schlafenszeit wachzuhalten, damit sie nicht den ruhigen Abend, den ich mir ausgemalt habe, komplett verhindert oder verzögert, oder ob ich sie schlafen lassen soll. Bevor ich mich entscheiden kann, ist sie schon eingeschlafen, ich sage Olaf nichts, dem die Schlafhygiene der Kinder ein größeres Anliegen ist als mir.

Nach vier Stunden Autofahrt biegt Olaf auf einen plattenbelegten Parkplatz an einem Berghang ein, die Sonne steht tief über dem Meer. Die dichte Bepflanzung rund um den Parkplatz läßt mich das Haus überhaupt nicht sehen, nur eine kleine Treppe, die in das ganze Grün führt. Hedda und Agnar rennen sich die lange Autofahrt vom Leib, verschwinden die Treppe hinauf. Olaf lächelt mir erwartungsfroh und selbstsicher zu. Ich folge den Kindern und gelange geradewegs auf eine nach Süden ausgerichtete Terrasse mit Aussicht über die kleine Stadt und den weiten Meereshorizont dahinter. Agnar und Hedda jauchzen vor Freude über den in einen kleinen Vorsprung eingelassenen Pool, und auch mich überkommt eine leicht kindliche Begeisterung über das hellblaue Chlorwasser, auch wenn direkt unter uns ruhig und einladend das Mittelmeer liegt.

Die anderen kommen auf die Terrasse. Olaf macht die doppelten Glastüren zum Haus auf, wir betreten eine große Küche mit roten Terrakottafliesen und offenen Schränken, wir schwärmen aus, erforschen das große Haus, das in Olafs Erzählungen immer das kleine Ferienhaus gewesen war, das er seinem Bruder als Erbe gelassen hatte, als die Eltern vor einigen Jahre starben – ich höre Ellens Freudekreischen und Papas Beifallsmurmeln. Mama folgt mir in das größte Schlafzimmer, das nach Südwesten geht und dessen Decke Freskomalereien zieren, es riecht nach Weichspüler und Meer. Sie stellt sich ans Fenster, im Licht der roten Sonne glühen ihre Haare förmlich, sie sagt nichts, und für einen Augenblick bekomme ich Angst, sie könnte es hier zu überkandidelt, zu extravagant und zu abgeschmackt finden, aber sie lächelt mich an.

»Also, wenn das mal kein Schmuckstück ist«, sagt sie, ich glaube, es ist positiv gemeint; sie streicht mit der Hand über das breite Fensterbrett entlang.

»Ich hatte keine Ahnung, wie groß es ist«, sage ich, »fast ist der Gedanke ein bißchen bitter, daß Olaf es hergegeben hat.«

»Soweit ich verstanden habe, hat es so wohl nicht ausgesehen, als sein Bruder es übernommen hat, der Ausbau und die Renovierung haben Jahre gedauert«, entgegnet Mama.

Wann Olaf und sie wohl darüber gesprochen haben? Er und ich haben nie besonders viel über diesen Ort geredet.

»Ja, trotzdem«, sage ich.

»Ich glaube, du solltest froh sein, daß es dir nicht gehört, denk an die ganze Instandhaltung«, meint Mama, die immer und überall die Instandhaltungskosten sieht, in jedem Haus und jeder Hütte, die Ellen und ich uns gewünscht haben: »Nein, uff, denkt bloß an die Instandhaltung!« Gequält von Gewissensbissen wegen allem, was sie in der Ferienhütte in Lillesand tun müßte, die sie geerbt hat.

»Vor allem bin ich eigentlich darüber glücklich, daß Olaf seinem Bruder das Haus überlassen wollte und es keine häßlichen Erbstreitigkeiten gab«, sage ich und meine es genau so.

»Ja, nein, das ist unbegreiflich«, sagt Mama, und diese Antwort gehört eigentlich in ein Gespräch, das wir viele Male geführt haben, sie und ich sowie die ganze Familie, wie unbegreiflich uns Erbstreitigkeiten waren, die so weit gingen, daß nicht mehr miteinander gesprochen wurde, wie Materielles die emotionalen Bande zerreißen, alle Erinnerungen, Gene und Zugehörigkeit übertrumpfen konnte.

Olaf, der während eines dieser Gespräche gerade mitten in der Aufteilung des Erbes seiner Eltern steckte, argumentierte, daß das alles nicht ganz so einfach sei, denn das Materielle könne eine Metapher für unterdrückte Gefühle sein, für Gefühle von Benachteiligung und Ungleichbehandlung, die erst bei diesen Auseinandersetzungen hervorträten. Ich weiß nicht, ob er seinem kleinen Bruder gegenüber solche Gefühle hegte, glaube es aber nicht, vermutlich hat er das Haus in Italien zum Schätzpreis weggegeben, weil er es zum einen nicht haben wollte und seit jeher eine übertriebene, mitunter unnötige Fürsorge für seinen Bruder an den Tag legt, und zum anderen, weil Olaf ihm wie üblich nichts schulden wollte, auch nicht mittelfristig. Außerdem hätten wir genug Geld, sagte er, was stimmt, wir haben genug Geld, aber sein Bruder offensichtlich auch, denke ich jetzt, und mein Neidanflug ist mir peinlich – wie immer, in unserer Familie interessiert man sich nicht für Materielles, jedenfalls nicht für Geld.

Ich habe immer gedacht, wenn wir nach Mamas und Papas Tod das Erbe aufteilen, werden Ellen, Håkon und ich uns höchst einig sein, alles durch drei zu teilen, und was man nicht dritteln kann, werden wir gerecht verteilen, wir werden großzügig zueinander sein. Olaf wollte mich provozieren: »Was, wenn Håkon die Hütte in Lillesand will?« – »Er wird die Hütte in Lillesand nicht wollen«, war meine Antwort, und ich war da ganz sicher, er möchte lieber die Hütte von Oma und Opa auf Vindeggen. »Aber was, *wenn*«, insistierte Olaf, und ich antwortete, daß wir dann eine Lösung finden würden, aber eigentlich gibt es tief in mir keine andere Lösung, als daß ich sie übernehme; sie Håkon oder Ellen zu überlassen ist absolut undenkbar – und jetzt, wo Mama und Papa älter werden, spüre ich, wie undenkbar es ist, daß eines meiner Geschwister alles in allem mehr bekommen sollte als ich, daß sie besser wegkommen könnten.

»Ich bin so froh über diese Reise«, sagt Mama plötzlich, sie war gerade dabei, das Zimmer zu verlassen, ist aber auf dem Weg zur Tür plötzlich stehengeblieben, direkt vor mir, und sieht mich ernst an.

Ich lächle.

»Wie schön«, sage ich. »Ich auch.«

Sie legt die Arme um mich und drückt mich an sich, wir sind exakt gleich groß, aber ihr Körper ist weicher als meiner, fülliger und wärmer, und deshalb sind ihre Umarmungen mein ganzes Leben lang das Weichste und Tröstendste, das ich mir vorstellen kann.

»Du bist aber nicht kurz vorm Sterben«, sage ich in ihre Haare, wie wir es oft tun, wenn einer von uns sentimental wird, halb im Scherz und halb ernst.

Mama lacht und läßt mich los.

»Nein, ich sterbe nicht.«

Agnar und Hedda dürfen vor dem Schlafengehen noch in den Pool. Papa geht mit ihnen ins Wasser. Ich sitze auf der Terrasse und schaue ihnen beim Spielen zu, Papa hat wohl mindestens genausoviel Spaß wie Agnar und Hedda, ich erinnere mich daran, wie er immer mit uns gespielt hat. Das Spiel so richtig ernstnehmend. Wenn wir als Kinder Oma und Opa auf ihrem Hof besuchten, bauten wir auf dem Feld nach dem Dreschen aus Strohballen Hüttensiedlungen. Alle Kinder des Dorfes machten mit, und wir hatten klare Absprachen, wie das Spiel ablief – was die Küche, das Wohnzimmer, ein Sofa war, wer der Häuptling und wer ein Sklave und wer die Räuber waren. Eines Abends kam Papa, und alle waren sicher, er wollte uns reinholen, aber er fragte statt dessen, ob er mitmachen dürfe. Es war mir peinlich, und gleichzeitig war ich stolz, und schon bald hatte ich vergessen, daß er Papa war, denn er ging ganz in dem Spiel auf – und versuchte keineswegs, jemand anders gewinnen zu lassen.

Håkon kommt aus dem Haus und setzt sich neben mich. Ich muß oft daran denken, wie unterschiedlich er und ich aufgewachsen sind, wie uns das wohl geprägt hat. Ellen und ich haben dieselben Erinnerungen, dieselben Bezugspunkte, Regeln. Håkon mußte sich zu etwas ganz anderem verhalten, einer anderen Art des Aufwachsens, fast allein, in einem anderen Jahrzehnt.

Mama, Ellen, Simen und Olaf reden in der Küche miteinander, ich höre zwar nicht, was sie sagen, aber wie Ellen laut lacht. Sie bringt nach und nach Teller mit Oliven, Schinken und Käse, ein paar Flaschen Wein, stellt alles auf den Tisch und setzt sich zu uns. Simen kommt und umarmt sie von hinten, küßt sie mehrmals in den Nacken mit einer Art Grunzlaut, normalerweise berührt es mich peinlich, wie zärtlich die beiden vor unseren Augen miteinander sind, aber im Augenblick stört es mich nicht.

Olaf ruft die Kinder. Zeigt mit ausladenden, eindeutigen Bewegungen auf seine Uhr.

»Wir hatten eine Abmachung, Agnar«, ruft er.

»Hört nicht auf ihn«, sagt Papa unter großem Jubel von Agnar und Hedda.

Ich drehe mich um und sehe nach Mama, sie ist nicht mehr in der Küche.

»Wo ist Mama?« frage ich.

»Sie hat sich wahrscheinlich kurz hingelegt«, antwortet Olaf.

»Nein, sie ist spazierengegangen«, sagt Håkon.

»Allein?« frage ich. Eine unnötige Frage, da alle anderen da sind, aber ich werde unruhig, es ist so typisch für sie, wenn alle etwas gemeinsam machen, muß sie demonstrativ etwas anderes tun.

Keiner antwortet, und keiner sonst scheint sich Sorgen zu machen, also beschließe ich, nicht weiter darüber nachzudenken. Olafs Rat zu folgen, nicht die ganze Zeit alle anderen zu beobachten, die Stimmung anderer zu erspüren, die Übersicht darüber zu erlangen, wer wann was fühlt, denn davon wird nichts besser ... Er hat natürlich recht. Nicht ganz leicht, diese Gewohnheit abzulegen, denn ich bin häufig bei Mama, erkenne die geringste Bewegung in ihrem Gesicht, kann an einer Falte im Mundwinkel sehen, ob sie frustriert oder erschöpft ist, an der kleinsten Bewegung ihrer Stirn, ob sie traurig ist, an ihren Augen, ob sie fröhlich ist. Oft denke ich, ich wäre die einzige, die mit ihr kommunizieren könnte, die sie verstehen könnte, wenn sie einen Schlaganfall bekäme und nicht mehr sprechen könnte, so verinnerlicht ist dieser Deutungsprozeß, so automatisch, ich muß sie kaum sehen und kann ihre Stimmung im Zimmer spüren.

Sie kommt nach einer halben Stunde zurück, ich bringe gerade Hedda ins Bett, sie kommt, um auch Gute Nacht zu sagen. Offenbar hat sie geweint, und ich muß wirklich meine ganze innere Stärke aufbringen, nicht zu fragen, nicht nachzuforschen. Ich richte krampfhaft meine Aufmerksamkeit auf *Pettersson und Findus*, das Buch, das Hedda auf diese Reise mitgenommen hat.

Am nächsten Morgen wecken mich die Grillen mit ihrem durchdringenden Gesang, und mir fällt ein, daß Agnar mir erklärt hat, das sei kein Gesang, dieses charakteristische Geräusch würde entstehen, wenn die Männchen ihre Flügel aneinander reiben, um ein Weibchen anzulocken, mit dem sie sich paaren können. Ich blicke zu Olaf, er liegt neben mir auf dem Rücken und hat die Hände unter dem Hinterkopf verschränkt, als würde er posieren. Ich drehe mich zu ihm und lege ihm die flache Hand auf die Brust, meine Fingerkuppen berühren die dünne Haut des Halsgrübchens, das durch den Pulsschlag leicht bebt, der erkennbare Rhythmus aus Atem und Puls gibt mir seit jeher ein Gefühl von Sicherheit.

Er wacht von der Berührung nicht auf, ich überlege, ob ich ihn wecken soll, damit wir miteinander schlafen können, bevor Hedda aufwacht, wie ich es mir in Oslo vorgestellt hatte –

ausgedehnte Morgen mit viel Zeit, ein Lufthauch, und im Sonnenlicht flattern weiße Gardinen, aber dann fallen mir Mama und Papa ein, und daß Papa heute siebzig wird. Ich küsse Olaf also nur leicht auf den Hals, er wacht auf und schüttelt einen Arm aus, der bestimmt wegen mangelnder Durchblutung abgestorben ist, legt ihn um mich und zieht mich an sich.

»Ich hatte überlegt, dich aufzuwecken, um mit dir zu schlafen«, sage ich. »Aber dann ist mir eingefallen, daß Papa Geburtstag hat.«

Olaf macht die Augen auf und schaut zu mir herüber. »Und statt dessen hast du mich also aufgeweckt, um mir das zu erzählen«, lacht er.

Ich nicke, lächle. Es hatte Jahre gedauert, bis ich in der Lage gewesen war, mit Olaf zu schlafen, wenn Mama und Papa in demselben Haus, derselben Hütte oder auch nur im selben Hotel waren, selbst wenn ihr Zimmer weit entfernt gelegen hatte. Ich spüre ihre Anwesenheit immer gleich, egal, wie viele Meter Beton und Wände zwischen uns liegen. Als wir schon ein paar Jahre zusammen waren und wir einen ganzen Sommerurlaub mit ihnen in der Hütte verbrachten, mußte ich mich fügen. Aber ich finde es noch immer unangenehm, kann nicht wirklich loslassen oder aufhören, an sie zu denken – und am schlimmsten ist der Gedanke, *sie* werden bestimmt denken, daß wir miteinander schlafen. Olaf versteht nicht, warum. »Wir sind erwachsen, wir sind verheiratet«, sagt er, »und wir haben zwei Kinder miteinander.« Ich kann es nicht erklären, aber daß sie so an mich denken und mich so sehen könnten, fühlt sich wie ein Eindringen in meine Privatsphäre und unangenehm an.

»Ja, ja. Dann müssen wir deinen Vater wohl auf andere Weise feiern«, sagt Olaf.

Papa bleibt ausnahmsweise lange liegen, ich weiß, wieviel es ihn kostet, im Bett zu bleiben, um Hedda und Agnar die Freude zu machen, ihn mit einem Geburtstagsständchen aufwecken zu können, und bin dankbar.

Normalerweise steht er um sechs Uhr auf und geht joggen, angeblich wird sein ganzer Tag davon geprägt, wenn er morgens nicht zum Laufen kommt. Jetzt hat er Probleme im linken Knie, weil er zu viele Jahre zuviel auf Asphalt gerannt ist. Als der Arzt ihm mitteilte, man müsse vielleicht operieren, war er über alle Maßen empört, sprach wochenlang davon, weigerte sich, mit dem Joggen aufzuhören, und humpelte zu den Sportanlagen in Voldsløkka, bis er letztendlich ein paar Wochen Pause einlegte. Jetzt läuft er mit einer Kniebandage unter der Laufhose und weigert sich erneut, zum Arzt zu gehen, obwohl sein Knie rund und dick ist wie ein Fußball, aber wir haben aufgegeben, auf ihn einzureden. »Wenn er sein Knie kaputtmachen will, dann soll er«, sagt Mama und wirkt erstaunlich unmotiviert, ihn zu der Einsicht zu bewegen, entweder mit dem Laufen aufzuhören oder das Knie operieren zu lassen – oder höchstwahrscheinlich beides.

Als ich in die Küche komme, rührt Mama Pfannkuchenteig, sie ist offensichtlich schon lange wach – sie war einkaufen, auf der Anrichte stehen Beeren, Kaffee und Saft. An Geburtstagen gibt es bei uns Pfannkuchen, eine Tradition von Mama, die ich in meiner Familie fortgeführt habe. Ich kann mich nicht daran erinnern, daß ich Olaf gefragt hätte, wie er normalerweise Geburtstag feiert, fällt mir jetzt ein, da ich Mama beim Rühren des Pfannkuchenteigs sehe wie an jedem Geburtstagsmorgen seit meiner Geburt und vielleicht noch länger. Papa und sie frühstücken an Ellens, Håkons oder meinem Geburtstag weiterhin Pfannkuchen, obwohl der letzte von uns vor fast zehn Jahren ausgezogen ist.

Sie wirkt fröhlich, auf jeden Fall energisch, die Stimmung von gestern ist verschwunden, ich bin erleichtert.

»Herzlichen Glückwunsch zu dem großen Tag«, sage ich.

»Ebenfalls«, sagt sie und lächelt mich an. »Könntest du die Blaubeeren mischen?«

»Nein, das mache ich«, sagt Ellen von hinten. »Seit Liv Kinder hat, hat sie ja eine Zuckerphobie.«

Ich versuche zu lachen, aber die Luft entweicht als Schnauben. Ellen lächelt mich kurz an, kippt Zucker in eine Schüssel, zermatscht die Beeren mit einer Gabel, verrührt alles.

»Hier, willst du probieren?« fragt sie, ohne mich anzusehen, Hedda, die am Küchentisch zeichnet.

Hedda nickt. Ellen geht zu ihr und kippt etwas von der Mischung in ein Schälchen, gibt Hedda ohne ein weiteres Wort einen Löffel, Hedda hebt das Schälchen an den Mund und schlürft den rotblauen Brei. Die Zuckermassen knirschen zwischen ihren Zähnchen. Ich sage nichts, es würde sich sowieso nur eine Grundsatzdiskussion über Olafs und meine Kindererziehung entspinnen, über die sich Ellen häufig mit Mama wohlwollend lustig macht. »Hat Agnar heute auch nicht vergessen, aufs Klo zu gehen?« fragte Ellen beispielsweise vor ein paar Wochen, als wir am Sonntag zum Abendessen bei Mama und Papa waren. Wir wollten nach Hause fahren, und ich rief,

Agnar solle nicht vergessen, daß am nächsten Tag Fußballtraining sei, um ihn dazu zu bringen, sich von dem Spiel loszureißen, das er mit Papa spielte. Ellens Kommentar ließ Mama laut loslachen. »Ach, Liv, das war nicht böse gemeint«, sagte sie, als sie bemerkte, daß ich nicht lachte. »Aber du mußt zugeben, an Ellens Aussage ist was dran. Ihr wacht so dermaßen über eure Kinder, was nicht notwendigerweise falsch ist, es ist nur so anders, als du selbst aufgewachsen bist – ihr wart viel selbständiger, mir wäre nicht im Traum eingefallen, auf die Weise präsent und hinterher zu sein wie du und Olaf.« Ich biß mir auf die Lippe, um nicht zu antworten, es sei dabei vielleicht eher darum gegangen, daß sie in erster Linie mit sich selbst beschäftigt gewesen war, und nickte ihr statt dessen zu. Schon klar, was dann kam: Kinder hätten jetzt einen ganz anderen Stellenwert als noch vor einer Generation, der Fokus liege heutzutage ständig auf ihren Bedürfnissen, sie seien wie kleine Konsumenten mit großen Ansprüchen. Und die Eltern tanzten völlig verängstigt vor den Konsequenzen des kleinsten Fehltritts nach ihrer Pfeife, damit die Kleinen in einem Alter von drei Jahren auch ja *glücklich* seien. »Als ihr Kinder wart, habe ich, glaube ich, nicht ein einziges Mal darüber nachgedacht, ob ihr glücklich seid«, redete Mama weiter, »und trotzdem ist aus euch etwas geworden.«

Ellen und ich fahren in die Stadt, um fürs Abendessen einzukaufen, wir haben Mamas Einkaufsliste dabei. Als Mama damit ankam, mußte Ellen loslachen. »Ehrlich«, sagte sie, »wir reden seit mehr als einem Monat über dieses Essen, ich glaube, Liv und ich kriegen den Einkauf auch so hin.« Mama wurde sauer und fragte, was bitte daran falsch sei, wenn einem jedes kleine Detail am Herzen liege, wenn der Mann, mit dem man seit vierzig Jahren zusammen ist, siebzig wird und darüber hinaus der ganzen Familie eine Reise spendiert hat? Ellen antwortete, ihr liege ebensoviel an jedem Detail für das Fest des Vaters, den sie seit achtunddreißig Jahren habe, aber bevor ein richtiger Streit ausbrechen konnte, zog ich sie weg – und steckte Mamas Einkaufszettel in die Tasche.

Während ich auf Ellen warte, die eine Tasche kaufen will, die sie vom Auto aus in einem Schaufenster entdeckt hat, setze ich mich auf einen kleinen Marktplatz und bestelle einen Espresso. Genehmige mir die erste von fünfzehn geplanten Urlaubszigaretten. Hole Mamas Zettel heraus, sie hat eine charakteristische Handschrift, Noten ähnlich, mit langen Strichen und kleinen Schleifen, eine Erinnerung wird lebendig. Ich habe Mamas Schrift lange nicht gesehen, sie läßt mich an ihr Tagebuch denken, das ich mit siebzehn oder achtzehn heimlich gelesen habe. Wahrscheinlich war es eines von mehreren Tagebüchern, denn es hatte keinen Anfang und kein Ende, aber es lag einsam in Mamas Nachttischschublade. Es war einige Jahre alt, und ich weiß nicht, warum es da lag, vielleicht hatte sie abends darin gelesen, aber jetzt denke ich, daß sie vielleicht nach etwas gesucht hatte. Ich war total davon gefesselt, darin zu lesen, sie auf ganz neue Art kennenzulernen – und bereue es bis heute nicht. Denn auch wenn ich als Siebzehnjährige natürlich kapierte, daß Mama und Papa ein Leben vor mir gehabt hatten, vor Ellen und Håkon, vor dem, was zu einer fast konstanten Einheit geworden war, war es eine ganz andere Sache, darüber zu lesen. Ich las über die Zeit, bevor, während und nachdem sie Papa kennengelernt hatte, ich las wie in einem Roman, und was mich überwältigte – und was ich mir bis heute gemerkt habe –, ist, wie erwachsen und differenziert sie als Neunzehnjährige gewesen ist. Ich mit meinen siebzehn dachte beim Lesen ihres Tagebuchs, daß sie viel älter als ich wirkte, und wenn ich jetzt mit meinen Vierzig auf einem italienischen Marktplatz sitze und mich sowohl an die Atmosphäre wie auch an konkrete Formulierungen erinnere, finde ich weiterhin, sie wirkt älter und klüger, als ich jetzt bin. Als hätte sie mehr Übersicht, mehr Kontrolle.

Sie und Papa begegneten sich während der Studienzeit bei einer Veranstaltung, ich glaube, bei einer politischen Debatte. In ihrem Tagebuch schreibt Mama ausführlich und detailliert, wie sie ein Paar wurden, jeden Tag eine kleine Novelle mit Anfang, Wendepunkt und Schluß. Sie beschreibt Papa gründlich, er sei so groß, daß er sich bücken müsse, um in ihre Küche zu kommen, die Art, wie er geht, wie er steht, seine Stimme, sein Lachen. Ich kann mich erinnern, daß ich ihn wiedererkennen konnte, wenn auch durch ihre Analysen und Einschätzungen verfremdet. Außerdem zeichnet sie sich und ihn zu reflektiert und überlegt, wenn man bedenkt, wie jung sie waren, ich bezweifle, daß einer von ihnen so gedacht und gesprochen hat, wie sie es beschreibt – als wären sie zwei durch und durch erwachsene Menschen, die sich begegnen und die Entscheidung treffen, ein Paar zu werden. Gegebenenfalls war es auf Mamas Seite so, ohne daß ich verstehen kann, warum sie es so eilig gehabt hatte. »Sie war schön, intelligent, stark und begabt«, sagt Papa oft. »Das absolute Gegenteil von mir.« – »Er kokettiert nur«, antwortet Mama dann zufrieden und fügt hinzu, daß er ja die ganze Zeit von Mädchen umringt gewesen sei. »Auch nur, weil ich eine Gitarre gehabt habe«, sagt Papa.

Am Anfang schreibt Mama nichts über die Gegensätze, sie schreibt mehr davon, wie gut sie zusammenpassen. Sie haben dieselben Gedanken, Einschätzungen, Ambitionen, Werte, verhalten sich politisch zurückhaltend, wie sie schreibt – worin bestimmt diese Entschlußunfähigkeit begründet liegt, die ich von den beiden geerbt habe –, mal abgesehen davon, daß sie die Proteste gegen die Kriegsführung der USA in Vietnam offen unterstützten.

Auf den folgenden Seiten schärft sie ihre Argumente, vielleicht gegen ihn, vielleicht auch generell, klebt Artikel über den Krieg und den Vietcong ein, unterstreicht und umkringelt. Danach geht es vor allem darum, was sie sind, und bis der Punkt erreicht ist, an dem sie zu der gemeinsamen Überzeugung gelangen, ein Paar zu sein, schreibt sie fast das ganze Tagebuch voll, auch wenn es nur ein paar Wochen dauert.

Sie lügt ihr Tagebuch ganz offensichtlich auch an, als wäre es für jemand anderen geschrieben, mit banalen Lügen wie dieser: »Ich, die so viel langlaufen geht und die Natur so gerne hat, freute mich, als Sverre vorschlug, am nächsten Sonntag eine Langlauftour zu machen.« Mama haßt Langlaufen, schon immer, und das macht sie auch bei jeder passenden und unpassenden Gelegenheit klar, wie eine Art Protest gegen irgendwas, das keiner je ganz verstanden hat. Ich kann an einer Hand abzählen, auf wie vielen Langlauftouren sie mit uns war, aber andererseits ist sie immer stolz auf Papas Langlauftalent, gibt auf Festen oft damit an, weiß genau, wie viele Kilometer er gelaufen ist oder welche Ausrüstung er sich als letztes gekauft hat.

Gegen Ende erwähnt Mama dann ihre Gegensätze, aber ausschließlich als etwas Positives. Daß sie jemanden brauche, der sie hochzieht, der ihre Launen abmildert, der lacht, wenn sie weint, und schreit, wenn sie flüstert. Ich habe meine Mutter kaum je flüstern gehört, aber das ist eine der vielen Metaphern – sie hat versucht, literarisch zu sein, denke ich seitdem, ganz anders als ich in meinen chaotischen, wütenden, verliebten und unbeholfenen Tagebüchern, die ausschließlich als Ventil und Abfluß dienen. Der einzige Ort, an dem ich mir erlaube, unkontrolliert zu sein. Ihr Tagebuch scheint für die Augen von einem anderen geschrieben zu sein, vielleicht für Papa, vielleicht für mich, jedenfalls kann ich sie weniger wiedererkennen, und ich frage mich bis heute, ob das an mangelnder Selbsterkenntnis liegt oder daran, daß ich sie schlechter kenne, als ich glaube.

Sie füllt ein ganzes Buch mit ihm und ihnen, mit allem, was sie machen und worüber sie sprechen, und ganz am Schluß, ganz unten auf einer Seite, nach einem Abend, an dem Papa offensichtlich einen langen Monolog über The Who's *My Generation* gehalten hat – detailliert festgehalten in Mamas Tagebuch –, hat sie geschrieben: »Ich bin überwältigt.«

Ich erinnere mich, wie diese Worte beim Lesen irgendwie unheimlich, fremd, aber auch beruhigend waren.

Wir kommen mit vier Einkaufstüten voll Lebensmitteln zurück. Mama blickt überrascht, fast mißbilligend auf die Taschen, als hätte sie den Verdacht, daß wir viel mehr eingekauft haben, als auf ihrem Zettel stand. Das haben wir auch, da Ellen und ich wissen, daß Mama immer zuwenig Essen berechnet. »Besser, als etwas wegzuwerfen«, ist ihr Credo, »und satt werdet ihr doch.« – »Im Topf muß immer ein Rest übrigbleiben«, entgegnet Ellen darauf regelmäßig. »Denk an die Kinder in Afrika«, witzelt Håkon, was Mama als aufrichtige Unterstützungserklärung auffaßt. »Lang lebe die Generation Ironie«, sagt er dann.

Mama hat das Menü nach Papas Wunsch, es müsse etwas echt Italienisches sein, zusammengestellt; wir werden Bruschetta machen, danach Spaghetti Vongole, Saltimbocca und Tiramisu. Ellen und ich beratschlagen, wie wir die Gerichte timen sollen, damit niemand in der Küche stehen muß, während die anderen essen, und fangen zugleich an, Zwiebeln zu schneiden und die Muscheln zu putzen. Mama würgt uns mit der Aussage ab, sie brauche keine weitere Hilfe.

»Hilfe?« fragt Ellen.

»Beim Kochen«, antwortet Mama.

»Wir kochen doch gemeinsam«, sagt Ellen.

»Nein, das braucht ihr nicht«, wehrt Mama ab. »Eigentlich würde ich es am liebsten alleine machen. Aber ihr könnt den Tisch festlich decken.«

Ich weiß nicht, was ich sagen soll, weiß nicht, warum sich Mama plötzlich dafür entschieden hat, das gemeinsam geplante Essen allein zuzubereiten. Versuche ihren Blick zu deuten, aber sie ist für mich undurchschaubar, nicht wütend, nur effektiv, und wirkt noch immer ganz fröhlich, zumindest heiter, ihre Worte scheinen nichts zu verbergen.

»Aber mal ehrlich, Mama, es ist fast fünf, du hast faktisch keine Zeit, das alles allein hinzukriegen.«

»Ellen und ich können zumindest das Tiramisu machen« sage ich, in erster Linie, um Ellen beizuspringen, die sich gereizt auf die Lippe beißt.

»Dürfte ich bitte einfach dieses Essen für Sverre machen?« fragt Mama und nennt ihn nicht wie sonst Papa.

Ellen zuckt mit den Schultern. Geht zu Håkon und Olaf, die in ihren Liegestühlen liegen und lesen.

»Wie du willst«, sagt sie beim Gehen.

Ich werfe Mama einen fragenden Blick zu, öffne ihr nach Ellens Abgang den Raum für eine vertiefende Erklärung, aber sie sieht mich nicht an, sondern legt die Kalbsfilets auf das von Ellen bereitgelegte Holzbrett, bedeckt sie mit Klarsichtfolie und plattiert sie anschließend mit großer Konzentration und harten Schlägen.

Es ist warm genug, um den langen Eichentisch auf der Terrasse zu decken. Agnar fragt, ob er helfen könne, und erfreut über seine selbständige Initiative, übertrage ich ihm die Verantwortung für das Falten der Servietten und den Tischschmuck. Bereue es sofort, als er mit übermäßig vielen Blüten von der hinter dem Haus wachsenden Bougainvillea, mit der Olafs Bruder immer prahlt, wiederkommt und sie mit großen Bewegungen über die weiße Tischdecke streut. Ich denke an die Unmengen von unsichtbarem Blütenstaub und kleinen Larven, die über das Geschirr geschleudert werden, sage aber nichts, denn Agnar schaut mich an, als könnte er meine Gedanken lesen – oder er ist einfach so daran gewöhnt, daß ich alles, was er macht, kommentiere und korrigiere –, und ich lächle.

»Das sieht aber schön aus, dieses ganze Lila auf dem Weiß«, sage ich, nicke ihm aufmunternd zu und verschränke die Hände hinter dem Rücken, um nicht an den Servietten herumzubessern, bei deren zeitaufwendiger Faltung trotz Youtube-Anleitung etwas schiefgegangen sein muß.

Ich weiß, ich muß aufhören, immer alles, was er macht, zu kommentieren, muß aufhören, ihn ständig im Blick zu haben, wie Olaf es nennt, und ich übe mich darin, bin aber meist nicht gewillt, meine Kommentare einzuschränken, denn dabei würde er soviel verpassen, was er schlauerweise lernen sollte. »Ich weiß nicht, wie man die Balance findet«, sage ich zu Olaf, »denn ich muß ihm ja beibringen dürfen, was ich weiß.« – »Aber er muß auch selbst etwas lernen dürfen«, sagt Olaf, »Sachen auf eigene Faust herausfinden.« Und genau darin ist Olaf viel besser als ich, schon immer, Agnar einfach von der Seitenlinie aus zuzusehen, wie er trotz aller Warnungen einen Fahrradmantel mit Gaffer-Tape zu flicken versucht, eine unmögliche Anzahl aufeinandergestapelter Teller und Gläser balanciert, um nicht zweimal gehen zu müssen, oder sein ganzes Taschengeld für irgendwelches unerklärliches, unbrauchbares Zeug ausgibt, das nach zwei Tagen kaputtgeht. »Er spürt die Konsequenzen, das ist die beste Art zu lernen«, sagt Olaf, und ich bin zu einem gewissen Teil seiner Meinung, aber es ist eine Geduldsprobe, die ich nur selten bestehe.

»Das kommt davon, daß Mama immer alles kommentiert hat«, sage ich zu Olaf, »sie kann es nicht lassen, und im Gegensatz zu ihr habe ich wenigstens eine gewisse Selbsterkenntnis.

Sie kritisiert mich dafür, daß ich meine Kinder zu sehr kontrolliere, sieht aber nicht, daß ihre Bemerkungen ebenso kontrollierend waren und sind.« Es ist wahr, daß Mama viel kommentiert, aber sie tut es auf andere Weise: Selbstverständlich ist sie subtiler als ich, und deshalb meint sie, es wäre etwas ganz anderes. Sie begreift nicht, daß genau das Subtile in ihren Bemerkungen es schlimmer macht, daß die Möglichkeiten zur Interpretation größer werden und mich glauben lassen – vielleicht zu Recht, vielleicht auch nicht –, eine Bemerkung zu einem Rock sei eigentlich eine Bemerkung über meine gesamte Persönlichkeit oder jede meiner Entscheidungen.

»So werde ich nie zu meinen Kindern sein«, schreit Agnar Olaf und mich oft an, wenn er wütend wird, »ich werde nie so unfair sein. Ich werde versuchen, meine Kinder zu *verstehen!*« Es tut weh, wenn er das sagt, vor allem weil ich weiß, in seinem Alter habe ich genauso gedacht und auch viel später noch, vielleicht noch immer, und weil ich weiß, als welche Unmöglichkeit es sich herausstellte. Ich habe mit Olaf darüber geredet, daß es vielleicht schwieriger ist, diese Kleinigkeiten zu bestimmen, die man sich geschworen hat nicht nachzumachen. In gewisser Weise ist es vermutlich leichter, nicht in die Fußstapfen der Eltern zu treten, wenn man etwas Traumatisches erlebt hat, Opfer großer Vernachlässigung gewesen ist. »Die kleinen Fehler entdeckt man nicht«, sage ich, »höchstens viel später und im größeren Zusammenhang. Ich weiß nicht, wie ich es ändern soll. Ich will nicht sein, wie Mama zu mir war, ich will nicht genauso kritisch gegenüber Agnar und Hedda sein, ich möchte nicht, daß sie das Gefühl haben, die Welt bricht auseinander, wenn es mir schlechtgeht, oder daß ihre gesamte Gefühlswelt auf Basis der meinen gesteuert wird.« Olaf meint, ich übertreibe und ich solle für meine Eltern dankbar sein; eine Mutter zu haben, die *zu* aufmerksam ist, sei ein Luxusproblem. Er hat meine Familie von Anfang an gemocht, Mama und Papa, Ellen und Håkon, hatte in den letzten Jahren zu ihnen ein engeres Verhältnis als zu seiner eigenen Familie. Anders als ich findet er Mama befreiend direkt, Papa ungeziert und wenig selbstherrlich, und daß bei uns eine Atmosphäre herrscht, die er in seiner Familie immer vermißt hat – Freiheit, Augenhöhe, wie er es nach einem der ersten Besuche bei uns ausdrückte. Ich freute mich, erlebte meine Familie durch Olaf auf neue Weise, und ich konnte genau verstehen, was er sah. Und tue es noch heute, der Gedanke an sie, an uns überwältigt mich manchmal vor Dankbarkeit komplett, bis mich, wenn ich einen von ihnen sehe, ein Gedanke oder ein Gefühl wieder aufbringt oder verstört. »So ist es nun mal«, sagt Olaf, »das sind Lappalien, irgendwas ist in jeder Familie, wie deine Mutter sagt.«

Ich klopfe an mein Glas und stehe auf. Lächle, räuspere mich, meine Wangen werden heiß. Nur im Kreise der Familie feierlich zu sein fühlt sich immer beklemmend an, ist irgendwie eine Vertauschung von Bühne und Rollen, die gekünstelt, durchschaubar wirkt. Meine Hände zittern, ein früherer Rat von Ellen schießt mir in den Kopf, man müsse das Redemanuskript straff auseinanderziehen, um einerseits die Muskeln anzuspannen und um andererseits das Blatt zitterfest zu fixieren. Mein Blick schweift über alle, bevor ich ihn auf Papa ruhen lasse.

»Lieber Papa«, fange ich an, und Papas Augen werden sofort feucht.

Håkon, Ellen und ich haben uns vor ein paar Monaten darauf geeinigt, daß ich als die Älteste der Kinder die Rede halten soll und daß sie mir Input geben. Die zwei steuerten gerade mal ein paar Punkte bei und das auch erst nach wiederholter Aufforderung, wie üblich verließen sie sich darauf, daß ich die Verantwortung übernahm und sie sich in der Gewißheit ausruhen konnten, ich würde das schon machen. Diesmal fand ich das eigentlich in Ordnung, ich hatte Lust, eine eigene Rede für Papa zu halten, nur mit meinen Worten, ohne zuviel Einmischung. Ich habe in den vergangenen Monaten viel daran gearbeitet, was mich dazu gezwungen hat, mein Verhältnis zu Papa zu betrachten. Anfangs hatte ich so viele Gedanken, Ideen und Formulierungen, daß ich dachte, ich müsse mich beschränken, das Wichtigste herausfiltern, einen roten Faden finden. Als ich mich dann hinsetzte, um die Rede niederzuschreiben, existierten auf einmal keine Ideen, Gedanken oder Worte mehr, die zutrafen, die ausreichten. Was ich ihm sagen wollte, wurde auf dem Papier banal und platt, meine Worte wurden karikaturesk – und wenn ich die Rede probeweise laut las, schämte ich mich. Außerdem schaltete sich schon beim ersten Wort Mamas Stimme ein, und wo ich im Denkstadium ihren bestätigenden Blick vor mir gesehen hatte, sah ich jetzt ihre hochgezogenen Augenbrauen und die Fältchen um ihren Mund – eine Mischung aus gespielter Überraschung, daß etwas *so* schlecht sein konnte, und der Anstrengung, nicht loszulachen.

»Du denkst zu viel an dich«, sagte Ellen, als ich sie schließlich um Rat fragte. »Ich kenne nichts Schlimmeres als Leute, die bei einer Rede den Fokus nur auf sich selbst richten, die nur daran denken, wie sie dastehen und was jemand anderes von ihnen denken wird. Deine Aufgabe ist, Papa ins Blickfeld zu rücken, wie du willst, daß er erscheint, was andere über *ihn* denken sollen. Das muß dein Ausgangspunkt sein.« – »Das war ja mein Ausgangspunkt«, antwortete ich, »aber er ist mir unterwegs vielleicht abhandengekommen.« – »Er ist in dir selbst aufgegangen«, sagte Ellen und lachte. Sie ist von Beruf Coachin und Redenschreiberin, und wenn ich jetzt vor ihr und den anderen stehe, erscheint es mir selbstverständlich, daß sie die Rede hätte halten sollen.

Ich mache weiter, hefte meinen Blick weiter auf Papa: »Alles Gute zum Geburtstag. Als ich vor ein paar Wochen Hedda erzählte, daß wir deinen Geburtstag feiern würden, fragte sie mich, wie alt du wirst. Ich sagte, du würdest siebzig. ›Ist das weniger als hundert?‹ fragte sie. ›Ja‹, sagte ich. Sie dachte ein Weilchen nach und sagte dann ein bißchen enttäuscht: ›Dann ist er ja gar nicht alt.‹« Papa lacht vergnügt.

»Auch wenn mich andere Überlegungen zu dieser Schlußfolgerung bringen, kann ich ihr nur zustimmen. Für mich hast du eigentlich überhaupt kein Alter, du bist mein Papa, wie du vor zwanzig Jahren mein Papa warst und vor dreißig – und wie du es jetzt bist –, eine konstante Größe in meinem Leben.« Ich mache eine kleine Pause. Alle sehen mich an außer Mama, sie blickt auf den Tisch und nickt. Ellen lächelt und streckt den Daumen nach oben, ich atme aus. Wir sitzen bereits seit einer Stunde am Tisch, haben die Bruschetta und die Pasta gegessen, die Sonne ist gerade untergegangen, und die Dämmerung wird noch eine knappe Viertelstunde anhalten. Die Gesichter von Ellen, Håkon und Olaf, die mit dem Rücken Richtung Meer und Sonnenuntergang sitzen, glänzen golden im Schein der Kerzen, die Agnar in der Mitte des Tischs in einer Art Herzformation plaziert hat, während Stirn und Wangen von Mama, Simen, Agnar und Papa, die in der prallen Sonne gesessen haben, rötlich schimmern, entweder vom Sonnenbrand oder vom roten Himmel. Durch die offene Küchentür weht der Geruch von Fleisch und Knoblauch, und um uns herum riecht es nach Pinien und Lavendel.

Ich sage Dinge zu Papa, die ich ihm nie gesagt habe – über ihn, wie ich ihn sehe, wie ich von ihm und mir, von uns denke. Ich rede von seiner außergewöhnlichen Präsenz in Ellens und meiner Kindheit, von dem Gefühl, ernst genommen zu werden, was auch immer ich ihm erzählte, sowohl als Kind wie auch als Erwachsene, daß trotz der Art, wie er zuhöre – scheinbar total desinteressiert, distanziert und oft mit Brille, Taschenmesser, oder was er sonst in der Hand hatte, herumfummelnd –, niemand soviel mitkriege wie er, sowohl von dem, was gesagt wird, als auch von dem, was darunter liegt, und daß niemand sorgfältiger antworte. Ich rede davon, wie er auf Håkon reagierte, der als Vierjähriger weit überdurchschnittlich neugierig war, der Fragen nach dem Warum von diesem oder jenem in einem Grad stellte, daß jeder andere, inklusive Mama, dessen endlich hochgradig müde war. Papa hingegen hat fast jede seiner Fragen ernst genommen, hat im Lexikon nachgeschlagen oder gar das Radio auseinandergeschraubt.

Während ich das sage, streift mein Blick Ellen, die garantiert denkt, das habe nichts mit Papas Persönlichkeit zu tun, sondern eher damit, daß Håkon mit soviel mehr Zeit, Aufmerksamkeit und Dingen verwöhnt wurde als sie und ich, doch da bin ich nicht ihrer Meinung. Papas Art zuzuhören, zu antworten und uns ernst zu nehmen, war bei uns allen gleich.

Ich achte darauf, auch Mama einzubeziehen.

»Über Papa zu sprechen und dabei dich nicht zu erwähnen, Mama, ist schwierig, um nicht zu sagen unmöglich. Auch wenn ihr zwei unterschiedliche Individuen seid, seid ihr für uns und füreinander trotzdem eine Einheit. Die Art, wie ihr einander ausfüllt, wie ihr zusammenarbeitet, einander Respekt und Liebe erweist – und einander trotzdem den notwendigen Raum gebt –, ist etwas, was ich in meiner eigenen Ehe immer anstrebe«, sage ich, und Olaf lacht.

»Vielleicht meint der ein oder andere auch, ich strebe euch ein bißchen zu viel nach«, improvisiere ich kurz und lächle Olaf an. »Aber ihr seid in jedem Fall ein starkes Vorbild zur Nachahmung. Es heißt, Frauen suchten sich einen Mann, der ihrem Vater ähnelt, oft wird das mit einer gewissen Ironie gesagt, aber ich kann aufrichtig behaupten, ich habe einen Mann gesucht – und gefunden –, der dir ähnelt, Papa, denn du repräsentierst für mich in jeder menschenmöglichen Weise das Allerbeste.«

Papa lächelt gerührt, Mama blickt auf ihren Teller, ich hebe die Stimme und lese weiter, schließe mit einem Gedicht von Halldis Moren Vesaas, was Mama bestimmt nicht gutheißt.

»Auf Papa«, sage ich zum Schluß. »Alles Gute zum Geburtstag.«

Nachdem wir mit dem Saltimbocca fertig sind und Papa sagt, er habe in seinem ganzen siebzigjährigen Leben noch nie etwas Besseres gegessen, tritt eine gespannte Stille ein. Alle warten darauf, daß Mama an ihr Glas klopft, und keiner wagt es, das vor ihr zu tun. Ich weiß, Olaf hat vor zu sprechen, »es ist keine lange Rede«, sagte er vor unserer Abreise, »aber ich glaube, es ist angebracht, daß ich etwas sage.« Diesen Impuls unterdrückt er nur selten, er liebt Reden, insbesondere liebt er es, welche zu halten, und das nicht aus Selbstgefälligkeit, es geht ihm vermutlich mehr um die Möglichkeit, Dinge sagen zu können, die man – insbesondere Olaf – sonst nicht ausdrückt. Ein Anlaß, um Komplimente zu machen und treffende Beschreibungen abzugeben, die in ein gewöhnliches Gespräch oder ein Schulterklopfen schwer einzuflechten sind. Ich weiß, daß Olaf jede erdenkliche Gelegenheit nutzt, um vor seinen Angestellten Reden zu halten, ob sie nun die Firma verlassen oder Geburtstag haben – und besonders zu den Weihnachtsfeiern werden die Reden, die er zu Hause einstudiert, von Jahr zu Jahr länger. Und er ist darin beneidenswert gut, zu meinem Vierzigsten hielt er eine Rede, die berührender war als Haakons Hochzeitsrede an Mette-Marit, wie eine meiner Freundinnen bemerkte. Ellen bat sogar darum, Teile daraus im Zusammenhang mit ihrer Arbeit verwenden zu dürfen. Das hat Olafs Rededrang nicht gerade gedämpft.

Niemand steht auf, um die Teller abzuräumen, unsere Gespräche befinden sich im Leerlauf, Olaf sieht mich an, findet, Mama müsse zuerst sprechen, er könne nicht vor ihr reden, es muß alles in der richtigen Reihenfolge ablaufen, ich zucke mit den Schultern. Papa scheint eigentlich als einziger die Stimmung nicht an sich ranzulassen, Agnar und er sind in eine Diskussion über Pokémon Go vertieft, die zwei haben die letzten Monate hindurch fleißig Pokémons gejagt – und offensichtlich gibt es in den Sammlungen der beiden seit Roms Sehenswürdigkeiten ein paar wertvolle Neuzugänge. Plötzlich bin ich mir über die Motivation hinter Papas Ausflug in den Vatikan und Agnars Kolosseumstrip nicht mehr sicher, aber ich komme nicht dazu, weiter darüber nachzudenken, denn Mama räuspert sich endlich.

»Sverre weiß bereits Bescheid, aber ihr sollt es auch erfahren; falls ihr euch wundert, ich spare mir meine Rede für das Fest auf, das Sverre nach unserer Rückkehr in Oslo haben wird«, sagt sie.

Papa kratzt über einen Rotweinfleck auf seinem Hemd und nickt. Für ein paar Sekunden wird es still. Olaf setzt dazu an, seinen Löffel zum Glas zu heben, da kommt Ellen ihm zuvor.

»Warum das?« fragt sie.

»Was meinst du mit: ›warum das?‹« fragt Mama.

»Warum willst du jetzt keine Rede halten?«

»Ich sage doch, ich werde es bei dem Fest machen, wenn wir wieder zu Hause sind«, sagt Mama.

»Kannst du denn die Rede nicht an beiden Orten halten?« fragt Ellen.

Sie schaut Mama unnatürlich lange an, ich sehe, wieviel Kraft und Konzentration dieser unnachgiebige Blick sie kostet. Mir wird klar, daß natürlich nicht nur ich auf die Stimmung zwischen Mama und Papa reagiert habe, auch Ellen hat sie gespürt. Mir war nicht in den Sinn gekommen, daß auch sie die Blicke, die Worte, das unerklärliche Andere an ihnen registriert haben könnte. Ich bin darüber fast enttäuscht, aber zugleich auch erleichtert, nicht die einzige zu sein.

Simen, der nicht an die Umgangsformen in unserer Familie gewöhnt ist, der Spaß noch nicht von Ernst unterscheiden kann, dem die Nuancen in unseren Mienen, unseren Stimmen nicht vertraut sind, lacht über das, was er als Ellens – zugegebenermaßen ziemlich platten – Witz darüber versteht, die Rede an beiden Orten zu halten. Er ist daran gewöhnt, daß wir fast schreiend Späße machen, daß wir direkt und offensiv sind, ohne zu streiten, daß wir wegen einer winzigen gemeinsamen Anspielung mitten in einer lautstarken Diskussion loslachen können. Obwohl die beiden schon seit etwas mehr als einem Jahr zusammen sind, ist er zu neu, um zu wissen, daß Ellens Stimme jetzt anders ist, voll von Subtext. Herausfordernd, wütend, vielleicht ängstlich.

»Red keinen Quatsch!« sagt Mama zwar, aber in ihrem Blick liegt absolutes Einverständnis darüber, daß Ellen keinen Quatsch redet.

»Du hast doch vorher noch darauf bestanden, daß das *deine* Geburtstagsfeier für Papa ist, es ist wohl ein selbstverständlicher Teil deiner Feier, daß du ein paar Worte an den Mann richtest, mit dem du seit vierzig Jahren zusammen bist«, sagt Ellen und parodiert im letzten Teil des Satzes Mamas Stimme, Simen lacht noch immer, ich würde ihm am liebsten eine reinhauen.

»Jetzt hör aber auf«, sagt Mama. »Ich werde meine Rede in Oslo halten.«

Sie steht auf und fängt an die Teller zu stapeln. Ich hoffe

und fürchte zugleich, daß das Gespräch damit endet und Ellen nachgibt.

»Was geht hier eigentlich vor?« fragt Ellen.

Mama bleibt stehen, stellt die Teller mit einer jähen Bewegung auf den Tisch zurück. Es klirrt bedrohlich, und Olaf schielt besorgt auf das Geschirr seines Bruders, aber die Teller scheinen sich in dieser Situation besser zu halten als Mama.

»Ist es *so* seltsam, daß ich heute abend keine Rede für Sverre halte? Daß ich mich dafür entschieden habe, vor euch nicht Sachen zu wiederholen, die ihr schon bei jedem Geburtstag zuvor gehört habt, und statt dessen lieber bei einem großen Fest in nicht mal einer Woche eine ordentliche Rede vor seinen Freunden und Kollegen halte?«

»Es ist seltsam, daß du, die bei jedem Geburtstag Reden hält, dich dafür entschieden hast, bei genau diesem Geburtstag nichts zu *Papa* zu sagen, ja«, widerspricht Ellen.

Mama hält nicht immer eine Rede, sagt aber immer etwas zu unseren Geburtstagen. Bei Ellen, Håkon und mir sind es vor allem Erzählungen von unserer Geburt, von kleinen Besonderheiten – daß ich zum Beispiel mit plattem linkem Ohr auf die Welt gekommen bin und Papa es durch stundenlanges Rollen in Form bringen wollte. Wie wir als Babys waren – ich habe viel geschrien, Ellen war beunruhigend still, Håkon hatte einen Herzfehler – und wie jeder von uns seinen natürlichen Platz in der Familie eingenommen hat, als hätten sie genau auf uns die ganze Zeit gewartet. Von Jahr zu Jahr gibt es in Mamas Worten kleine Veränderungen, und sie fügt immer aus dem vergangenen Jahr etwas Neues hinzu. Wenn wir nicht gemeinsam Geburtstag feiern, schickt sie diese Rede als SMS. Bei Papa erzählt sie jedes Jahr, wie sie sich kennengelernt haben, eine ziemlich redigierte Ausgabe dessen, was ich in ihrem Tagebuch gelesen habe, viel romantischer.

»Du benimmst dich schon während der ganzen Reise so demonstrativ«, sagt Ellen, bevor Mama antworten kann. »Du rückst jetzt besser mal damit raus, was los ist, anstatt die ganze Zeit so scheißdeutliche Anspielungen zu machen.«

Ich halte den Atem an. Bemerke es erst, als mein Herz zu hämmern beginnt.

Mama setzt mehrmals an. Schließlich dreht sie sich zu Papa um.

»Möchtest du dazu vielleicht etwas sagen, Sverre?« fragt sie.

Ein paar Sekunden lang starren sie einander an. Beider Mienen sind für mich unlesbar. Papa weicht als erster mit dem Blick aus, er schaut zu Ellen, Håkon und mir, zupft links und rechts neben seinem Teller die Tischdecke zurecht, zögert einen Moment, legt dann beide Hände flach auf den Tisch, senkt die Schultern.

»Wir haben beschlossen, uns scheiden zu lassen«, sagt er.

Mama fährt zurück, als hätte er ihr eine gescheuert, das hatte sie offenbar nicht gemeint.

Zuerst reagiere ich mehr auf Mamas Reaktion als auf das, was er gesagt hat, sie wirkt auf einmal so klein und ängstlich. Ich sehe zu Ellen und Håkon, habe das unmittelbare Bedürfnis, die beiden zu beschützen, möchte, daß sie den Tisch, das Gespräch verlassen, möchte sagen, daß ich das in Ordnung bringe. Aber ich bleibe nur still sitzen. Mama setzt sich wieder hin.

»Ist wahrscheinlich gut, daß du es gesagt hast«, sagt sie zu

Papa. »Aber es hört sich dramatischer an, als es ist«, fährt sie fort und blickt zu mir.

»Wie kann es weniger dramatisch sein als das, was er faktisch gesagt hat? Oder laßt ihr euch nicht scheiden?« fragt Ellen, bevor ich Luft holen kann, sie sieht mit einemmal aus wie ein trotziger Teenager.

Mama fuchtelt mit der Hand Richtung Papa, wie um zu sagen, da hast du es.

»Doch, wir werden uns scheiden lassen. Aber es ist nicht so leicht zu erklären. Wir wollen sortieren und uns von Sachen lösen, gemeinsam und jeder für sich, wollen aufdröseln und entwirren. Es war wirklich keine leichte Entscheidung.«

Ellen blickt zu mir. Sucht nach jemandem, den sie dafür verantwortlich machen kann.

»Es ist eine wohlüberlegte Entscheidung. Wir haben beide ein Gefühl von Leere, daß wir aus einander und aus dieser Ehe alles herausgeholt haben, was möglich war«, spricht Papa weiter. »Wir sehen im anderen keine Zukunft mehr.«

»Hast du das gewußt?« fragt Ellen mich.

»Nein«, sage ich und sehe zu Mama.

»Wir haben darüber sehr viel gesprochen, haben versucht, es anders zu lösen, aber wir haben uns ganz einfach auseinandergelebt«, sagt sie.

Ich versuche Blickkontakt mit Håkon herzustellen, aber er starrt nur leer auf den Tisch. Agnar durfte nach dem Hauptgang aufstehen und sitzt mit Kopfhörern ein paar Meter weit weg in einem Liegestuhl, hört nicht, was vor sich geht. Hedda ist glücklicherweise schon seit ein paar Stunden im Bett.

»Wir werden versuchen, einiges auf eigene Faust herauszufinden, es lief insgesamt schon seit ein paar Jahren nicht mehr richtig gut. Ich habe ja ab und zu versucht, mit euch darüber zu sprechen«, sagt Papa.

»Nicht mit mir«, widerspricht Håkon.

Soweit ich mich erinnern kann, auch nicht mit mir. Es wird still. Mama und Papa sind wie beschämte Kinder, sie tun mir leid, automatisch nehme ich Papas Hand und drücke sie, aber lasse sie jäh los, als ich Mamas Blick spüre und sehe, wie ihre Hand nervös und verlassen die Tischdecke glattstreicht. Meine Gedanken entgleiten mir, sie springen von Szene zu Szene: Wie ich es Agnar und Hedda erzähle, wie Papa seine Umzugskisten mitnimmt oder wie vielleicht Mama auszieht, das Haus in Tåsen ohne Mamas Lesesessel in der Wohnzimmerecke, wen wir zu Weihnachten einladen, ich werde zu einem Kind.

Ellen lacht plötzlich los. Ihr Lachen hört sich aufrichtig an. »Auseinandergelebt? Zukunft? Mal im Ernst, ihr seid siebzig!«

Ellen

Das Fleisch ist blutig; als ich mit der Gabel die Bratenkruste durchdringe, sickert roter Fleischsaft aus den Fasern des Kalbsfilets. Ich zwinge mich, nicht an das Blut von heute morgen nach dem Aufwachen zu denken, an die riesigen roten Flecken auf Bettwäsche, Unterwäsche und meinen Schenkeln. »Mein Körper möchte mir etwas demonstrieren«, sagte ich zu Simen und riß dabei das Bettzeug vom Bett, in dem er noch lag. »›Brauchst es gar nicht erst versuchen‹, sagt mein Körper, ›ich werd's dir schon zeigen, je mehr du hoffst, desto stärker zeige ich es dir und sage nein, da kannst du Gift drauf nehmen.‹« Ich weinte nicht wie im Monat davor.

Letzten Monat, vor exakt neunundzwanzig Tagen, fiel unser Blick beim Aufwachen obendrein auf eine tiefhängende Wolkendecke über dem kalten, regnerischen Oslo.

Die Sonnenstrahlen, die mich heute morgen unter der Dusche streichelten, der Geruch von Meer und der würzige Duft der Natur hier in Italien machten das Umgehen mit der Niederlage etwas leichter. »Wie dem auch sei, heute ist Papas Geburtstag«, sagte ich zu Simen, nachdem ich das Blut abgeduscht hatte und der erste Schock verflogen war. Ich muß sowieso so tun, als ob nichts wäre, da kann ich es auch gleich verdrängen. Er antwortete, daß wir das Beste aus dem Tag machen sollten, umarmte mich lange, und ich glaubte in seinem Nacken die Enttäuschung riechen zu können.

Ich entzog mich seiner Umarmung und verließ das Schlafzimmer, ohne ihn anzusehen, ging in die Küche und erblickte als erstes Hedda. Ich versuchte, sie nicht anzuschauen, nicht die Fassung zu verlieren, weil sie sich mich immer an das erinnert, was fehlt: Im vergangenen Jahr wurde ich manchmal so wütend auf Hedda, daß ich nicht wußte, wohin mit mir, es kam aus dem Nichts, abrupt und explosiv, und ich mußte abhauen. Das ist völlig inakzeptabel, davon habe ich nicht einmal Simen erzählt, so ungerecht, kleinlich und peinlich, wie es ist. Heute habe ich aber Blaubeermus für sie gemacht, eher als kleinen Seitenhieb gegen Liv, habe es mit dem Zucker übertrieben, der Liv und Olaf auf dieser Welt mehr Angst einjagt als sonst irgend etwas. Und ausnahmsweise hat es geholfen, in ihrer Nähe zu sein, ihr über die glatten Haare zu streicheln, über ihre weiche Haut, und daß sie sich so herzlich an dem ungenießbar süßen Mus freuen konnte, das ich nur für sie gemacht hatte.

Es hat auch geholfen, eine Tasche für fünftausend Kronen zu kaufen, das Gewissen anderweitig zu beschäftigen. Es hat geholfen, Simen allein bei meiner Familie zu lassen und daß er den ganzen Vormittag mit Agnar und Hedda im Pool gespielt hat – der einfachste Ausweg, aber was soll's. Es hat geholfen, auf dem Markt in der Altstadt herumzuschlendern und mit Liv Fleisch und Gemüse zu besorgen, über alles andere zu sprechen, über das Abendessen, darüber, daß Papa jetzt tatsächlich siebzig wird. »Ich kann mich daran erinnern, daß ich als kleines Kind überlegt habe, wie er aussehen würde, wenn er alt ist«, sagte Liv. »Wie er aussehen würde, wenn er siebzig wird, da wäre er doch uralt. Vielleicht habe ich nicht einmal damit gerechnet, daß er so lange lebt. Und jetzt ist er ja noch ganz derselbe.«

Ich bin nicht der Meinung, daß Papa noch ganz derselbe ist, er ist mehr eine potenzierte Ausgabe seiner selbst geworden – seine eigene Karikatur, versuchte ich Simen vor der Abfahrt nach Italien zu erklären. »Das ist ja mit den meisten Menschen so«, antwortete Simen, »am Ende wird man eine Parodie seiner selbst, ob man will oder nicht.« – »Woher das wohl kommt?« fragte ich. »Ob es vielleicht daran liegt, daß ihnen der Tod näher rückt und sie vor ihrem Verschwinden ihren Abdruck tiefer einprägen müssen, damit wir, die wir zurückbleiben, uns besser an sie erinnern können?« Simen lachte: »Ich mag gar nicht daran denken, wie du als Siebzigjährige sein wirst, wo du schon jetzt so eine Karikatur bist. Wobei das Alter einen ja auch dazu bringt, sich zunehmend mehr mit sich selbst zu beschäftigen, also werde ich es vielleicht nicht einmal bemerken.«

Simen und ich sind seit über einem Jahr zusammen, und jedes Mal, wenn er über etwas spricht, das in einer fernen Zukunft liegt, in der aber ich und wir vorkommen, erleichtert mich das noch ebenso unsäglich wie am Anfang. Vor ihm ist es keinem gelungen, in mir eine Angst vorm Verlassenwerden hervorzurufen, in früheren Beziehungen hoffte immer ein Teil von mir, daß derjenige, mit dem ich zusammen war, früher genug haben würde als ich, wünschte mir mehr Unsicherheit und nicht kindische Abhängigkeit und Unselbständigkeit. Jetzt wäre ich mir mit Simen gern sicherer, wäre gern ganz sicher, daß er bei mir bleiben wird, auch wenn uns mein Körper sabotiert, aber Simen gibt keine Garantien.

Daß er zugesagt hat, mit meiner Familie nach Italien zu kommen, hat mich überrascht. Ich weiß nicht wirklich, ob er sie mag; wenn wir mit ihnen zusammen sind, wirkt er immer nervös und als wäre ihm nicht ganz wohl in seiner Haut, dann überkompensiert er, wird prahlerisch und mir gegenüber besitzergreifend – insbesondere in Papas Anwesenheit. Ich habe versucht, darüber zu witzeln, er müsse mit Papa nicht in Konkurrenz treten, falls das sein Ansinnen sei, aber das gehört zu den wenigen Dingen, über die Simen nicht lacht und bei denen er offensichtlich keinen Spaß versteht. »Darf ich dich vor deiner Familie nicht anfassen, oder was?« hat er gefragt. Wenn ich frage, ob er zum Abendessen zu Mama und Papa oder zu einer anderen Aktivität mitkommen will, die bedeutet, Zeit mit meiner Familie zu verbringen, hat er meist was anderes vor. Anfangs fand ich es seltsam, frühere Freunde wollten immer mehr mit ihnen zusammen sein als ich, aber nach und nach verstand ich, es ging ihm genau wie mir: Ich mag Simens Familie, aber meine mag ich lieber.

Aber jetzt ist er hier. Mit mir und ihnen, in Italien, um Papas Siebzigsten zu feiern. Während der gesamten Reise konnte ich die Veränderungen in meinem Körper spüren, wie sich etwas in mir festsetzte und zu wachsen begann, daß meine Brüste schmerzten, daß mir schlecht wurde, daß ich keine Lust mehr auf Kaffee hatte, und ich mußte die ganze Zeit pinkeln – alles Symptome, die sich, wie ich gelesen habe, in den ersten Wochen einer Schwangerschaft einstellen. Ich war diesmal so sicher: Womöglich vor allem, um Simen zu überzeugen, der anfängt den Mut zu verlieren, war es mir gleichzeitig gelungen, auch mich zu überzeugen. »Fühl mal«, hatte ich zu ihm gesagt und seine Hand um eine meiner Brüste gelegt, »spürst du nicht, daß sie größer ist, als ob sie ein bißchen explodiert?« Und dann hatte ich seine Hand auf den unteren Teil meines Bauchs geführt, wo es seit mehreren Tagen ermutigend gegrummelt hatte.

Jeden Monat zu warten absorbiert so ziemlich alles. Ich kann mich im letzten halben Jahr an fast nichts anderes erinnern als ans Warten. Natürlich habe ich auch sonst viel gemacht, unter anderem für den Minister eine der wichtigsten Reden dieses Jahres geschrieben, eine Rede, die bei den Meinungsumfragen der folgenden Woche sichtlich zu Buche geschlagen hatte; Simen und ich haben zum ersten Mal Weihnachten miteinander gefeiert, haben Silvester in New York verbracht, wo ich so gerührt war, als Simen um Mitternacht eine Miniflasche alkoholfreien Sekt aus der Brusttasche zog. Ich habe mit Mama, mit Papa, mit meinen Geschwistern, meinen Freunden geredet, Zeit verbracht, gelacht, das Leben ist ganz normal weitergelaufen, aber wenn ich zurückdenke, fließt alles ineinander, erweist sich als unwichtig, das einzige, woran ich mich klar und deutlich erinnern kann, ist das Warten und die Enttäuschungen. Zunehmend vermischt mit der Angst, daß womöglich etwas nicht stimmt, der absoluten Undenkbarkeit, daß es an mir liegen könnte, der Vorstellung von Simen und mir in einem weißen Raum, in dem uns ein Arzt in weißem Kittel mitteilt, das Problem sei ich – »Sie haben leider einen Körper, der mit der Erschaffung von neuem Leben unvereinbar ist, und sind somit auf dieser Welt überflüssig, ein Mängelexemplar.«

Dieses Bild taucht in unregelmäßigen Abständen auf meiner Netzhaut auf, gehäuft in den vergangenen zwei Monaten, auch wenn Simen sein Bestes tut, optimistisch zu sein – er sagt, es wird passieren, wir müssen uns nicht stressen, es ist ganz normal, es noch viel länger zu versuchen, als wir es bisher getan haben. Gleichzeitig googelt er offensichtlich nach Fertilitätsproblemen, und als ich das letzte Mal meine Tage bekam, sah ich, daß er am Tag darauf nach *Wechseljahre schwanger* gesucht hatte. Simen ist drei Jahre jünger als ich, ich bin achtunddreißig und spüre einen unausgesprochenen Druck auf mir, auf uns. Wir müssen schnell eine Familie werden, sonst ist es zu spät.

Und gleichzeitig weiß ich, ich soll mich nicht stressen, auf jeder Website und in jedem Forum wird gepredigt, wie unwahrscheinlich es ist, schwanger zu werden, wenn der Körper unter Streß steht. Ich habe die Mama-Foren durchforstet, über die ich mich früher lustig gemacht habe, und alle Erfahrungen aufgesogen, die davon berichten, daß man schwanger wird, wenn man es am wenigsten erwartet, gerade als wir aufgegeben und uns entspannt haben, bin ich schwanger geworden, und so weiter. Der Gedanke an all die anderen Ratschläge, die ich im Laufe des letzten Jahres aufgesogen habe, ist mir peinlich; was ich nicht alles in mich hineingestopft und in welch seltsamen Stellungen ich nicht geschlafen habe – obwohl ich eigentlich weiß, daß es Quatsch ist. Simen hat über mich gelacht, und ich habe gesagt, ein Versuch kann nicht schaden – aber er hat versprochen, daß er einen Arzt aufsuchen wird, wenn es auch diesmal nicht klappt.

Es ist Papas Geburtstag, und ich habe die Wahrheit den ganzen Tag verdrängt, habe in meinem Denken die Erkenntnis umschifft, Abstand gehalten, aber nachdem ich unter Simens gleichgültigem Blick die ersten zwei Gläser Wein dieses Urlaubs runtergestürzt habe, der erste Alkohol seit vielen Monaten, kann ich meine Wut und Trauer nicht mehr zurückhalten. Ich habe nicht auf die Tischgespräche geachtet, weiß nicht, worüber wir geredet haben, habe mit halbem Ohr Livs zu umständlicher und viel zu klischeevoller Rede gelauscht – die jetzt zu Ende ist, und sie sieht mich so unsicher an, hat sich damit solche Mühe gegeben, daß ich es mit meinem Gewissen nicht vereinbaren kann, nicht bestärkend zu lächeln, obwohl das völlig gegen mein Grundprinzip geht, kein unverdientes Lob oder Anerkennung zu geben. Ich versuche mich zusammenzureißen, trinke ein paar große Schlucke Wasser, blicke zu Simen, der mehr Wein getrunken hat als ich und dessen Laune übertrieben gut ist, dann zu Mama, die vor allem rastlos wirkt und diesen abwartenden Gesichtsausdruck hat, den sie immer bekommt, wenn andere im Mittelpunkt stehen. Darauf richte ich meine Wut, sie hat kein Recht, heute so egozentrisch zu sein, und als ich höre, daß sie nicht vorhat, eine Rede für Papa zu halten, bestimmt weil sie findet, daß der Fokus in Livs Rede zu sehr auf ihm lag und zuwenig auf ihr, brennt es vor Wut in meiner Brust.

»Warum das?« sage ich, kontrolliere meine Stimme, wie ich es unzähligen Politikern beigebracht habe.

Mama fixiert mich mit dem Blick, vor diesem Blick habe ich mich früher zu Tode gefürchtet – so herablassend und korrigierend, fast höhnisch. Ich könnte meine Kinder nie so ansehen, als würde ich sie aufrichtig verachten. Ich fürchte mich nicht mehr davor, es ist nur ein Unterdrückungsmechanismus, und ich weiß, daß Mama mich nicht verachtet, es geht noch nicht einmal notwendigerweise um mich.

»Warum was?« wiederholt sie. »Ich werde wie gesagt dann in Oslo eine Rede halten.«

»Du, die du so gerne vor großen Versammlungen sprichst, kannst sie wohl an beiden Orten halten?« sage ich mit weiterhin kontrollierter Stimme. »Das ist wohl nicht zuviel verlangt, wenn es um deinen Mann geht, mit dem du seit vierzig Jahren zusammen bist, oder?« fahre ich fort und äffe Mamas Stimme nach, dieser Trick ist zu billig, aber das ist mir egal.

Simen lacht, wie er immer lacht, wenn die Stimmung in den Keller rutscht. Häufig ein überraschend effektiver Mechanismus, meist entschärft das die Situation, aber nicht jetzt, nicht für Mama und nicht für mich. Nicht für Liv, deren Gesicht ganz weiß geworden ist, bestimmt vor Wut darüber, daß ich Papas Geburtstag ruiniere, und für einen Augenblick ziehe ich in Erwägung nachzugeben, es dabei bewenden zu lassen. Aber dann begegne ich Papas Blick, er wirkt so gequält, daß ich seinetwegen die Wut weiter hochkochen lasse.

»Jetzt hör aber auf, Ellen«, schnaubt Mama. »Was ist nur los mit dir?«

»Was mit mir los ist?« sage ich laut. »Was ist mit *dir* los?«

Mama starrt mich an. Mehrmals scheint sie dazu anzusetzen, etwas zu sagen, dann stellt sie statt dessen die Teller, die sie gestapelt hat, geräuschvoll auf den Tisch.

Olaf und Simen schrecken zusammen. Liv scheint gleich

loszuheulen. Håkon ist wie üblich stumm und stiert auf den Tisch.

»Wenn du so gern eine Rede haben willst, kannst du wohl selbst eine halten, davon lebst du doch«, sagt Mama laut.

Dann fällt ihr offensichtlich ein, daß wir nicht allein sind, ihr Blick geht zu den anderen, ist jetzt milder, und sie fügt hinzu: »Ich will einfach nicht alle meine Punkte, die ich gerne vor Sverres Freunden und Kollegen in Oslo sagen möchte und die ihr sowieso schon tausendmal gehört habt, schon heute in einer Rede verbraten.«

Daß Mama Papa plötzlich Sverre nennt, ist genauso demonstrativ, als würde ich zu ihr Torill statt Mama sagen. Ich verdrehe die Augen, um ihr zu zeigen, wie durchschaubar und vergeblich ihre Rhetorik ist.

»Ist schon ziemlich seltsam, daß du glaubst, *Papa* könnte es nicht ertragen, wenn du zweimal hintereinander etwas Nettes über ihn sagst, außer es gibt vielleicht einen anderen Grund?« sage ich.

Mama antwortet nicht, sie fixiert mich wieder mit einem Blick, als würde ich nicht ihre Egozentrik, sondern das Schicksal herausfordern, und daß sie damit die ersehnte Aufmerksamkeit bekommt, macht mich irgendwie noch wütender.

»Du benimmst dich schon die ganze Reise so demonstrativ«, kann ich es nicht lassen. »Was geht hier vor?«

Eigentlich habe ich keine Ahnung, wie sich Mama benommen hat, habe sie bis jetzt kaum wahrgenommen. Oder sonst jemanden, war total von meinen eigenen Erwartungen und Hoffnungen aufgefressen. Aber ich kann mir denken, daß ich recht habe, und das reicht.

»Ich glaube, ich lasse Sverre darauf antworten«, sagt Mama plötzlich ruhig und wendet sich zu Papa. »Möchtest du ihnen erzählen, was los ist, Sverre?«

»Wir haben beschlossen, uns scheiden zu lassen«, sagt Papa, unterbricht sie fast, als hätte er nur auf eine Gelegenheit gewartet, diesen Satz zu sagen.

Alle werden still. Simen sieht mich an, sitzt ausnahmsweise auf der anderen Seite des Tischs, und als ich seinem Blick begegne, denke ich, eigentlich hätte doch ich diejenige sein sollen, die bei diesem Abendessen eine große Neuigkeit verkündet: »Ich bin schwanger. Wir bekommen ein Kind.« – »Ja, danke.« – »Nein, wir wollten es nicht erzählen, bevor wir nicht sicher waren, es war nicht so einfach. Aber alles Gute zum Geburtstag, Papa, du wirst wieder Großvater.«

»Aber das hört sich dramatischer an, als es ist«, sagt Mama, sie hat sich wieder gesetzt, und die Wut hämmert weiter in mir, gegen sie, gegen Papa, gegen die abgrundtiefe Ungerechtigkeit an dieser Situation, was glauben sie eigentlich, wer sie sind?

»Es ist nicht dramatisch, daß ihr euch scheiden laßt?« frage ich.

»Wir haben alles versucht, Ellen, das müßt ihr wissen, aber wir haben keine andere Lösung gefunden.«

»Ihr habt doch keine Ahnung vom Versuchen«, möchte ich sie am liebsten anschreien, auch wenn ich weiß, daß das nicht stimmt. Ich schaue zu Papa, warte, daß er das Ganze jeden Augenblick als Witz entlarvt oder sagt, daß es zumindest nicht so ernst sei, sie würden weiterhin zusammenwohnen, zumindest. Er sagt nichts dergleichen. Im Gegenteil: »In dieser Ehe gibt es für uns beide nichts mehr. Keine Zukunft.«

»Hast du es gewußt?« frage ich Liv, sie sieht aus wie früher, wenn sie Angst hatte, etwas falsch gemacht zu haben, ihre Augen sind groß und verzweifelt, ihr Mund steht halb offen, von diesem Ausdruck hat sie tausend Varianten, so viel an ihr sagt ständig »verzeih mir«, ohne daß sie etwas falsch gemacht hat.

Liv schüttelt ratlos den Kopf, fragt sich bestimmt, wen von uns sie als erstes retten soll.

»Nein«, sagt sie nur.

»Wir haben es bis vor kurzem selbst nicht gewußt«, sagt Mama, »wir haben uns ganz einfach auseinandergelebt.«

»Zwischen uns funktioniert es schon seit vielen Jahren nicht mehr«, bestätigt Papa, und ich frage mich, was in einer Ehe eigentlich funktionieren soll, wenn man siebzig ist, außer daß man darauf zurückblickt, was man gemeinsam geschaffen hat, was sowohl Mama als auch Papa in den meisten Lebensbereichen mit einer gewissen Zufriedenheit tun könnten. »Wir haben darüber doch schon gesprochen.«

Er sieht mich an. Ich frage mich, ob er das Gespräch meint, das wir vergangenen Winter bei einer Langlauftour hatten, als er mir erzählte, Mama wolle, daß er ganz in Rente gehe, aber er wolle weiter zwei Tage pro Woche arbeiten, solange ihn seine Kollegen aushielten. Papa war ein Pionier in der Nutzung des Internets, wie er gern sagt, wir gehörten wohl zu den ersten im Land, die zu Hause Internet hatten, aus reinem Interesse. Er ist Mathematiker und arbeitete viele Jahre bei der DNB-Bank, aber Ende der Neunziger hatten er und ein jüngerer Kollege eine Analysesoftware entwickelt, die von großen internationalen Konzernen zur Weiterentwicklung gekauft wurde, und dadurch hatten Papa und sein Kollege genug Kapital erhalten, um eine Firma zu gründen, die seither für verschiedene Unternehmen Software zur Suchanalyse und Suchoptimierung entwickelt hat. Mittlerweile ist Papa leider ein bißchen von gestern, auch wenn er das selbst nie eingestehen würde, außer vielleicht vor sich selbst, aber er repräsentiert die Geschichte der Firma. Persönliche Erfahrung kann man nicht durch Roboter ersetzen, pflegt er zu sagen – womit Håkon absolut nicht einer Meinung ist, aber bisher existiert jedenfalls kein Roboter, der Papas Rolle ersetzen könnte, und er fungiert zweimal die Woche als Berater, was seinem Leben neben dem Sport Sinn verleiht. Mama sollte großzügig genug sein, das zu verstehen, hatte er gemeint. Ich war im Grunde seiner Meinung. »Was will sie denn?« wollte ich von ihm wissen. »Das ist es ja«, war Papas Antwort gewesen, »ich weiß nicht, was sie will, sie kann doch nicht wirklich glauben, daß wir zu Hause aufeinander hängen oder das ganze Jahr hindurch sinnlose Urlaubsreisen unternehmen.« – »Und was antwortet sie, wenn du so was sagst?« fragte ich. »Ich habe das eben nicht gesagt«, antwortete er. »Dann mußt du sie wohl fragen«, sagte ich, »wie sie es sich vorstellt, warum es ihr so wichtig ist, daß du ganz in Rente gehst.« – »Sie wird antworten, wegen der Enkel, daß wir mehr Zeit für sie haben sollten, jetzt hätten wir zuwenig Zeit, um für sie dazusein, wie wir es uns früher wünschten.« Darauf entgegnete ich nichts mehr, obwohl mir die Tatsache, daß Mama ihrer beider Status allein definieren sollte, ziemlich unfair vorkam.

»Nicht mit mir«, sagt Håkon und unterbricht meine Gedanken.

Ich starre alle um den Tisch nacheinander an, Papa, Mama, Liv, Simen, Håkon. Simen ist der einzige, der meinem Blick begegnet, unsicher, dann schneidet er mit Mund und Augenbrauen eine kleine Grimasse, wie um die ganze Situation zusammenzufassen, und ich muß lachen. Ich lache laut und wütend. Blicke zu Mama und Papa.

»Auseinandergelebt? Etwas herausfinden? Mal im Ernst, ihr seid siebzig«, sage ich.

Sie antworten nicht. Ich schaue auf die Teller, die Mama mitten auf dem Tisch abgestellt hat, wir hatten ja noch gar kein Dessert, fällt mir ein, und ich sehe erst sie, dann Papa provokativ an, wie haben sie sich wohl vorgestellt, das jetzt zu lösen, den Rest der Feier? Ich werde ihnen nicht beispringen, ich verschränke die Arme über Brust und Bauch, lehne mich zurück. Liv räuspert sich, will offenbar etwas sagen, aber Konfliktlösung war noch nie ihre Stärke, und ich schüttle in ihre Richtung den Kopf: Hilf ihnen nicht!

Am Ende rettet sie Agnar, der die letzte Stunde mit Kopfhörern Computerspiele gespielt hat, als er zum Tisch kommt, nicht merkt, was für eine Stimmung herrscht – er ist Olaf ähnlich –, und fragt, ob es jetzt bald Kuchen gebe.

»Doch! Es ist absolut Zeit für Kuchen«, sagt Mama mit übertrieben resoluter Stimme und bringt die Teller in die Küche. Agnar setzt sich auf seinen Platz neben Papa, Papa legt den Arm um seine Stuhllehne, und er und Mama klammern sich für den Rest des Abendessens an Agnar wie an eine Rettungsboje.

Ich wache von Bauchkrämpfen auf, unten rechts hämmert der Schmerz. Regelschmerzen habe ich erst mit weit über Dreißig bekommen, beim ersten Mal glaubte ich, es sei eine Blinddarmentzündung. Ich rief mitten in der Nach beim ärztlichen Bereitschaftsdienst an, hatte einen netten Arzt am Telefon, der nach wenigen Fragen das Ganze als Krämpfe diagnostizieren konnte. Ich wollte sofort auflegen, so peinlich war mir das, aber er hatte offenbar viel Zeit, fragte, ob ich jeden Monat solche Schmerzen hätte. Ich antwortete: »Dann hätte ich jetzt bestimmt nicht beim Bereitschaftsdienst angerufen«, und versuchte zu lachen, er aber erzählte, es könne ernst genug sein, es gebe viele, die so starke Schmerzen hätten, daß sie richtig krank wurden. Als er fragte, ob ich Kinder hätte, und ich verneinte, klärte er mich darüber auf, daß bei kinderlosen Frauen über Dreißig die Schmerzen häufig plötzlich zunähmen. Ich bedankte mich für die Hilfe und dachte nicht weiter darüber nach, aber im vergangenen Jahr sind die Schmerzen zu einer Erinnerung an das geworden, das ich verdrängt und als gegeben angesehen hatte, die Schmerzen fühlten sich fast wie eine verdiente Strafe dafür an, wie bescheuert unbekümmert ich gelebt hatte.

Ich stehe auf, gehe ins Bad, schlucke zwei Paracetamol und stelle mich unter die Dusche – nutze die warmen Wasserstrahlen der Handbrause, um den Bauch in kleinen Kreisen zu massieren. Lehne mich mit dem Rücken an die geflieste Wand und weine hemmungslos über die gesamte Situation. »Dieses Abendessen war wie eine Szene aus einer abgenudelten, düsteren skandinavischen Filmtragödie«, sagte Simen gestern beim Schlafengehen lachend. Ich nickte. »Abgesehen von einem Mangel an Enthüllungen«, sagte ich, »mal abgesehen davon, daß sich Mama und Papa als zwei Greise offenbarten, die entschieden haben, das Leben habe mehr zu bieten, und um sich selbst zu finden, opfern sie ihre ganze Familie.« – »Vielleicht kommen die Enthüllungen noch«, meinte Simen, »wir wissen ja nicht, was zwischen den beiden vorgefallen ist.« – »Nichts ist vorgefallen«, fiel ich ihm ins Wort und war mir dabei ganz sicher, das einzige was vorgefallen war, ist, daß die eine Seite darüber spricht, in Rente zu gehen, und die andere Seite ihr Alter verdrängt.

Mama hat mit siebenundsechzig als Verlagslektorin zu arbeiten aufgehört und es bereits vier Tage später bereut, wie sie betonte, als wäre ihr aufgegangen, daß sie alt wird. Sie ist bis heute für den Verlag beratend tätig, wie auch für ein paar Autoren, die unter keinen Umständen auf sie verzichten wollten, wie sie oft mit schlecht verborgenem Stolz sagt – was aber offenbar stimmt, denn sie bekommt weiterhin zu allen Zeiten und egomanischen Unzeiten Anrufe von ihnen. Während ich unter der Dusche stehe, frage ich mich, ob das der Grund ist, ob Mama auf einmal einfach zuviel Zeit hat, ob ihr langweilig ist und sie nach etwas sucht, womit sie ihre Zeit ausfüllen kann, ob Papa nicht genug ist – ob ihr jetzt die Bestätigung, die Anerkennung und die Aufmerksamkeit, die sie in ihrer Arbeit erhalten hat, fehlen und Papa und wir Kinder kein befriedigender Ersatz sind. Vielleicht fehlt ihr das Gefühl, etwas zu leisten, kommt mir in den Sinn, vielleicht sucht sie nach etwas Sinnvollerem, als eine mit Papa verheiratete Rentnerin zu sein. Noch vor zwei Jahren hätte ich das womöglich besser verstanden, aber jetzt erscheint es mir unverständlich, fast ungerechtfertigt, daß ihr das Dasein mit drei Kindern und zwei Enkelkindern leer vorkommen kann. Dasselbe gilt für Papa, aber ich kann mir nicht im Traum vorstellen, daß die Trennung von ihm ausgeht, ich glaube nicht, daß er dieselben Sehnsüchte hat, und er arbeitet noch immer, hat noch immer viel, um sein Leben auszufüllen. Zu viel, findet Mama offensichtlich, und ich frage mich, warum ihr so wichtig ist, daß auch er in Rente geht.

Sie sind nach dem Abendessen ins Bett gegangen, im selben Zimmer – worüber sie wohl gesprochen haben, als sie allein waren, ob überhaupt etwas gesagt worden ist? Als Agnar fast vom Stuhl kippte und Liv – zu ihrem übertrieben demonstrativen Entsetzen – feststellen mußte, daß es schon zwei Stunden über seine normale Schlafenszeit war, und ihn ins Bett beförderte, löste sich die Gesellschaft auf. Liv fing an aufzuräumen, wie immer, das ist in schwierigen Situationen ihr erster Impuls, aufräumen und auf Routinen beharren wie auf Agnars Schlafenszeit. Die ist so wichtig, daß es fast schon zwanghaft ist, was Håkon und ich schon oft aufs Korn genommen haben, aber nicht heute. Simen und Olaf halfen ihr beim Abräumen, Håkon und ich blieben am Tisch sitzen. Der Gedanke, daß Mama und Papa einfach ins Bett gegangen waren und uns damit alleingelassen hatten und wir uns zu ihrem Beschluß verhalten mußten, während sie nicht anwesend waren, machte mich noch wütender. »Alles in Ordnung?« fragte ich Håkon schließlich, weil ich nicht wußte, was ich sonst sagen sollte. Er lachte leise auf, zuckte mit den Schultern. Dann kamen Olaf und Simen zurück an den Tisch, und die drei redeten über die italienische Fußballiga. Ich ging zu Liv in die Küche.

Sie stand vor einer Salatschüssel und heulte. Ich mußte lachen. »Ach, Liv«, sagte ich und legte den Arm um sie.

Liv ist einfach stärker abhängig von Mama und Papa als ich, von ihrer Anerkennung für das, was sie tut, auch noch im Erwachsenenalter. Ich erinnere mich, wie sie fast um Erlaubnis fragte, Olaf heiraten zu dürfen, sie war nervös und rief mich täglich an, bevor sie ihnen erzählte, daß sie planten, kirchlich zu heiraten, als könnte sie ihnen nichts Schlimmeres antun. »Liv«, hatte ich gesagt, »du tust das doch nicht für oder gegen Mama und Papa, strenggenommen tust du das wohl für dich und Olaf. Eventuell auch gegen ihn«, hatte ich scherzhaft nachgeschoben. »Für dich ist das leicht«, hatte sie geantwortet, »du weißt nicht, wie es ist.« – »Wie was ist?« wollte ich wissen. »Daß sie bei allem, was ich mache, so große Erwartungen haben.« – »Das stimmt so nicht, Liv, du bist nicht gerade unbeteiligt, diese Erwartungen zu wecken, du erwartest sogar, daß sie Erwartungen haben, es ist ein Teufelskreis.« Damals war ich sechsundzwanzig und wußte nicht, daß meine Gedanken zwölf Jahre später obsessiv um Familie kreisen würden.

Was, wenn ich nie Kinder bekommen kann? denke ich jetzt unter der Dusche. Dann habe ich keine Familie außer dieser.

Im Juni kauften Simen und ich gemeinsam unsere erste Wohnung.

Nachdem wir aus Italien zurückgekommen waren, mit einer eingebildeten Schwangerschaft und einem verheirateten Elternpaar weniger, stürzte ich mich als erstes auf die Wohnungsanzeigen. Ich war überzeugt davon, Simen könnte mich zu jedem Zeitpunkt verlassen, alles schien mit einemmal zerbrechlicher, unsicherer. Auf dem Heimflug saß ich neben Papa, versuchte ihm zu entlocken, was zwischen ihm und Mama vorgefallen war. »Es gab keinen besonderen Vorfall«, sagte er. »Du glaubst immer, der Ausgangspunkt müsse in einem Ereignis liegen, in etwas Konkretem, aber es verläuft viel träger, langsamer. Ich weiß nicht einmal, wann es angefangen hat.« – »Aber ihr hattet es doch nicht nur schlecht miteinander«, insistierte ich. »Natürlich«, antwortete er. »Aber man kann nicht darüber hinwegsehen, daß es über weite Strecken mehr Pflicht als Lust war. Ich habe geglaubt, so muß das wohl sein.« Ich drehte mich weg in Richtung Liv, die ein paar Reihen hinter uns saß, sie würde sagen, so *müsse* es wohl sein, so sei das Leben. Ich hatte gewünscht, ich könnte dasselbe zu Papa sagen, ihn überzeugen, aber ich blieb stumm. »Ich weiß nicht«, sprach er weiter, »man geht ja in verschiedenen Beziehungen unterschiedliche Verträge ein, aber nicht alle Verträge müssen auf Lebenszeit eingehalten werden, wenn sich die Prämissen ändern.« – »Welche Prämissen?« fragte ich. »Sowohl Torill als auch ich haben uns verändert, wir sind nicht mehr dieselben wie damals, als wir uns kennengelernt haben, es ist fraglich geworden, daß wir noch zusammenpassen.«

»Sie haben noch nie zusammengepaßt«, sagte ich später zu Simen. Und darüber habe ich auch schon früher nachgedacht, wie komplett unterschiedlich die beiden die Welt sehen und sich ihr nähern. Sie ist offensiv, intensiv und sensibel, während er viel distanzierter, logisch und auf ganz anderen Gebieten empfindsam ist. »Jenseits von uns Kindern haben sie keinerlei gemeinsame Interessen. Sie haben im wahrsten Sinne des Wortes einen Vertrag geschlossen, wie Papa gesagt hat, und sich dementsprechend verhalten. Glaubst du, sie waren überhaupt je verliebt?« fragte ich Simen. Natürlich konnte er darauf nicht antworten, und die Frage war teils rhetorisch, damit ihm der Unterschied zwischen ihnen und uns klar wurde. »Ich glaube an Beziehungen und Familie, in denen die Liebe zwischen zwei Menschen die Basis ist, und nicht, daß man sich aufgrund praktischer Gründe oder Angst oder was auch immer füreinander entscheiden sollte«, fuhr ich fort, um ihn zu beruhigen.

Für Simen spielen Familie, Äußerlichkeiten und geordnete Beziehungen eine *sehr große* Rolle. Am besten alles so normal wie möglich, überschaubar und ordentlich. Er haßt Bodensatz, und auch wenn ich nicht ganz verstehe, was er mit Bodensatz meint, bin ich davon überzeugt, daß die Scheidung siebzigjähriger Eltern garantiert in diese Kategorie fällt.

Bis jetzt haben wir in der Wohnung gewohnt, die er vor vielen Jahren mit seiner letzten Freundin gekauft hat. Auch wenn ich die Möbel umgestellt und die Wände neu gestrichen, meine Bilder aufgehängt und Schubladen und Schränke mit meinem Geschirr und meinen Kleidern gefüllt habe, waren es trotzdem noch immer ihre Zimmer mit ihren Nägeln in der Wand, ihre Schiebetürgarderobe und ihr Kühlschrank. Eifersucht ist mir neu, fast habe ich mich über die Erkenntnis, daß sie der Grund für meinen kindischen Besitzanspruch war, gefreut – ich sagte zu Simen, nicht ohne Stolz in der Stimme: »Du verstehst bestimmt, daß ich eifersüchtig bin in der Wohnung, die ihr zusammen gekauft habt, in der ihr so viele Erinnerungen habt, ich weiß nicht, was ihr wo gemacht habt.« Und auch wenn Simen sagte, er verstehe, was ich meinte, wohnten wir noch ein ganzes Jahr dort. »Wir können hier keine Kinder haben«, sagte ich vor einem halben Jahr. »Nein«, stimmte Simen zu. Ich war diejenige, die damit begann, Wohnungsanzeigen durchzusehen, etwas halbherzig, denn trotz allem gibt es für mich nichts Schlimmeres als umzuziehen.

Die neue Wohnung liegt in St. Hanshaugen, im dritten Stock mit Lift, hat Ausblick auf einen Park, in dem Mütter mit Kinderwagen joggen, vier Zimmer und einen Balkon. Sie lag fast eine Million über Schätzwert, und auch wenn sowohl Simen als auch ich gut verdienen, brauchten wir einen so unverantwortlich hohen Kredit, daß es sich fast wie eine Rebellion gegen Papa anfühlte – der Liv, Håkon und mir immer verantwortungsvolles Haushalten predigt.

Der Prozeß des Wohnungskaufs besetzte mein Denken: Erwartungen, Hoffnung, Enttäuschungen, ich preßte einfach alle Gefühle in Anzeigen, Besichtigungen, Bieterverfahren, Absagen, Erhöhung des Kredits, neue Besichtigungen, neue Bieterverfahren, zu guter Letzt der berauschende Sieg, und jetzt sitzen wir hier. Simen und ich. In unserer neuen Wohnung, an unserem neuen Küchentisch – wir brauchten ein paar neue Möbel, die zu der Wohnung paßten – und trinken gemeinsam eine Flasche Wein. Seit unserer Rückkehr aus Italien ist Simens Druck auf mich, ich solle keinen Alkohol trinken, nicht mehr so groß, und obwohl mich das beunruhigt, ist es zu berauschend schön, darauf zu trinken, daß ich es auch sein lassen kann. »Außerdem ist es einfach Quatsch«, wie ich Simen anfangs noch völlig unbekümmert gesagt hatte, »wenn ich den ganzen Monat nicht trinke, obwohl ich weiß, daß ich nicht schwanger bin. Ich kann ja im letzten Teil meines Zyklus damit aufhören.« Er fragte, ob wir es nicht einfach ganz sein lassen sollten, es hätte keinen Sinn, dieses Risiko einzugehen, warum ich das wolle, es wäre besser, wenn ich alles konsequent umsetzen würde. »Für unser Kind, meine ich«, sagte er, und es war schwer, gegen des Beste unseres Kindes zu argumentieren. So sprachen wir die ganze Versuchszeit, als gäbe es bereits ein Kind: *unser* Kind. Simen trank ebenfalls nichts, aus Solidarität mit mir, aß seinen Lieblingskäse nicht oder den traditionellen Speck zu Weihnachten, was den Druck auf mich nur erhöhte. »Iß und trink«, sagte ich schließlich nach dem vierten mißglückten Versuch, »nimm einen großen Bissen Brie, ich kann die Bürde nicht tragen, daß du es ebenfalls nicht schön haben sollst.« – »Wir machen das doch zusammen«, entgegnete Simen, noch immer voll mißverstandener Solidarität.

Es ist eine kleine Antiklimax, ich kann die Wohnung, den Tisch, den Wein oder Simen nicht genießen, wie ich es mir vorgestellt hatte. Zu viel schwelt, muß raus, muß besprochen werden, aber etwas in mir hat sich verändert – ich habe nicht die Energie, irgendeinen Kampf aufzunehmen. Sätze zu formulieren. Ich glaube nicht einmal mehr daran, daß es hilft, so wie ich früher felsenfest davon überzeugt war, Probleme würden besser, wenn man sie ausspricht, diskutiert und somit unschädlich macht. Livs Meinung nach bin ich zu konfrontativ, man müsse nicht über alles sprechen, und vielleicht hat sie recht, denn jetzt fühlt es sich eher riskant als beruhigend an, mit Simen über unser Kind – unser Nichtkind – oder über Mama und Papa zu reden.

»Sollen wir raus auf den Balkon?« fragt Simen.

Es regnet ständig, wie schon seit unser Rückkehr aus Italien, feuchte Luft, feuchter Boden. Oslo wirkt farblos und ostig.

»Glaubst du, der Sommer kommt in diesem Jahr überhaupt jemals?« frage ich Simen, als wir draußen eng an die Wand gepreßt sitzen, durch den Balkon über uns vor dem Regen geschützt.

Simen seufzt, glaubt bestimmt, das wäre eine Metapher. Er mag Metaphern nicht, vermeidet sie, soweit es geht, in allem, was er schreibt und sagt. Er verdient viel Geld damit, Wirtschaftsleuten gutes Schreiben beizubringen, und ist in seiner Überzeugung unbeirrbar, in bezug auf Fachsprachen sei das Einfachste das Beste. »Metaphern können auch bereichern«, lautet mein Einwand. Ja, beim Schreiben von Literatur, aber nicht, wenn man nach einer klaren und deutlichen Botschaft strebt. Es gibt eine Metapherninflation, ist sich Simen sicher, worauf ich ihn darauf hinweisen muß, daß das wiederum selbst eine Metapher ist, es sei unmöglich, ihnen zu entkommen, sogar für ihn.

»Ich meine es ernst, also, ich habe ein Diagramm gesehen, das zeigt, wie das Klima in einigen Jahren höchstwahrscheinlich sein wird, und in Norwegen wird es keinen Sommer und keinen Winter mehr geben«, füge ich hinzu.

»Es wird bestimmt Sommer und Winter geben, auch wenn wir nicht genausoviel Schnee haben werden und es nicht genauso warm sein wird«, sagt Simen. »Die Jahreszeiten sind nicht nur vom Wetter abhängig.«

Er lehnt den Kopf an die Mauer hinter uns. Blickt über den Park. Ich versuche, noch auf etwas zu kommen, was ich erwidern könnte, worüber wir sprechen könnten, aber da ist Leere. Oberflächlich reden konnte ich noch nie gut, und ein oberflächliches Gespräch führen zu müssen, um eine bedeutungsvolle Stille zu überdecken, insbesondere mit meinem Freund, ist für mich die denkbar größte Niederlage. »Macht Pausen, nutzt die Stille!« sage ich den Politikern, die ich coache. »Pausen tun nicht weh, ihre Wirkung ist oft stärker als Worte.« Das Schweigen zwischen Simen und mir habe ich nicht im Griff, es ist neu und wächst.

Anfang Juli fragt Mama in einer SMS, ob ich im Sommer in die Familienhütte fahre. »*Fährst du?*« schreibt sie, in ihrem plötzlichen Bedürfnis zu unterstreichen, daß jeder ein selbständiges Individuum ist. »Simen und ich wollen Ende des Monats hin«, antworte ich; stelle keine Gegenfrage, aber sie antwortet trotzdem: »Ich fahre ins Gebirge.« Ihre Schwester hat eine Hütte in Telemark, die knapp über Meereshöhe liegt, aber Mamas Familie ist diesbezüglich überraschend unpräzise, sie bezeichnen alles, was nicht am Meer liegt, als Gebirge. Ich antworte nicht, alles, was sie und Papa zur Zeit unternehmen, empfinde ich als Demonstration. Sie demonstrieren die Veränderung. Keine Tradition oder Routine soll weitergeführt werden. »Ich glaube nicht, daß sie etwas demonstrieren wollen«, sagte Håkon, als ich ihn vorhin anrief. »Wie sollen sie es denn sonst machen? Der springende Punkt ist ja, daß es anders werden *soll.*« – »Ich weiß nicht«, sagte ich, »ich habe nur das Gefühl, daß sie die ganze Zeit extra darauf hinweisen, sie nehmen keinerlei Rücksicht.« – »Auf dich?« fragte Håkon. »Auf uns«, antwortete ich. Obwohl sonst niemand weiß, daß Simen und ich versuchen, ein Kind zu bekommen, und obwohl ich weiß, wie unfair und kindisch es daher ist, überkommt mich das Gefühl, jeder sollte darauf Rücksicht nehmen, auf mich. In manchen Augenblicken denke ich sogar, wie abgrundtief selbstsüchtig Papa und Mama sind, sich ausgerechnet jetzt scheiden zu lassen – mußten sie mir inmitten meiner schwierigen Bemühungen auch noch diese Zusatzbelastung aufhalsen? Oft folgt darauf ein durchdringendes Gefühl von Ungerechtigkeit, daß sie vor meinen Augen fast demonstrativ die Familie abschaffen, vor mir, die verzweifelt versucht, eine zu gründen. Direkt im Anschluß schäme ich mich zutiefst für diese egoistischen Anwandlungen, aber ganz gleich, wie sehr ich mich zu rationalen Gedanken zwinge, der Zorn sitzt in mir.

»Hast du mit Liv gesprochen?« fragt Mama, als ich nicht antworte, zehn Minuten später in einer SMS. Ich verdrehe beim Blick aufs Display die Augen; danach wollte Mama also eigentlich fragen. »Nein«, antworte ich und bitte sie, Liv selbst anzurufen. Mama hat wahnsinnig Angst, in Livs Privatsphäre einzudringen, wie sie sagt, weil Liv so empfindlich ist. Seit ich denken kann, war sie Liv gegenüber vorsichtig, nicht im Ansatz so kontrollierend wie mir gegenüber, da sie die unausgesprochene Auffassung hatte, ich brauchte klarere Grenzen.

Seit Italien habe ich weder mit Liv noch mit Håkon richtig geredet, abgesehen von dem kurzen Telefonat mit Håkon heute, strenggenommen habe ich mit fast niemandem gesprochen, nachdem in meinen Körper die Stille eingezogen war. Zum ersten Mal mache ich die Erfahrung, daß nichts, was ich sage, etwas ändern kann. *Worte sind Wege* steht unter einer gerahmten Karikatur von mir auf meinem Schreibtisch im

Büro. Ich habe sie von einem Freund, einem Illustrator, zum Dreißigsten bekommen, er hat mich mit langen gestikulierenden Armen, ausgestrecktem Zeigefinger, offenem Mund und strengem Blick gezeichnet. So nehmen mich meine Freunde wahr, hatte ich überrascht gedacht.

Angesichts der Tatsache, daß ich tagtäglich andere Menschen einschätze, wies ich in diesem erwachsenen Alter eine geradezu peinlich schlechte Selbsteinschätzung auf. Begriff nicht, daß ich nach außen nur wenig von mir preisgab und dabei glaubte, man würde mich als so verletzlich wahrnehmen, wie ich mich fühlte. »Das kommt davon, daß du aussiehst, wie du aussiehst, niemand glaubt, du könntest schwach sein«, hatte mein Exfreund einmal gesagt. »Ich habe das nicht so gemeint«, wiegelte er ab, als er begriff, daß ich wütend wurde, »ich meinte nur, daß du es nicht nötig hast zu kompensieren – du hast es nicht nötig, in bestimmten Situationen zu lächeln und zu lachen und dich abzusichern, wie andere es tun.« Ihm war nicht klar gewesen, daß ich seit meinen Teenagerjahren mein Aussehen kompensierte, daß ich mich damit abmühte, ernstgenommen zu werden, daß ich Tausende Kronen für Kleidung ausgegeben hatte, die meinen Körper nicht betonte, meine Haare dunkler färbte, zuverlässig und seriös war, starke Meinungen hatte, nicht zuletzt doppelt so hart arbeitete wie die meisten anderen, damit keiner sagen konnte, ich bekäme etwas geschenkt. »Wir müssen aufpassen, nicht als billig angesehen zu werden«, sagte Mama, als meine Brüste mit vierzehn schon ziemlich groß waren. Sie hatte es gut gemeint, davon bin ich heute überzeugt, aber sie hatte nicht begriffen, wieviel Zeit und Kraft ich gegen die Angst verwendete, billig zu wirken, aufs Aussehen zu setzen, nicht ernstgenommen zu werden.

Bestimmt sollte ich Liv anrufen, denke ich, nachdem Mama noch eine Nachricht schickt. Einen Chat mit ihr oder Papa kann man kaum beenden, sie haben kein natürliches Verständnis von diesem Kommunikationsmedium und bekommen Streß, wenn darauf nicht ein Anruf folgt. »Mach's gut«, schreibt Mama in einer weiteren SMS. Jetzt wartet sie bestimmt darauf, daß auch ich »Mach's gut« schreibe. Wenn sie sich unbedingt wie eine Vierzigjährige aufführen will, muß sie noch manches lernen.

Ich rufe Liv nicht an, sie würde bestimmt erwarten, daß ich ihre Gefühle in Worte fasse, damit sie dann im nächsten Schritt mich trösten kann. Das ist der Mechanismus zwischen uns, und er hat im großen und ganzen immer funktioniert. Zumindest bis Simen und ich versucht haben, Kinder zu bekommen, danach wurde das Reden mit Liv in jeglicher Hinsicht schwieriger. Am Anfang erzählte ich weder ihr noch sonst jemandem von unseren Versuchen, weil ich mir den Augenblick ausmalte, in dem ich allen verkündete, daß ich schwanger sei, im zweiten oder dritten Monat, wie ich Liv überraschen würde, die seit Jahren damit nervte, Tante werden zu wollen. »Ich möchte auch Tante sein« – dieses Bedürfnis von ihr verstehe ich nicht, wo sie doch schon Mutter ist. Meine Freude am Tantesein besteht in erster Linie darin, Zugang zu Kindern zu haben, die irgendwie ein bißchen meine sind, ohne Verantwortung für sie zu tragen. Nicht zuletzt auch darin, mir herausnehmen zu können, in Agnars Augen viel cooler und entspannter zu sein als Liv, ihm Dinge zu erlauben, die sie ihm nie erlauben würde und deren Konsequenzen sie später dann tragen muß.

Liv war an vorderster Front, mir zu sagen, ich müsse Kinder kriegen, bevor es zu spät sei, sie hatte mich seit meinem dreißigsten Geburtstag gewarnt, nicht zu lange zu warten. Und deshalb fühlt es sich jetzt, da sich das Schwangerwerden als schwieriger erweist, als ich gedacht hatte, unmöglich an, mit ihr zu sprechen. Sie hat eine politische Agenda, dabei geht es nicht nur um mich, ihrer Meinung nach ist es eine schädliche gesellschaftliche Entwicklung, daß so viele mit dem Kinderkriegen viel zu lange warten. Sie hat darüber mehrere Artikel geschrieben, verzweifelte Vierzigjährige interviewt, die ihre Priorität darauf gelegt hatten, zu *leben*, wie Liv betonte. »Das ist ihrer aller Antwort«, sagte Liv nach dem Verfassen eines dieser Artikel, »sie wollten ihr Leben leben, bevor sie Kinder bekämen, aber wenn ich frage, was sie mit ›das Leben leben‹ meinten, kann keine von ihnen eine richtige Antwort geben, es sind vage Träume davon, mehr zu reisen, zu arbeiten, zu feiern, aber eigentlich geht es nur darum, daß sie Angst davor haben, Verantwortung zu übernehmen, Angst davor, erwachsen zu sein.« Sie hat mich schon lange nicht mehr gewarnt, aber ein paar Monate nachdem ich Simen kennengelernt hatte, fragte sie, ob ich mir Kinder mit ihm vorstellen könnte. Ich war total gefrustet, daß das offensichtlich das einzige Kriterium für sie und die meisten meiner Freundinnen war – möchtest du Kinder mit ihm, kannst du ihn dir als Vater vorstellen und so weiter –, und fertigte sie damit ab, daß es für solche Gedanken noch zu früh sei, aber nur ein paar Monate später fingen Simen und ich an, übers Kinderkriegen zu sprechen, daß er sich Kinder wünsche und sich immer vorgestellt habe, viele zu haben. »Meine Familie findet, ich bin spät dran«, erklärte er und fügte hinzu, sein jüngerer Bruder habe bereits zwei. Und ich dachte zum ersten Mal ernsthaft darüber nach, Kinder zu bekommen, jetzt, und das blieb nicht lange nur ein Gedanke an eine ferne Zukunft.

Außerdem ist es unmöglich, mit Liv zu sprechen, weil sie mich daran erinnert, was ich nicht habe, denn sie spricht die ganze Zeit über ihre Kinder. Obwohl sie Journalistin ist und immer über alles informiert, sind Agnar und Hedda ihr Hauptbezugspunkt. Was die beiden getan oder gesagt haben oder am allermeisten ihre – für mich unverständlichen – Sorgen um sie. »Du weißt nicht, wie das ist«, antwortet Liv, wenn ich sie damit konfrontiere, und wiederholt das Argument, das alle Kleinkindereltern gegenüber denen anführen, die keine Kinder haben: »Warte nur, bis du selber Kinder hast, dann wirst du anders denken.«

Ich schicke Liv eine Nachricht, wünsche ihnen eine gute Reise zur Hütte in Südnorwegen, wir würden uns darauf freuen, Ende Juli runterzukommen, beende die Nachricht mit »*laß uns telefonieren*«, damit liegt es an ihr.

Ein paar Wochen später stellt sich heraus, daß Simen nicht in die Hütte fahren will. Er hat das Angebot angenommen, als Ratgeber für ein großes öffentliches Sprachprojekt zu fungieren, das im August lanciert werden soll, und hat nur die letzte Juliwoche frei.

»Das hast du doch selbst so entschieden«, sage ich, als er das als Argument vorbringt.

Wir liegen in unserem neuen Bett, es ist Abend, in eineinhalb Wochen wollen wir eigentlich in die Hütte fahren. Wir haben miteinander geschlafen, fast ohne uns zu berühren, ohne Leidenschaft und ohne Romantik. Wir können beide nicht mehr so tun, als ginge es nicht nur um etwas rein Technisches, wir sagen nichts, ermutigen nicht, lachen nicht, bestätigen nicht. Wir sind stumm und konzentriert. Morgen in einer Woche versuchen wir es seit einem Jahr, und ich erinnere mich an den Abend in der alten Wohnung, an das alte Bett, die unbändige Lust und Freude, ausgelöst von dem Wunsch, der jetzt alles tötet.

»Wir waren dieses Jahr schon über eine Woche mit deiner Familie im Urlaub«, sagt Simen. »Wir haben ja gesehen, wohin *das* führt.«

Ich mag nicht einmal gekränkt sein.

»Billig«, sage ich nur.

Ich höre an seinem Atem, daß er wütend wird. Merkwürdig, wie zwei Menschen, die auf dem Gebiet der Kommunikation arbeiten, so schlecht miteinander sprechen können, denke ich. Wie auf Kommando reißt Simen sich zusammen.

»Aber ehrlich, Ellen«, sagt er mit sanfterer Stimme. »Es ist ja nicht so, daß es mir in eurer Hütte nicht gefällt. Ich finde nur, wir brauchen ein wenig Urlaub miteinander, zu zweit, nach allem, was passiert ist, bist du da nicht meiner Meinung?« fährt er in pädagogischem Tonfall fort.

»Alles, was passiert ist« ist provokant unpräzise, und ich möchte außerdem am liebsten antworten, daß wir die Zeit für uns bräuchten, sei im Juni genau mein Argument gewesen. Da nämlich erfuhr ich erst von seinem Plan, den ganzen Sommer zu arbeiten. Und seine Antwort war gewesen, wir seien ja jeden Abend und jedes Wochenende zusammen, was nicht stimmte, weil wir beide in erster Linie bei der Arbeit waren. Aber in seiner Stimme war jetzt etwas so Abweisendes, daß ich nicht wage, weiter zu sticheln. Seltsamerweise versteht er nicht, daß ich es als Schlappe empfinde, mich in der einen Woche, die er freinimmt, auch noch nach ihm zu richten zu müssen; es ist eine Provokation, daß er sich überhaupt traut, etwas anderes als das vor Wochen Vereinbarte vorzuschlagen.

»Wir haben den ganzen Anbau für uns, es ist ja nicht so, daß wir die ganze Zeit mit Liv und Olaf zusammen sind«, sage ich leise und halbherzig, verstehe, daß ich verloren habe, ich kann Simen sowieso nicht mit in die Hütte zwingen, vor allem nicht, nachdem ich vor ein paar Wochen ein Wochenende mit seinen Brüdern, Schwägerinnen und ihren tausend Babys in seiner Familienhütte abgelehnt habe.

Es geht nicht darum, daß ich keine Lust habe, mit Simen in Urlaub zu fahren. Aber ich brenne nicht gerade vor Sehnsucht nach einem Urlaub mit ihm, so wie es zwischen uns gerade ist, weiterhin still und angespannt. Doch mir ist klar, es wäre wahrscheinlich schlau und würde vielleicht dazu führen, daß wir beide uns entspannen und zu dem zurückfinden, was wir noch vor einem Jahr waren. Es geht mehr darum, daß ich plötzlich ein starkes Bedürfnis verspüre, in unsere Hütte zu fahren, dort zu sein, eine Tradition aufrechtzuhalten, die mir in den letzten zehn Jahren eigentlich nie besonders wichtig war. Liv, Håkon und ich haben jeden Sommer unserer Kindheit mindestens zwei Wochen in der Hütte verbracht, bis wir alle groß genug waren, über unsere Ferien selbst zu bestimmen. Jetzt hat

Liv die Hütte praktisch übernommen, und sie und ihre Familie folgen demselben Muster – mindestens zwei Wochen jeden Sommer. Die Übernahme war schrittweise vor sich gegangen, im Takt damit, daß Olaf Jahr für Jahr mehr Holz gehackt, die Terrasse ausgebaut, den Anbau gestrichen, die Fenster im oberen Stock der Haupthütte ausgetauscht hatte und so weiter. Die letzten Jahre waren Mama und Papa eher bei Liv und Olaf zu Besuch gewesen als umgekehrt, wozu Papa, obwohl er sich anfangs am meisten dafür eingesetzt hatte, daß Liv mehr Verantwortung für die Hütte übernahm, ein ambivalentes Verhältnis hat – und er konkurriert einen Großteil der Zeit, die sie dort sind, kindisch und wortlos mit Olaf um Rasenmäher, Kettensäge und das Werkeln am Bootsmotor. Aber sie kommen jedes Jahr, halten die Tradition aufrecht. Dieses Jahr fährt zum ersten Mal keiner von beiden hin, ich frage mich, welchen Kontakt Liv mit ihnen hatte, ob sie ihnen nicht erlaubt hat zu kommen oder ob sie eigentlich froh sind, dem zu entgehen. Vielleicht beides.

Ich habe mich den ganzen Sommer über nach Südnorwegen gesehnt, mich darauf gefreut, in die Hüttenbeständigkeit zu fahren, zu den festen Routinen, Mustern und der Geborgenheit in den Erinnerungen.

»Ich habe einfach ein so wahnsinniges Bedürfnis nach ein bißchen richtigem Sommer und Sonne«, sagt Simen jetzt, antwortet nicht auf meinen Hinweis, daß wir nicht die ganze Zeit an Liv und Olaf kleben müßten. »Wir können fahren, wohin du willst«, fügt er hinzu.

Ich sehe Liv vor mir, vermisse sie plötzlich, frage mich, warum sie nicht anruft, was sie dazu sagen wird, daß wir nicht kommen, vielleicht ist es ihr auch egal, vielleicht hat sie das ganze Familiending satt.

»Gut. Ich schicke Liv morgen eine Nachricht, daß wir nicht kommen«, sage ich.

»Vielleicht Griechenland? Oder wie wär's mit Kroatien?« fragt Simen plötzlich begeistert wie ein kleines Kind.

Auf dem Rückflug bekomme ich meine Tage.

»Vielleicht solltest du doch mal mit deiner Mutter sprechen«, hat Simen am letzten Abend in Kroatien gesagt. Ich hatte ihm davon erzählt, daß sie mehre Jahre gebraucht hatte, bis sie mit Håkon schwanger wurde. »Vielleicht ist es erblich«, sagte ich und legte die Hand auf meinen Unterbauch, wo definitiv etwas vor sich ging, ich spürte, wie sich etwas festsetzte, wie ich es jeden Monat im letzten Jahr gespürt hatte, ganz deutlich, auch wenn ich nicht mehr länger daran glaube. »Ich frage Mama nicht um Rat, besonders nicht jetzt«, antwortete ich. »Außerdem kann mir Mama dabei auch nicht helfen, sie hat nie eine richtige Antwort darauf bekommen, warum es so schwierig gewesen ist, nach mir noch ein Kind zu bekommen.«

Das stimmt so nicht, aber zu sagen, daß Mama eigentlich mir die Schuld gibt, ist unmöglich. Simen wäre schockiert von ihr und darüber, welche Äußerungen und Meinungen wir uns in unserer Familie erlaubten. Dann täte ich ihm leid, er wäre bestimmt überzeugt, es fühle sich schrecklich an, wenn einem so etwas vorgeworfen wird, und das schwelte sicher dauerhaft zwischen uns. Das tut es nicht, auch wenn ich einmal geträumt habe, das Ganze sei die Strafe dafür, daß ich Mama bei meiner eigenen Geburt kaputtgemacht habe. »Ich habe mir nichts zuschulden kommen lassen«, wie ich zu Håkon sage, »sei froh, daß du noch so jung bist.« – »Ja, dank dir bin ich überhaupt ich«, scherzt er manchmal, wenn ich ihn für irgend etwas lobe. Mama macht mit der Behauptung, es habe an mir gelegen, keinen Witz, fügt aber immer hinzu, daß das selbstverständlich kein Vorwurf ist, sondern bloß eine Tatsache: »Es *lag* nun mal höchstwahrscheinlich an deiner schweren Geburt«, sagt sie. »Ja, ja, danke, vielen, vielen Dank, daß du das ausgehalten hast, ich hoffe, du hast für deine Leiden etwas bekommen«, antworte ich.

Obwohl Simen und ich eine ganze Woche Urlaub zu zweit verbracht haben, haben wir nicht soviel geredet, wie ich gehofft und gefürchtet hatte. Die Tage verstrichen in einem warmen Urlaubsdösen, und obwohl wir im vorhinein wahrscheinlich beide gedacht hatten, wir müßten die Atmosphäre zwischen uns klären, vermieden wir es, sprachen über ganz andere Dinge. Wir fanden zu all dem zurück, worüber wir »vor dem Kind« gesprochen hatten – das nicht mehr *unser* Kind, sondern ein eitriges Geschwür aus Schweigen ist –, und nach ein paar holprigen Abenden am Urlaubsanfang fanden wir auch zu unserem alten Gesprächsfluß, der Energie in unseren Diskussionen zurück. Erst am letzten Abend wagten wir uns an Gespräche, die sich mehr um uns drehten, als der Kellner des Restaurants fragte, ob wir einen besonders guten regionalen Wein probieren wollten. Simen zögerte, da er nur in ganzen Flaschen verkauft wurde, und ich sagte: »Komm schon, es ist der letzte Abend«, und bevor er protestieren konnte: »A bottle and a glass for him, please, and just sparkling water for me, thank you.« Simen war übertrieben dankbar. »Bist du sicher, daß du keinen Schluck haben willst?« fragte er, als der Wein kam, und ich schüttelte den Kopf und lächelte: »Nein, ist bestimmt besser, es nicht zu tun.« Simen lächelte zurück. Wie in einem schlechten Film, wir wußten beide, daß der andere eine Rolle spielte, aber Simen wollte etwas zurückgeben, fragte, wie ich mich fühlte, ob ich neue Symptome spürte. Ich schüttelte den Kopf. »Keine neuen«, sagte ich. »Ich habe unlängst gelesen, daß solche Schwierigkeiten erblich sind, falls deine Mutter oder gar schon deine Großmutter Schwierigkeiten gehabt haben, kann dasselbe Problem bei dir vorliegen«, sagte er. Erst war ich verwundert, daß Simen sich noch immer mit dem Thema beschäftigte, dachte ich doch, er hätte es aufgegeben, nachdem wir nie mehr darüber sprachen. Ich erzählte ihm von Mama. »Wenn es auch diesmal nicht klappt, gehe ich zum Arzt«, versprach ich.

In verdrängendem Protest hatte ich es den ganzen Sommer über vor mir hergeschoben, einen Arzttermin zu vereinbaren, hatte darauf gewartet, daß mich Simen dazu aufforderte, was er nicht tat, aber das Gespräch im Restaurant reichte mir, er hatte noch immer zumindest ein geringes Interesse, vielleicht Hoffnung.

Nachdem ich irgendwo über Österreich auf der Toilette gewesen war, quetschte ich mich neben den schlafenden Simen in meinen Sitz, loggte mich in das Netzwerk des Flugzeugs ein und machte via Onlinebooking einen Termin bei meinem Hausarzt, umklammerte das Telefon so fest, daß meine Finger am Ende schmerzten. Ich war auf eine neue Art ängstlich, ängstlicher als je zuvor.

Ich warte über drei Wochen auf einen Termin bei meinem Arzt, in der Zwischenzeit versuchen wir es nicht einmal, auch nicht, als der Ovulationstest grün leuchtet – den mache ich nur, um dem Arzt gewissenhaft und präzise Antworten geben zu können, weiß, wonach er fragen wird, habe sämtliche Mama- und Frauenforen mehrmals durchforstet – das neue Ziel sind jetzt Antworten.

Mein Arzt ist verständnisvoller als erwartet. Ich dachte, er würde sagen, ein Jahr sei noch keine Zeit, viele würden es viel länger versuchen, vorerst bräuchte ich mir keine Sorgen zu machen. Er sagt nichts dergleichen. »Also, das ist nicht, wie es sein sollte«, sagt er, nachdem er meine detaillierte Geschichte gehört hat. Ich habe sie längst eingeübt, möchte nicht hysterisch, sondern leicht besorgt wirken, wie eine Frau, die vor allem wegen eines guten Rats da ist. Ich erzähle von Simen, von mir, von Mamas Schwierigkeiten vor Håkon, von meinem Zyklus, wie ich früher verhütet habe, keine bekannten Krankheiten, keine Medikamente, keine Abtreibungen, aber leider auch keine Kinder. »Ich habe ein bißchen gegoogelt«, sage ich am Ende mit einem versuchten Lächeln. Mein Arzt lächelt nicht, nickt bloß. »Das ist nicht, wie es sein sollte«, sagt er, und ich muß mich richtig anstrengen, nicht loszuweinen. Er fragt ein paar Sachen nach, über meinen Lebensstil und meinen Körper. Es fällt mir schwerer, über das Mentale zu sprechen als über das Physische, früher war das andersrum.

Jetzt kenne ich meinen Körper besser als je zuvor, kenne jeden Nerv und jedes Zucken, horche seit über einem Jahr pausenlos intensiv in mich hinein. Ich hatte nie darüber nachgedacht oder bemerkt, wieviel die ganze Zeit in mir arbeitet und wirkt, was sich krümmt, was rumort, kitzelt, schmerzt, läuft, sticht, juckt, zittert; immer geht irgend etwas vor, senden Nerven Signale, ohne daß ich dem früher Beachtung geschenkt hätte. Jetzt merke ich jede noch so kleine Veränderung und Bewegung. Bin mir meines Körpers ganz anders bewußt, ein Bewußtsein, das weit über Schönheit oder Eitelkeit hinausgeht. Ich erinnere mich daran, wie unser Lehrer in der Grundschule vom Körper wie von einer Maschine gesprochen hat, es sei die komplizierteste Maschine der Welt, mit hunderttausend kleinen Teilchen, die jedes für sich und alle miteinander funktionieren müssen, damit das Ganze – also *du* und *du* und *du*, dabei hat er in der Klasse herumgedeutet – funktioniert.

»Was ist mit Ihrem Partner, wissen Sie, ob er sich hat testen lassen, beziehungsweise ob er irgendwelche Krankheiten hatte, die seine Spermienqualität beeinflussen können?« fragt der Arzt, nachdem er etwas in seinem Computer notiert hat.

»Das glaube ich nicht, er ist erst fünfunddreißig«, sage ich.

Ich habe Simen nicht gefragt, war überzeugt, es ginge nur um mich, und glaube außerdem, wenn da etwas wäre, hätte er es mir erzählt, er ist der ehrlichste Mensch, den ich kenne, und wenn er wüßte, daß es höchstwahrscheinlich an ihm liegt, würde er mich auf keinen Fall mit dem Gedanken durch die Gegend laufen lassen, daß vielleicht irgend etwas mit mir nicht stimmt.

»Bei Männern liegt es in erster Linie nicht am Alter«, sagt der Arzt. »Sie wissen, Männer können sich theoretisch ihr ganzen Leben lang fortpflanzen.«

»Glauben Sie, es liegt bei mir am Alter, habe ich es zu lange hinausgeschoben?« frage ich, meine Stimme zittert, das habe ich noch nie erlebt, aber sie ähnelt jetzt der Stimme, mit der ich den Politikerinnen und Politikern im Stimmunterricht etwas demonstriere, schwach, leicht gebrochen.

Ich habe mich noch nie alt gefühlt. Hatte auch nie Angst, es zu werden, nicht daß ich verdrängt hätte, auf die Vierzig zuzugehen. »Davor muß einem nicht grauen«, hatte eine Kollegin, die letztes Jahr vierzig wurde, gesagt, und ich hatte gewitzelt, dann werde sie sich als Siebzigjährige fühlen, als wäre sie mitten im Leben. Das war, bevor Mama und Papa zeigten, wieviel Wahrheit in meinem Scherz steckte, und mir wurde klar, was für eine allumfassende Verschiebung darin lag, daß sich niemand mehr im Einklang mit seinem Alter fühlt, jedenfalls nicht mit den traditionellen Auffassungen, wie eine Vierzig- oder Siebzigjährige sein sollte.

Seltsam, daß die Evolution diesbezüglich nichts bewirkt hat. Am liebsten möchte ich Liv auf dem Weg vom Arzt nach Hause anrufen und ihr sagen, daß mein Körper genauso altert und auf Kurs in Richtung Vergänglichkeit ist wie der Körper meiner Ururgroßmutter, als sie vierzig war. Ich stelle mir Livs kindliches, trällerndes Lachen vor, ihre sanfte tröstende Großeschwesterstimme, alles werde gut werden, ich bräuchte keine Angst zu haben; was der Arzt übers Alter gesagt hat, sei nur etwas, das er sagen müsse, um seine Vorkehrungen zu treffen. Bevor wir uns nicht haben testen lassen, könne er nichts wissen. Eigentlich möchte ich, daß sie sagt, er höre sich nicht gerade wie ein Arzt an.

Ich erinnere mich daran, wie sehr ich mir, als wir jünger waren, wünschte, wie Liv zu sein. Wollte ihre Kleider haben, wollte wie sie gehen, wollte die Haare zurückwerfen wie sie, dieselbe Musik hören und dieselben Künstler mögen wie sie, ich bewunderte ihre Handschrift, wie sie nach dem Lackieren auf ihre Nägel pustete, ich wollte Freundinnen, die wie ihre waren, und mich so verlieben, wie Liv sich verlieben konnte. Wie sie in ihrem Tagebuch beschrieb und wie ich mich nie fühlte, eigentlich nie gefühlt habe. Ich bekam meinen ersten Freund allein dadurch, daß ich in Livs Tagebuch las, indem ich lernte, wie ich fühlen, reden, denken sollte – und auch wenn ich ihn so satt hatte, daß ich jedes Mal, wenn er mich anfassen wollte, eine physische Reaktion zeigte, hielt ich es aus, weil Liv schrieb, daß sie davon träumte. Ich hatte nie darüber nachgedacht, wie Liv die Situation damals empfunden hatte, bis Mama und ich viele Jahre später darüber sprachen. »O mein Gott, kannst du dich erinnern, wie eifersüchtig Liv auf dich war«, sagte Mama und lachte, »zwei Teenagertöchter zu haben ist eine echte Herausforderung, vergiß das nicht, wenn du selber mal Kinder bekommst.«

An ein paar schönen Tagen Anfang Oktober steht die Luft zwischen den Gebäuden. »Endlich ein bißchen Sommer«, sage ich zu Simen, als wir eines Morgens draußen auf dem Balkon frühstücken und die Sonne unsere Gesichter wärmt. Ich kaufe ein neues Sommerkleid, das eng an meinem flachen Bauch anliegt, shoppe online ein Paar Prada-Sandalen mit so hohen Pfennnigabsätzen, daß keine Schwangere auf dieser Welt auch nur den Anblick ertragen könnte, trinke mit Freundinnen auf dem Balkon bis spät nachts trockenen Rotwein zu Rohmilchkäse und rohem Schinken. »Mein Frauenarzt hat ja gesagt, ich soll ganz normal leben«, sage ich zu Simen, verteidige mich, bevor er angreift, was er sowieso nicht tut – er hätte leicht kontern können, nichts davon sei normal, ich würde übertreiben, kompensieren, aber er sagt nichts.

Ich habe eine Blutprobe abgegeben und Simen eine Spermaprobe, was er direkt nach meinem ersten Besuch beim Arzt, noch bevor ich sagen konnte, daß wir uns beide testen lassen sollten, aus eigenem Wunsch vorgeschlagen hatte. »Auch wenn ich nicht glaube, daß es an mir liegt«, sagte er und rückte zögernd damit heraus, daß er während der Gymnasialzeit seine Freundin geschwängert hatte. »Sie hat abgetrieben, von Behalten war nie die Rede, wir waren erst sechzehn und außerdem gerade am Schlußmachen«, sagte er. »Warum hast du mir das nie erzählt?« fragte ich. »Ich weiß nicht, es ist nicht so wichtig, und ich hatte Angst, dich zu verletzen, weil wir nicht ... weil wir es schwer haben«, antwortete er und sah mich unerträglich mitleidsvoll an. »Das sind doch nur Fakten, das ist nichts, was du mir angetan hast«, entgegnete ich und fühlte, wie sich das Zimmer um mich zusammenzog.

Die nächsten Wochen hegte ich die Hoffnung, der Fehler könnte entgegen aller Vermutung bei ihm, in ihm liegen, und schämte mich dafür. Sein Test war völlig in Ordnung, so in Ordnung, daß er sich ein paar prahlende Kommentare, die ihm offensichtlich auf der Zunge brannten, kaum verkneifen konnte, als er mir von dem Testergebnis erzählte – als hätte er ein Verdienst daran. »Wenn mich etwas ärgert, dann Leute, die mit ihren guten Genen angeben«, erklärte ich am selben Abend einer Freundin. »Das ist, als würde man damit angeben, daß man einen Tausender auf der Straße gefunden hat, dabei ist das einfach Glück. Nur minderintelligente Leute kapieren das nicht«, sagte ich und schenkte uns beiden Wein nach. »Ellen, das ist kein Wettbewerb zwischen Simen und dir«, erwiderte sie.

Ich freue mich trotzdem extra darüber, daß meine Probe auch keine Abweichungen aufweist, fürs erste sind wir gleichauf, auch wenn ich weiß, daß das nicht wahr ist – die Wahrscheinlichkeit, daß mit mir etwas nicht stimmt, daß ich schuld bin, ist größer. Mir werden weitere Tests, Alternativen vorgeschlagen, Sachen, die einen Versuch wert wären, während Simen mit seiner himmelhohen Anzahl Spermien Däumchen drehen könne, wie ich einer Freundin anvertraute. So denkt er nicht, das weiß ich natürlich, es ist meine Projektion, mein Gefühl, eine Maschine zu sein, die so große Mängel hat, daß sie nicht in der Lage ist, die ihr zugedachte Aufgabe zu bewältigen. Und obwohl Simen, diese übermäßig gut funktionierende Menschenmaschine, fürs erste keinerlei Anzeichen zeigt, spüre ich, er wird bald genug haben und die nicht funktionierende oder nicht seine Standards erfüllende Maschine ausrangieren.

Ich saß mit einer Schmetterlingsnadel im Arm im Labor des Arztes, als ich von Mama eine Textnachricht aus Sizilien bekam; sie wollte wissen, ob jemand im Haus in Tåsen sei. »Wäre es okay, wenn ich mein Handy checke«, fragte ich den Arzthelfer, als aus meiner Tasche zu meinen Füßen der Nachrichtenton plingte. »Nein, Sie müssen jetzt ganz stillhalten«, sagte er resignierend. Ich hatte ihn vorgewarnt, daß meine Venen schwer zu finden seien, meine Eltern seien immer beruhigt darüber gewesen, daß ich es als Junkie wohl nicht leicht haben würde, hatte ich gewitzelt. Er hatte diese Patientin, die behauptete, es besser zu wissen als er, nachsichtig angelächelt, doch dieses Lächeln fiel in sich zusammen, als er zum fünften Mal stach und wieder die tief unter der Haut liegende Vene nicht erwischte, und verschwand ganz, als er statt dessen eine Kindernadel am Unterarm benutzen mußte. Ich konnte mein Handy erst eine halbe Stunde später checken, auf dem Weg aus der Arztpraxis, zu spät dran für ein Meeting, nervös wegen des Tests, und registrierte nur, daß es Mama gewesen war, die wissen wollte, ob jemand im Haus sei, und Liv, die antwortete, ja, sie.

Die Nachricht fällt mir jetzt wieder ein, mehrere Tage später, auf dem Weg zu einer Kollegin, die ins Ullevål-Krankenhaus eingeliefert worden ist, sie habe Burnout, heißt es im Büro. Ich bin nicht ganz sicher, was mich erwartet, fürchte mich davor, wie sie sich wohl aufführt, bin schlecht im Umgang mit kranken Menschen. Aber sie sei nicht krank, sondern nur erschöpft. Manche scheinen mir die Schuld dafür zu geben, da sie mir unterstellt ist und ich so etwas wie ihre Chefin bin – so hatte ich mich selbst nie bezeichnet und auch den anderen klargemacht, daß man sich damit auf eine prähistorische Hierarchie beziehen würde –, hätte ich es kommen sehen müssen. Ich habe nur gesehen, daß sie nach dem Erwerb größerer Kompetenz mehr Aufgaben bekommen hat. »Ja, aber sie hat das typische Gute-Mädchen-Syndrom«, hat Kristin, die sich wiederum *meine* Chefin nennt, verständnisvoll gesagt. Ich wurde wütend, ich konnte nicht anders, auch wenn ich wußte, daß ich seit einem halben Jahr viel zu schnell in die Luft ging. »Weißt du, was für eine Provokation diese Bezeichnung ist?« fragte ich sie. »Daß aus einer hart arbeitenden Frau ein Syndrom wird, sobald sie erschöpft ist? Ich habe Mitgefühl mit Camilla, wenn es ihr schlecht geht, aber ein braves Mädchen zu sein heißt nicht gleich, sich auszupowern. Wäre sie wirklich gut gewesen, wäre es ihr wohl gelungen, die Arbeitsmenge ihrer eigenen Leistungsfähigkeit anzupassen, wie wir anderen es auch schaffen. Niemand hier ist sie zu hart angegangen«, fuhr ich fort, mußte mir aber eingestehen, daß ich mir dessen nicht sicher war, konnte mich nicht erinnern, wer im letzten Jahr was gemacht hatte, nicht an die Projekte oder Gespräche. Vielleicht habe ich den anderen tatsächlich zu viel überlassen, überlege ich jetzt, nie im Leben wäre mir eingefallen, daß ich jemals an den Punkt kommen könnte, wo mir mein Job, alles, was mir so viele Jahre hindurch am wichtigsten war, fast gleichgültig wird.

Während ich das denke, fällt mir Mamas Nachricht ein und Mama selbst. Wie sie und Papa immer über ihre Arbeit gesprochen haben, daß sie immer viel arbeiteten, ihre Jobs mochten. Die Gespräche in unserer Familie hatten sich fast immer um Arbeit gedreht oder um ein Thema, das aus dem Reden darüber entsprungen war. Viel zu arbeiten war ein unbestrittener Wert gewesen, wenn auch unausgesprochen, und ich habe darüber nie so konkret nachgedacht wie jetzt, da es plötzlich nicht mehr das Wichtigste ist.

Ich beschließe, auf dem Rückweg zu Hause in Tåsen reinzuschauen.

Schon aus weiter Ferne sehe ich durch das Küchenfenster Licht, Mama ist also aus dem Urlaub zurück.

Wir haben uns zuletzt bei einem gemeinsamen Lunch Ende August gesehen, da war ich gerade zum ersten Mal beim Arzt gewesen, und ich habe keine Ahnung, worüber wir gesprochen oder wie ich mich verhalten habe, ich erinnere mich nur, daß ich wahnsinnige Lust hatte, ihr alles zu erzählen, aber wußte, ich würde es bereuen. Seltsam, wie sie einerseits noch immer auf der Mutterrolle beharrt und gleichzeitig seit einigen Jahren erklärt, nachdem ihre Kinder erwachsen seien, sei sie mit ihrer Mutteraufgabe fertig. »Obwohl man nie damit fertig ist, Mutter zu sein«, fügt sie manchmal hinzu.

Mit Mitte Zwanzig fragte ich mich, wann ich meinen Eltern entwachsen würde, so wie sie offensichtlich lange bevor sie dreißig wurden ihren Eltern entwachsen waren. Dann begriff ich, daß ich ihnen wahrscheinlich nie auf die Art entwachsen würde, wie ich glaubte, daß ich zwar klüger werden würde und ihnen intellektuell überlegen, aber daß es in der Tat allmählich geschah, so wie in diesem Fall: Ich habe nur noch ausnahmsweise dasselbe Bedürfnis zu erzählen, einen Rat zu bekommen. Es ist eher umgekehrt, Mama vertraut sich mir an, während ich mich und meine Angelegenheiten zurückhalte, von ihr fernhalte. Mein Leben ist meines, nicht nur eine Funktion im Leben meiner Eltern. Ich frage mich, ob Håkon und Liv dieselbe Erfahrung machen, bezweifle es aber – sie sind nach wie vor ganz anders an Mama und Papa gebunden. Vielleicht geht es auch darum, daß Mama und Papa mir gegenüber immer weniger aufmerksam waren als den anderen beiden gegenüber, darauf vertrauten, daß ich es selbst hinkriege – innerhalb der gesetzten Grenzen.

Für eine Weile bleibe ich in der Einfahrt im Auto sitzen. Erinnere mich daran, wie Papa mit Liv und mir oft herumgealbert hat, als wir klein waren und er uns aus dem Auto lassen sollte. Er tauchte an einem Fenster unter, führte uns an der Nase herum und sprang an einer ganz anderen Stelle hoch als der, wo er verschwunden war – und ich erinnere mich daran, wie ich mich geärgert habe, als Liv irgendwann nicht mehr mitspielen wollte, wie sie sauer wurde, und wenn Papa vor ihrem Fenster hochsprang, nicht einmal so tat, als würde sie sich erschrecken.

Mama kommt in den Flur, um nachzusehen, wer gekommen ist, ihr Blick ist so erwartungsvoll, ich bekomme sofort ein schlechtes Gewissen, sowohl deshalb, weil ich es bin, als auch, weil ich nicht schon früher da war. Wir umarmen uns, sie riecht nach Mama, wie Mama immer gerochen hat, ob sie wohl nur für mich so riecht, und wie werde ich für meine Kinder riechen – was werden sie mit meinem Geruch verbinden?

»Ich wollte gerade was essen«, sagt sie. »Wär genug für dich da, willst du was?«

Ich nicke. Trauer übermannt mich, als ich in die Küche komme und sehe, daß sie für sich den Eßtisch gedeckt hat, an ihrem gewohnten Platz, mit Kerzen und einem Glas Wein. Und obwohl auch die Stühle an den Plätzen von Håkon, Liv und mir leer sind, wirkt nur Papas leerer Stuhl verlassen. Mama scheint nicht darüber nachzudenken, und mir schießt in den Kopf, daß sie schon seit mehreren Monaten so lebt. Abgesehen davon war es ihre eigene Entscheidung, sie braucht mir nicht leid zu tun, wenn sie gewollt hätte, könnte sie noch mit Papa hier sitzen.

Beim Essen plaudern wir über das Manuskript eines neuen

jungen Schriftstellers, das sie auf Sizilien gelesen hat, eine frühere Kollegin hatte es ihr geschickt, aber Mama ist sich unsicher. Sie meint, sie habe es mit Widerwillen gelesen, obwohl viel daran gut sei, sagt sie, aber die meisten dieser jungen Schriftstellergeneration betreiben einfach zuviel Nabelschau, sind völlig egozentrisch und oft nur darauf aus, sich zu verwirklichen oder zu inszenieren.

Danach setzen wir uns ins Wohnzimmer, es sieht nackt und leer aus, aber ich kann nicht festmachen, was Papa mitgenommen hat, was fehlt.

»Fehlersuchbild«, murmle ich.

»Was hast du gesagt?« fragt Mama.

»Nichts. Es ist seltsam, ohne Papa hier zu sein«, antworte ich.

»Ja, es ist seltsam. Finde ich auch«, sagt sie.

»Findest du?«

»Ja, selbstverständlich ist es ungewohnt, plötzlich allein zu leben.«

»Plötzlich?« frage ich. »Ich dachte, ihr habt darüber lange nachgedacht.«

»Haben wir, hatten wir, du brauchst nicht ironisch zu werden«, antwortet Mama.

Dann zieht sie die Schultern hoch, als wollte sie das Gespräch abschütteln.

»Aber es ist auch lehrreich, schau her, ich habe an der Terrassentür eine neue Leiste angebracht, jetzt zieht es nicht mehr – fühl mal«, sagt sie und legt ihre Hand auf den Boden. »Völlig dicht.«

»Ja, das ist gut«, bestätige ich und lächle, mache ihren Themenwechsel mit. »Zum Glück bist du so praktisch veranlagt.«

Sie hat jahrelang darüber gejammert, daß es zieht, ich überlege, warum Papa erst ausziehen mußte, damit sie eine neue Leiste anbringt, nachdem Mama immer gut im Schreinern war. Ich frage nicht, denn der auf dem Fensterbrett verbliebene Hammer läßt mich daran denken, daß sie irgendwann zu solchen Dingen nicht mehr in der Lage sein wird, daß sie und Papa von größerer Hilfe abhängig sein werden. Dieses Thema war früher uninteressant, aber jetzt wird der Gedanke, daß sie beide allein altern, plötzlich belastend. Und was, wenn einem von ihnen etwas Ernsthaftes zustößt? Die Sicherheit, daß sie zu zweit sind, daß sie einander helfen oder zumindest einander im Auge behalten werden, ist weg.

»Ja, es ist schön, selbständig sein zu können«, sagt Mama.

Ich beschließe, gleich im Anschluß zu Papa zu fahren, habe ein schlechtes Gewissen, daß ich zuerst zu Mama gekommen bin.

»Hast du mit Liv gesprochen?« fragt Mama, nachdem wir eine Weile schweigend dagesessen haben. Ob sie mich wohl jemals nach etwas anderem fragen wird?

»Vierundsiebzig Prozent aller Mütter haben ein Lieblingskind«, sagte Simen an einem Abend vor Ewigkeiten, als wir noch lange Gespräche darüber führten, was für Eltern wir werden würden. »Und siebzig Prozent aller Väter«, sprach er weiter. »Wie die Wissenschaft zeigt?« fragte ich mit affektierter Stimme, denn Simen und ich machten uns immer über Zeitungen lustig, die auf der Grundlage von aus Gerüchteküchen gefischten Zahlen, wie Simen es nennt, schreiben: Wie die Wissenschaft zeigt. »Wie die Wissenschaft zeigt«, bestätigte

Simen. »Aber das lasse ich ausnahmsweise gelten«, sagte er. »Selbständige Kinder erhalten natürlicherweise weniger Aufmerksamkeit, sie kommen allein klar und wecken nicht denselben Fürsorgeinstinkt bei Eltern.« – »Aufmerksamkeit ist nicht dasselbe wie Liebe«, antwortete ich. »Nein, aber das ist manchmal schwer auseinanderzuhalten«, sagte Simen, »sowohl für die Kinder als auch für die Eltern.«

»Nein, ich habe lange nicht mit ihr gesprochen«, sage ich zu Mama. »Du?« füge ich hinzu.

»Nein, sie meldet sich nie«, sagt Mama.

»Meldest du dich denn bei ihr?«

»Ich versuche es, aber du weißt, wie Liv sein kann, völlig verschlossen und abweisend.«

Ich denke immer, Mama beschreibt sich selbst, wenn sie Liv beschreibt, insbesondere bei dem, was in Mamas Augen Livs schlechte Seiten sind. Früher dachte ich, es wäre eine Art halbbewußter Projektion, eine Art Eingeständnis via Liv, aber in den letzten Jahren habe ich verstanden, es dreht sich dabei um einen Mangel an Selbsterkenntnis.

»Jetzt, da ich alle Zeit der Welt habe, auf Agnar und Hedda aufzupassen, sehe ich sie fast nie«, spricht Mama weiter. »Es ist paradox.«

»Nein, ehrlich, Mama. Wenn Liv ihre Kinder davor schützen will, daß du und Papa euch scheiden laßt, dann ist das überhaupt nicht paradox«, sage ich.

Sie und Papa scheinen erwartet zu haben, Großeltern sein zu können wie vorher, daß ihre Funktion für Agnar und Hedda und eventuell zukünftige Enkel einfach gleichbleibt, und deshalb verstehen sie nicht, daß ihre Gemeinschaft und ein gemeinsames Zuhause eine Voraussetzung sind – nicht zuletzt, daß sie tatsächlich auch *zu Hause* sind –, wenn sie in ihren Enkeln dasselbe Gefühl hervorrufen wollen wie ihre Eltern in uns.

»Das hat doch keine Auswirkung auf die beiden! Sverre und ich können dabei zusammenarbeiten, und das weiß Liv auch, aber es muß ja etwas geben, *wobei* man zusammenarbeiten kann«, sagt Mama, und bevor ich antworten kann, läutet ihr Telefon.

Mama und Papa sind beide von der alten Erfahrung geprägt, daß ein Anruf besonders und teuer ist, und so müssen sie rangehen, egal wo und wann. Sie scheinen das Selbsterklärende im Wort Mobiltelefon nicht verstanden zu haben, daß sie zurückrufen können, wenn es paßt, auch wenn der Betreffende nicht *zu Hause* ist.

Anstatt nicht ans Telefon zu gehen, das jetzt mit maximaler Lautstärke signalisiert, jemand will sie erreichen, nimmt Mama ab, ganz offensichtlich widerwillig, antwortet mit ihrer professionellen Stimme, und hätte sie nicht auch, obwohl sie nicht schlecht hört, die Lautstärke voll aufgedreht, hätte ich geglaubt, jemand aus dem Verlag ruft an. So vernehme ich ganz deutlich eine Männerstimme, die vertraulich ihren Namen sagt, etwas fragt, wie ein *was ist los*, jemand, der offensichtlich nicht daran gewöhnt ist, daß Mama so distanziert ans Telefon geht.

»Du, ich habe gerade Besuch von Ell... meiner Tochter, kann ich dich etwas später zurückrufen?« fragt Mama, und ich glaube, ich höre sie zum ersten Mal ein Gespräch verschieben, wenn außer Familienmitgliedern niemand anwesend ist.

Ohne auf eine Antwort zu warten, legt sie auf. Ich bin auf einmal sehr froh darüber, daß Håkon und Liv nicht hicr sind. Sie dreht sich zu mir, lächelt, erklärt nicht wie sonst, wer angerufen hat. Es war nur Liv. Es war nur Anne. Es war nur mein Chef. Es war nur Oma. Mir fällt ein, wie Papa Oma immer Nur-Oma nannte, wegen Mamas ständigem *nur*, wenn sie mitteilte, wer angerufen hatte.

Mama nimmt unser Gespräch wieder auf, als wären wir nicht unterbrochen worden: »Ich wünschte, Liv würde verstehen, daß sie jetzt in jeder erdenklichen Weise dazu beiträgt, alles noch schwieriger zu machen, als es sein müßte, daß sie dazu beiträgt, diese Veränderung zu erzeugen, vor der sie offensichtlich Angst hat.«

Liv

Seit den Sommerferien freue mich auf den Herbst, aber er kommt einfach nicht. Es ist Oktober, und die Sonne löst endlich die den ganzen Sommer hindurch konstant über Norwegen hängende dichte Wolkendecke ab. Was im übrigen nicht wahr ist, denn das Wetter in Nordnorwegen ist schön gewesen, ich weiß, aber das zählt nicht. Der Sommer hatte das Østlandet bis Mitte September nicht erreicht, und jetzt fühlt es sich völlig falsch an, sich nach der Arbeit aufs Sofa zu legen, die Sonne und die Wärme treiben mich ins Freie. Den Nachmittag über buddle ich sinnlos in meinen zwei Beeten im Garten herum, in erster Linie, um irgend etwas zu tun, warte dabei nur auf den Regen und die Kälte. »Jeder andere Mensch ist offensichtlich freudig überrascht darüber, daß der Sommer endlich da ist«, sage ich zu Olaf. »Selbst Ingrid, die für die Grünen kandidiert, redet von fast nichts anderem mehr als davon, wie schön es ist, endlich ein bißchen Farbe zu bekommen«, merke ich einmal beim Nachhausekommen an, als Olaf gerade den ausgesprochen schnell und wild wachsenden Rasen gemäht hat. Er lacht, pflichtet mir aber bei, daß die Abnormität auch einen Hauch von Unbehagen berge, wie er es ausdrückt.

Ich habe beschämend wenig Umweltbewußtsein, trenne zwar pflichtbewußt den Müll, glaube aber keineswegs, daß es irgend etwas hilft, wenn eine Minderheit norwegischer Mittelklassehaushalte aus schlechtem Gewissen Essensreste und Plastik in grüne und blaue Tüten sortiert – oder war es andersrum? –, besonders nicht mehr, seit ich auf einer Reportagereise in Asien war und entlang der Straßen in Katmandu und Neu-Delhi durch Müll gestapft bin. Das sage ich natürlich nie laut und trenne selbstverständlich weiter, was sowieso als Standard betrachtet wird, Kleinvieh macht auch Mist. Aber diesen Herbst scheint mir das Wetter eine allumfassende unangenehme Veränderung zu unterstreichen, alles läuft in die falsche Richtung, nichts hilft.

Den ganzen Sommer lief ich mit dem unausgesprochenen Gefühl herum, der Herbst würde mit seiner normalisierenden Kraft kommen, und das den ganzen Frühling und Sommer wütende Chaos würde dann Routinen und festen Rahmen weichen müssen. Statt dessen kamen aber Sonne und Badewetter und dann das überwältigende Gefühl, nichts hängt zusammen, nichts ist zu begreifen.

In den Sommerferien waren Olaf, die Kinder und ich mehr als drei Wochen in Lillesand. Zum ersten Mal kam mir die Zeit dort lang vor, als wollte der Sommer überhaupt kein Ende nehmen. Wir waren die ganze Zeit über nur zu viert, das hatten wir noch nie ausprobiert, und gegen Ferienende fiel mir auf, daß wir überhaupt noch nie drei Wochen am Stück allein gewesen waren – und daß diese Einheit, die wir, Agnar, Hedda, Olaf und ich, im Alltag sind, diese Familie, völlig vom Blick anderer, von ihren Einmischungen und Vorschlägen, abhängig ist, damit sie normal funktioniert, damit sie überhaupt funktioniert.

Eigentlich sollten in der dritten Woche Ellen und Simen kommen, aber sie fuhren für ein bißchen Sommergefühl lieber nach Kroatien, wie Ellen zwei Tage vor dem verabredeten Eintreffen in einer SMS geschrieben hatte. Bis dahin waren die beiden meine Rettungsinsel gewesen, dadurch hatte ich die neue Verzweiflung über das fast hermetische Zusammensein mit meiner kleinen Familie mehr kanalisieren können als nur in langen Intervalläufen um die Insel.

Agnar wollte die ganzen Ferien am liebsten im Haus herumhängen und mit Håkons altem Game Boy spielen, er war mürrisch, zickig und pickelig, weigerte sich, die Salbe zu benutzen, die ich ihm für die brutale Pickelexplosion in seinem Gesicht und auf seinem Rücken besorgt hatte. Ich wurde wütend. »Du sollst diese Salbe morgens und abends verwenden«, brüllte ich ihn gegen Ende der zweiten Woche an, nachdem ich Ellens Absage erhalten hatte. Es war ein regnerischer Vormittag, wir hatten nichts zu tun, stiegen uns in der Hütte gegenseitig auf die Füße, keine Ahnung, wo diese Wut hergekommen war, plötzlich waren seine Pickel für mich unerträglich. »Du bist ja nicht ganz sauber im Kopf«, brüllte Agnar zurück. »Wer hier nicht ganz sauber ist, bist du, wenn du dich dafür *entscheidest*, so auszusehen«, sagte ich und würgte die dämmernde Erkenntnis hinunter, was ich da gerade eigentlich zu meinem vierzehnjährigen, unsicheren Sohn gesagt hatte. Olaf knallte demonstrativ die Haustür zu, ging mit Hedda zum Strand, um in der Brandung Krabben zu beobachten, und ich rannte voller Schuldgefühle um die Insel, schwor mir, mich zusammenzureißen, den Kindern die Ferien nicht zu ruinieren, sie waren weder daran schuld, daß es regnete, noch, daß keiner kam. Aber am nächsten Tag wurde ich wieder genauso wütend, denn Hedda wollte statt in Stiefeln mit ihren neuen

Stoffschuhen nach draußen und Olaf ließ sie, damit sie selbst erfährt, daß sie dann nasse Füße bekommt und daß das unangenehm ist. »Diese Schuhe haben vierhundert Kronen gekostet«, blaffte ich Olaf an, schlug gegen die Wand, vor den Augen von Hedda und Agnar, und brach damit bestimmt zum fünfzehnten Mal in zwei Wochen unsere Regel, vor den Kindern nicht zu streiten. Ich lief Hedda hinterher, die auf dem Weg in den Regen war, trug sie unter Kreischen und Strampeln ins Haus, zog ihr die Schuhe aus, und sie lief auf Strümpfen wieder nach draußen. »Ist das jetzt unangenehm genug für sie?« schrie ich Olaf an.

Die Stimmung hellte sich erst gegen Ende auf, als alle wußten, daß wir in drei, spätestens vier Tagen nach Hause fahren. Agnar wollte plötzlich zum Angeln, wie er es sonst immer mit Papa tat, Olaf brachte mir Kaffee ans Bett, und Hedda hörte auf, ständig rumzujammern. »Zum Glück erinnert man sich bei einem Urlaub oder einem Erlebnis an einen Durchschnitt aus dem besten und dem zuletzt geschehenen Ereignis«, sagte ich auf der Heimfahrt zu Olaf, hatte das irgendwo gelesen, wußte nicht mehr, wo, bis Olaf antwortete, er sei sich nicht sicher, ob Kahnemans Theorie über das Erinnern auf einen Familienurlaub in Lillesand übertragbar ist.

Einmal treffe ich auf dem Heimweg vom Büro zufällig Håkon. Ich war bei Carl Berner im Elkjøp, um einen neuen Keilriemen für die Waschmaschine zu kaufen, den es zerfetzt hatte, als Olaf am Nachmittag zuvor zuviel Bettwäsche und viel zu viele Handtücher in die Trommel stopfte. Er hatte mir die Schuld dafür gegeben, weil ich die Wäsche eine ganze Woche in der

Maschine hatte liegen lassen und sie dadurch Stockflecken bekommen hatte, so daß er sie noch einmal waschen mußte. Ich war mir nicht sicher, ob ich in der Schuldfrage ganz seiner Meinung war, hatte er doch das feuchte, schwere Zeug zusammen mit seinen sämtlichen Sportklamotten hineingestopft, aber ich sagte, ich würde das in Ordnung bringen. Fast schon enttäuscht darüber, daß ich keine Diskussion anfing, wie wir in den letzten Wochen, ja vielleicht Monaten, über fast alles diskutiert und gestritten hatten. »Ich brauche meine Sportkleidung für den Wettkampf am Mittwoch«, sagte er also. »Du mußt jetzt einen Elektriker rufen.« – »Es ist halb zwölf nachts, Olaf, ich rufe morgen an.« – »Dann kommt er nicht vor Mittwoch, und dann ist es zu spät, wie dir wohl klar ist.« – »Du bist selber schuld, wenn du mit dem Waschen wartest, bis du nichts Sauberes mehr zum Anziehen hast.« – »Entschuldige bitte, ich mache Woche für Woche unsere gesamte Wäsche, und das eine Mal, wo du wäschst, schaffst du es, sie in der Maschine zu vergessen und zu zerstören.« – »Verdammt noch mal, was willst du denn jetzt?« schrie ich zu guter Letzt. »Ich will, daß du dich zusammenreißt.«

Die Mischung aus Erschöpfung und Wut ist unerträglich, beinahe jeden Abend bin ich in diesem neuen Muster zwischen Olaf und mir gefangen. Selbst wenn ich es vermeiden will, landen wir am Ende dort, wie gestern. Also habe ich versucht, mich aus der Situation und der Diskussion zurückzuziehen. »Brich keine Diskussion vom Zaun«, bat Olaf, »du weißt, daß es für mich nichts Schlimmeres gibt, du mußt wohl nicht wegen einer Waschmaschine so grundsätzlich werden.« Die Absurdität, diese plötzliche Selbstgerechtigkeit ließen mich lächeln. »Ich werde die Waschmaschine reparieren«, sagte ich mit leiser Stimme, wohl wissend, daß ihn meine Ruhe noch mehr provozierte, wenn er wütend war, und zog langsam die Tür vor ihm zu.

Er kam mir glücklicherweise nicht nach, wie er es früher getan hätte, und ich brauchte meine ganze Kraft, um die Waschmaschine in die Mitte des Badezimmers zu ziehen. Eine Weile stand ich ratlos davor, dann entdeckte ich die Abdeckung an der Rückseite, holte einen Schraubenzieher, löste vorsichtig sämtliche Schrauben, legte sie in ein Tütchen, wie es mir Papa beigebracht hatte, als er Ellen und mir zeigte, wie man Autoreifen wechselt, und nahm den Deckel ab. Ich hatte ein Chaos aus unverständlichen Teilen erwartet, wurde aber von der simplen Logik überrascht: Antriebswelle, Keilriemen, ein kleiner Motor und Trommel. Der Riemen war in zwei Stücke gerissen, ich fingerte ihn vom Boden hoch, stopfte ihn in die Tasche meines Bademantels und legte mich im Gästezimmer schlafen, ließ die Waschmaschine geöffnet stehen, bis Olaf am nächsten Morgen ins Bad kam.

Håkon kommt aus dem Gemüseladen, als ich am Kreisverkehr über den Zebrastreifen gehe. Mir wird auf einmal bewußt, daß ich bisher weder ihm noch Ellen je zufällig auf der Straße begegnet bin. Er blickt auf das Display seines Handys, dann die Finnmarkgata hinunter, hält Ausschau nach dem Bus und bemerkt mich nicht, bis ich ihn am Arm berühre und seinen Namen sage. Ich hebe den Arm, will ihn umarmen, aber die Bewegung stockt, Håkon kommt mir nicht entgegen. Aber er lächelt.

»Hallo«, sagt er. »Du hier?«

»Ich habe einen Keilriemen für die Waschmaschine gekauft. Sonst gab es nirgends einen passenden«, erkläre ich und nicke zu meiner kleinen Elkjøp-Einkaufstüte.

Håkons Stirn ist schweißbedeckt, seine Haare sind lang geworden, und er hat sich den Bart abrasiert, sieht jünger aus als bei unserem letzten Treffen. Ich kann mich nicht erinnern, wann es war, vielleicht Anfang August.

Er nickt, fragt nicht nach dem Keilriemen.

»Und du?« will ich wissen.

»Ich brauchte nur ein bißchen Gemüse, bin auf dem Weg zum Kochen mit jemandem.«

»Jemandem?« frage ich und lächle, kenne ich doch die meisten von Håkons Freunden zumindest dem Namen nach, er nennt Leute immer beim Vornamen, egal, mit wem er gerade spricht.

»Ja«, sagt er nur. »Und du?«

»Wie gesagt, ich habe einen Keilriemen für die Waschmaschine gekauft. Olaf hat die gestern kaputtgemacht«, sage ich, habe ein bißchen ein schlechtes Gewissen, das verschwindet aber in diesem zähflüssig anmutenden Stakkato-Gespräch zwischen Håkon und mir. »Hab dich ganz schön lange nicht gesehen«, fahre ich mit fragendem Unterton fort.

»Hab dich auch lange nicht gesehen«, antwortet er und lacht leicht. »War ja auch ganz schön was los in letzter Zeit.«

Er dreht den Kopf, ich folge seinem Blick und sehe den roten Bus bei der Helgesens gate anhalten.

»Geht's dir denn gut?« frage ich, das Näherkommen des Busses macht mich mutiger und drängender.

»Gut?«

»Ja, geht's dir gut, so alles in allem? Hast du mal mit Ellen gesprochen?«

»Wie gesagt, viel los, aber es geht mir gut«, sagt er und spielt an seinem Ohr rum. »Wie läuft es mit Agnar?«

»Agnar ist momentan vor allem wütend, das ist ganz schön anstrengend«, sage ich.

»Oh ja«, sagt Håkon. »Vielleicht kann ich ja bald mal mit ihm ins Kino gehen oder so was.«

Der Bus biegt in den Kreisverkehr, und Håkon wendet sich halb von mir ab.

»War schön, dich zu sehen«, sage ich, fast steigen mir Tränen in die Augen. »Kannst du denn nicht bald mal vorbeikommen? Oder wir gehen auf ein Bier, zusammen mit Ellen?«

»Doch, natürlich, machen wir, laß uns telefonieren«, antwortet er und deutet auf den Bus. »Aber jetzt muß ich mich beeilen.«

Ich gehe ebenfalls in den Gemüseladen, lege türkischen Joghurt, Gemüse und Kräuter in den Einkaufskorb, möchte für Agnar Tikka Masala machen, entscheide mich aber um, als ich an der Kasse stehe, für indisches Essen ist es zu warm, ich lege alles zurück, verwende bestimmt eine halbe Stunde darauf, nichts zu kaufen. Olaf soll kochen. Ich gehe nach Hause und montiere den neuen Riemen in die Waschmaschine, und in den letzten drei Monaten und siebzehn Tagen habe ich keine größere Zufriedenheit gespürt als jetzt, da ich die Maschine zuschraube und sie tatsächlich funktioniert.

Vom Sieg über die Waschmaschine beflügelt, rufe ich Ellen an. Sofort ist ihre Mailbox dran, und als ich ihre Stimme höre, verläßt mich der Mut, ich hinterlasse keine Nachricht, weiß nicht, was ich sagen soll, warum ich anrufe. Daß ich glaube, einen Grund für einen Anruf bei ihr zu brauchen, ist neu. Früher habe ich das, ohne auch nur einen weiteren Gedanken darauf zu verwenden, automatisch mindestens dreimal pro Woche gemacht, beim Abendessen, auf dem Heimweg vom Büro oder auf dem Weg zum Kindergarten. Jetzt kann ich mich nicht einmal daran erinnern, worum es in diesen Gesprächen gegangen ist, und sie nur anzurufen, um von der Waschmaschine oder dem Streit mit Olaf zu erzählen, scheint in weiter Ferne zu liegen. Ich habe irgendwie das Gefühl, daß sie mir etwas demonstriert, ich weiß nicht, was, aber dieser Gedanke läßt mich tief verzweifeln.

Im Haus ist es still, für einen Augenblick bekomme ich Panik, daß ich vergessen habe, Hedda abzuholen, dann aber fällt mir ein, daß sie nach dem Kindergarten zu einer Freundin geht. Ich stelle am Telefon den Wecker, damit ich daran erinnert werde, sie nach dem Kinderprogramm im Fernsehen abzuholen, traue weder mir noch meinem Erinnerungsvermögen, vergesse allzu leicht, was ich tun soll und was ich tue. Agnar sollte seit einer Stunde von der Schule zu Hause sein, er hat nicht Bescheid gegeben, daß er etwas anderes vorhat, jedenfalls nicht mir, und ich habe aufgegeben, halte dieses ständige Ermahnen nicht mehr aus. Komme mit halbherzigen Androhungen von Konsequenzen, für deren Durchsetzung ich keine Kraft habe, was Agnar so leicht durchschaut, daß er nicht einmal protestiert. Vor ein paar Tagen sagte er außerdem, er habe eine Abmachung mit Olaf, er dürfe tun, was er wolle, solange er sich die Zeit so einteilt, daß für Hausaufgaben und Pflichten noch genug bleibt. Ich sagte nichts, hatte keine Kraft für die unter Garantie mit Olaf entstehende Diskussion voller Irrwege und Anschuldigungen.

Ich schlüpfe in Trainingsklamotten, sitze eine halbe Stunde auf dem Bett und starre auf den Fußboden. Finde keine Motivation zum Aufstehen, bis Olaf eine Nachricht schickt, er sei auf dem Weg nach Hause, er mache den Einkauf.

Das Haus in Sagene haben Olaf und ich gekauft, als Agnar geboren wurde. Wir hatten die Wahl zwischen diesem und einem billigeren und größeren in Ekeberg, aber Olaf meinte damals, die Nähe zu Mama und Papa in Tåsen sei wichtiger. »So in Gehweite ist doch angenehm, besonders wenn unsere Kinder erst mal groß genug sind, um den Weg allein zu machen.« Ich war seiner Meinung. Bin selber mit einem zweiten Zuhause bei Oma und Opa aufgewachsen und erinnere mich an das befreiende Gefühl, nach der Schule allein dort hinzugehen, für vierundzwanzig Stunden ein Einzelkind zu sein, ohne Ellen oder den schreienden Håkon, die die Aufmerksamkeit von mir abzogen. Gefühlt waren Oma und Opa immer zu Hause, und ich konnte immer kommen – ich kann mich nur an ein einziges Nein erinnern, als ich morgens anrief und fragte, ob ich sie nach der Schule besuchen und über Nacht bleiben dürfe. Meine Cousine war schneller gewesen. Obwohl meine Oma sich bis drei Tage vor ihrem Tod die Haare dunkel färbte und sich deshalb von den grauhaarigen Großmüttern in Märchen unterschied, war sie eine Bilderbuchgroßmutter. Immer zu Hause, immer aufmerksam und mit einem Kaminsims voller mehr oder weniger zufällig angeordneter Wichtel, Trolle und anderer Figuren und Zeichnungen von mehr oder weniger talentierten Enkeln. Bis ich erwachsen wurde und selbst Kinder bekam, habe ich meine Großeltern nicht als eigenständige Menschen betrachtet; sie erfüllten in meinem Leben eine Rolle, fast war es mir unbegreiflich, daß sie für Ellen dieselbe Rolle erfüllten, bis sie bei Opas Beerdigung eine Rede hielt, in der sie mein Aufwachsen, meinen Zufluchtsort und meinen kindlichen Kummer als ihren beschrieb.

Was wohl Agnar und Hedda über ihre Großeltern denken werden, wenn sie erwachsen sind, was werden meine Eltern für meine Kinder repräsentieren?

Ich laufe Richtung Mamas und Papas Haus. Nicht, daß meine Füße von selbst dorthin laufen würden, nicht, daß ich mich plötzlich an einem bedeutungsvollen Ort wiederfinde, ohne zu wissen, wie ich dort hingekommen bin, wie ich es in vielen Romanen gelesen und mich darüber geärgert habe. Ich bin zielstrebig unterwegs, weiß, daß Mama mit einer Freundin auf Sizilien ist. Sie hat ein Foto vom Meereshorizont geschickt, hätte überall sein können, und dazu ein Gedicht von Tranströmer, das ich nicht einmal ansatzweise deuten konnte. Mama schickt häufiger Gedichte, in der Regel mit einer deutlichen Botschaft zwischen den Zeilen. Ich bin offensichtlich für Kunst nicht so empfänglich wie Håkon und Ellen, die auf die Subtexte in diesen Gedichtnachrichten Bezug nehmen, als lägen sie klar auf der Hand.

Seit wir im April aus Italien zurückgekommen sind, war ich nicht mehr zu Hause. Beim Öffnen der Gartentür und während ich die Einfahrt hochgehe, bin ich enttäuschend wenig emotional, als wäre ich erst gestern hier gewesen. Die Schlüssel fürs Haus habe ich an meinem Schlüsselbund, ich schließe die Haustür auf, die Alarmanlage piepst Mama hat offenbar ein neues, fortschrittlicheres System installieren lassen, ich versuche es mit dem alten Code, Omas Geburtstag: 0405. Falsche PIN, erscheint im Display. Ich versuche es noch einmal. Falsche PIN. Schließlich geht der Alarm los und heult durchdringend, das Geräusch weckt ein heftiges, vertrautes und unangenehmes Kindheitsgefühl, als es meine größte Angst war, den Alarm auszulösen. Das Geräusch ist bestimmt dazu entwikkelt, potentielle Einbrecher so in Streß zu versetzen, daß sie paralysiert stehenbleiben, wie Elche vor Autoscheinwerfern. Ich gehe davon aus, daß die Wachgesellschaft Mama anrufen wird, also versuche ich ihnen zuvorzukommen, wähle ihre Nummer und breche damit meine selbstauferlegte Regel, die ich tapfer sieben Wochen lang durchgehalten habe. Sie nimmt nicht ab, ich versuche die Nummer von einem Aufkleber neben der Box an der Haustür, aber als ich sie gerade eintippe, hört der Alarm auf. Danach plingt eine Sammelnachricht von Mama an Håkon, Ellen und mich: »Ist jemand von euch im Haus, antwortet schnell.« Ich antworte »ja«, zuerst nur an Mama, dann als Nachricht an alle, gebe mich in jeder Hinsicht zu erkennen, und Mama antwortet nur: »Ok. Neuer Code ist Håkons Geburtstag.« Weder Håkon noch Ellen antworten.

Alle Häuser riechen auf ihre eigene Weise. Jetzt verstärken das Sonnenlicht und die Wärme den charakteristischen Geruch dieses Hauses nach Mama und Papa, Büchern, Staub, Kaffee, Waschmittel und Holz. Ohne Zweifel riechen die Zimmer noch immer nach Papa, aber vielleicht wurde auch Papas Geruch von dem Haus geprägt und nicht andersrum; soweit ich weiß, war er nämlich seit mehreren Monaten nicht mehr hier. Er hat nichts von Bedeutung mitgenommen, wie Mama mir schon am Telefon versichert hatte, gleich nachdem er ausgezogen war. Sein Stuhl steht Mamas gegenüber auf der anderen Seite des Tischchens, aber die Leselampe daneben, die er von Olaf und mir zum Sechzigsten bekommen hat, ist weg. Ich streiche mit dem Zeigefinger in einem Muster über die Bücher im Bücherregal, wie ich es seit jeher tue, kein Titel fehlt. Ich gehe wieder durch den Flur, registriere jetzt, daß es neben Mamas Hausschuhen eine Leerstelle gibt, gehe in die Küche, trinke ein Glas Wasser, das Schlucken fällt mir schwer. Das Haus ist wie immer und doch so fremd, als hätte jemand die Möbel, Wände oder Teppiche nur einen Millimeter in die eine oder andere Richtung verrückt.

Ich gehe die Treppe hoch, auf der vierten Stufe das vertraute Knarzen. Die Tür zu Mamas und Papas Schlafzimmer ist geschlossen, ich mache sie nicht auf, weiß nicht, was ich nicht sehen will, gehe ins Badezimmer. Papa hat seine Toilettensachen von seinem Regalbrett genommen. In meinem Fach liegen noch immer die Haarbürste, die ich hatte, als ich klein war, und ein paar von den alten Schmuckstücken, die ich aus Hanfschnur und Holzkugeln gebastelt habe, Mama bringt es wohl nicht übers Herz, sie wegzuwerfen – oder vielleicht mag sie es, daß unsere Sachen weiterhin das Haus füllen, denn auch ein paar von Ellens und Håkons alten Besitztümern stehen noch herum. Ich gehe in mein Zimmer, in dem Agnar schläft, wenn er hier ist. Hier war. Das alte Madonna-Poster von ihrer *Who's That Girl*-Tournee hängt über dem Schreibtisch, aber irgend jemand hat das Eurythmics-Poster neben dem Spiegel abgehängt – statt dessen trifft mich Annie Lennox' intensiver Blick jetzt vom Schreibtisch. Ich setze mich aufs Bett, lehne den Kopf an die Wand hinter mir, lausche auf die Stille in Ellens Zimmer nebenan. Erinnere mich, wie wir beide unsere Stereoanlagen so dicht wie möglich an die unisolierte Wand gestellt haben, anfangs um einander zu übertönen und später, als Ellen meinen Musikgeschmack übernahm, um die Songs gemeinsam abzuspielen. »Drei, zwei, eins, jetzt!« brüllte ich durch die Wand. Ellen war beim Drücken auf Play immer ein klitzekleines bißchen zu langsam, also habe ich eine Extrasekunde gewartet, bevor ich den Knopf an meiner eigenen Anlage drückte – und Madonna, Ellen und ich sangen synchron in beiden Zimmern *Express Yourself:* »Don't go for the second best, baby, put your love to the test, you know, you know, you've got to make him express how he feels and maybe then you'll know your love is real.«

Papa wohnt in einer Mietwohnung in Torshov. Soweit ich weiß, ist bisher nur Olaf dort gewesen, er half Papa im Juni, einen Tisch zu schleppen, nachdem Papa so viel auf Asphalt gejoggt war, daß der Arzt gesagt hatte, wenn er nicht aufhörte, würde er ihn aus ganz anderen Gründen als seinem schlechten Knie zwangseinweisen. So hat es zumindest Olaf erzählt. Die paar Worte, die ich mit Papa gewechselt habe, drehten sich um Agnar und Hedda, und ich habe mich ihretwegen zusammengerissen, wollte aber nicht, daß Papa sie in seine neue Wohnung einlud. »Nein, das geht nicht«, sagte ich, als er es zum ersten und einzigen Mal vorschlug, »das würde sie nur traurig machen.« Er hat sie ein paar Mal zum Pizzaessen mitgenommen und einmal an einem Samstag zum Schwimmen auf die Insel Langøyene.

Ich zögerte es so lange wie irgend möglich hinaus, Agnar und Hedda von Mama und Papa zu erzählen. Aber eines Morgens Ende Mai, als Papa mir eine Facebooknachricht mit einer Wohnungsannonce von Finn.no geschickt hatte, erzählte ich Hedda auf dem Weg zum Kindergarten, daß Oma und Opa in Zukunft jeder in einem eigenen Haus wohnen würden. Sie blieb stehen und sah mich an, fragte, wo Opa wohnen wird. Ich weiß nicht, warum sie automatisch davon ausging, daß er woanders wohnen werde, vielleicht hatte sie dasselbe Gefühl wie alle anderen, daß Mama auf intensivere Weise ins Haus gehört als Papa, daß das Haus in Tåsen ohne Mama unvorstellbar war. Olaf war sauer, daß ich es Hedda erzählt hatte, ohne ihn zu informieren. »Du steckst nicht alleine in dieser Situation«, sagte er, konnte sich damals aber noch schnell beruhigen und meinte, er wäre jedenfalls gerne dabei, wenn wir es Agnar erzählten. Als wir Agnar am Abend baten, sich mit uns an den Küchentisch zu setzen, war es viel schwieriger, alles wurde realer. Vor allem schämte ich mich, eine aus Kinderzeiten altbekannte Scham für meine Eltern, wenn Mama beispielsweise beim Kinderturnen lauter als andere Mütter gesprochen oder wenn Papa mich mit zu engen Radlerhosen bei Freundinnen abgeholt hatte. Agnar erklären zu müssen, daß sich seine Großeltern scheiden ließen, stellte mich vor Probleme, es wirkte so unnatürlich. Irgendwie hatte ich das Gefühl, das Gespräch müßte ganz ähnlich verlaufen, wenn Olaf und ich uns scheiden lassen würden, wir würden ihm versichern, daß wir ihn beide liebten, so wie ich ihm jetzt versicherte, daß Oma und Opa ihn natürlich weiterhin liebten, daß es um ganz andere Dinge ging. »Was für Dinge?« fragte Agnar und hatte offensichtlich Angst vor der Antwort, daß ich etwa sagen könnte, einer von ihnen hätte jemand Neues gefunden. »Ich glaube nicht, daß einer von ihnen jemand anderen kennengelernt hat, es ist eher so, daß sich die beiden auseinandergelebt haben«, sagte ich, zitierte Mamas Formulierung, über die Ellen in Italien höhnisch laut gelacht hatte und über die auch Olaf in der anschließenden Zeit versucht hatte, seine Witze zu machen, mit wechselndem Erfolg. Als wir Agnar gegenübersaßen, war es nicht lustig, und auch Agnar lachte nicht – er fing an zu weinen. Das hatte ich nicht erwartet. Fast die Hälfte der Eltern in Agnars Klasse sind geschieden, deshalb hatte ich geglaubt, es wäre sicher nicht so schwierig, damit umzugehen, es war ihm ja nicht fremd. Aber Agnar wurde herzzerreißend traurig, vergrub das Gesicht in den Händen und schluchzte, und ich bekam ein so schlechtes Gewissen, daß ich mich anstrengen mußte, nicht selbst loszuheulen. Als er sich beruhigt hatte und wieder sprechen konnte, fragte ihn Olaf, was denn das Schlimmste für ihn sei, aber darauf hatte Agnar keine Antwort, es sei einfach alles schlimm. Daß nichts mehr so sein würde wie vorher.

Agnars Reaktion entspricht meiner. Das Schlimmste liegt in der Veränderung. Ich habe Veränderungen schon immer gehaßt, das Unübersichtliche an ihnen. Bin ein Kontrollfreak, wie Olaf sagt. Ich muß vorhersehen können und dementsprechend planen, und schon die kleinste Abweichung bringt mich aus dem Gleichgewicht.

Jetzt werden Traditionen und die Sicherheit fester Routinen gebrochen. Beispielsweise haben wir, solange ich denken kann, fast immer sonntagabends um neunzehn Uhr bei Mama und Papa gegessen. Selbst an den Sonntagen, an denen ich nicht dabeisein konnte, war das Wissen, daß die anderen wie üblich um den Tisch saßen, unterbewußt beruhigend. »Wir werden natürlich weiterhin sonntags gemeinsam essen«, hatte Mama in einer Nachricht geschrieben, ein paar Tage nachdem wir aus Italien zurückgekommen waren, »aber erst mal brauchen wir eine kleine Pause, um zu schauen, ob wir zu einer neuen Form finden.«

»Du nimmst es zu persönlich«, sagte Olaf irgendwann im Sommer, bevor wir anfingen, einander nicht mehr riechen zu können. »Es geht dir zu nahe, du hast dein eigenes Leben, *wir* haben unser eigenes Leben. Du bist doch meine Liv«, ergänzte er wie sonst, wenn er mich aufmuntern wollte. Aber das Gefühl von Katastrophe hatte mich mit voller Kraft getroffen, und das ist unbestreitbar persönlich. Alles löst sich auf wie der Pullover, den Mama mir vor Jahren gestrickt hat, ausgehend von einem Loch ganz unten am Rücken, das einfach wuchs und größer wurde, je mehr ich versuchte, die losen Fäden sicher zu verknoten. Und obwohl ich versucht habe, rational zu denken, wie mich Olaf bat, gelingt es mir nicht, Halt zu finden. Mama und Papa haben jenseits von allem und allen anderen das Sichere in meinem Leben repräsentiert, ein Sicherheitsnetz, das mich auffangen würde, wenn ich fiele.

»Du bist von ihnen so abhängig, weil du nie versucht hast, alleinzusein«, hat Ellen einmal gesagt, als Olaf und ich am Anfang unserer Beziehung einen Streit hatten. Wir saßen in ihrer alten Wohnung auf dem Sofa, ich war erst schnurstracks zu Mama und Papa gefahren, sie waren nicht zu Hause, also tauchte ich vor Ellens Tür auf – zitternd vor Angst, Olaf könnte ernst machen und einen Job in Deutschland annehmen. Ellen hatte fast beleidigt gewirkt, als ihr klar wurde, daß ich nicht zuerst zu ihr gekommen war, und zeigte sich vor allem daran interessiert, mir zu sagen, daß ich nicht mit jedem kleinen Problemchen nach Hause rennen konnte. »Das ist kein kleines Problemchen«, sagte ich. »Egal, du mußt aufhören, so abhängig zu sein. Bevor du Olaf kennengelernt hast, hast du drei Minuten von zu Hause weg gewohnt, und dann hast du Mama und Papa praktisch durch ihn ersetzt. Du hast keinerlei Sicherheit in dir selbst«, verkündete sie unerträglich selbstgerecht, und ich schrieb ihre Worte als Selbstschutz und Verteidigung ihrer eigenen Art zu leben ab.

In letzter Zeit denke ich darüber nach, ob sie recht hatte. Ob mich die Scheidung deshalb so mitnimmt, weil ich keinerlei Sicherheit in mir selbst habe, wie Ellen bis heute behauptet. Meine Verankerung liegt ausschließlich in den Menschen um mich herum. Aber ich habe nicht den Wunsch, allein und selbständig zu sein, ich begreife es als einen Wert, mit anderen umzugehen, mich anzupassen, ein Teil von etwas Größerem zu sein, einer Gemeinschaft. Ellens Single-Dasein hat mich nie gereizt, erschien mir unbegreiflich und verschwommen, ich war froh, dem zu entkommen. Wenn Ellen in unseren Zwanzigern öfter mal gesagt hatte, mir würde etwas entgehen, hatte ich immer gedacht, sie meinte die ganzen Feste, die Flirts, die Freiheit. Mir war nicht in den Sinn gekommen, daß mir etwas viel Grundlegenderes entgehen könnte, das in mir existiert – oder existieren sollte.

»Alle Untersuchungen zeigen, daß die Mittleren einer Geschwisterfolge die Selbständigsten sind und die Ältesten am intelligentesten«, meinte Håkon vor ein paar Jahren, er hatte sich plötzlich in die Forschung über die Bedeutung der Geschwisterfolge eingelesen. Ich glaube, es war während eines Sonntagabendessens, ich erinnere mich in jedem Fall, daß Ellen auf der anderen Seite des Tischs zufrieden nickte. »Und alle typischen Unterschiede zwischen den älteren, mittleren und jüngeren basieren darauf, wie unterschiedlich Eltern ihre Kinder behandeln«, sprach Håkon weiter. »Natürlich behandelt man seine Kinder unterschiedlich«, sagte Mama, »sie sind ja auch unterschiedlich.« – »Henne oder Ei«, antwortete Håkon. Obwohl ich später herausgefunden habe, daß die Forschungsmeinungen auf diesem Gebiet etwas weiter auseinandergehen, als Håkons bombensichere Vorlage beim Abendessen postulieren sollte, bin ich davon überzeugt, der Fakt, daß ich die Älteste bin, ist für den Mangel an Selbständigkeit, von dem Ellen redet, während sie diese angeblich selbst besitzt, von Bedeutung. »Nein, das Gegenteil ist der Fall«, widersprach mir Olaf, selbst der Älteste, als ich ihm die Theorie unterbreitete. »Alle fortschrittlichsten Personen in der Welt sind älteste Geschwister«, sagte er, »sie sind Führungspersönlichkeiten, da ist sich die Forschung ganz sicher.« – »Aber ein guter Führer ist abhängig davon, daß andere es gut machen«, antwortete ich. »Das wiederum ist Frauenlogik«, antwortete Olaf und hob die Hände verteidigend in die Luft, als hätte Ellen ihn gehört.

Ich habe jedenfalls mehr Verantwortung übernommen als Ellen und Håkon, für sie ist es einfach, selbständig zu sein, zu machen, was sie wollen, nachdem ich vorangegangen bin. Mama und Papa haben von mir immer mehr erwartet als von den beiden. Sie brachten zum Beispiel deutlich zum Ausdruck, ich müßte direkt nach dem Abitur studieren, während Ellen nur ein paar Jahre später in die USA ging, »um erst mal nachzudenken«, ohne größere Proteste ihrerseits – und Håkon mindestens drei Studiengänge anfing, die er nach ein paar Semestern wieder drangab, eine Ewigkeit ins Blaue hinein lebte und nichts machte und dabei weiterhin zu Hause wohnte.

»Wie auch immer, auf dem ältesten Kind liegt ganz unbestreitbar der meiste Druck«, sagte ich zu Olaf. »Kommt wohl sehr darauf an, was man daraus macht«, antwortete er, und ich beendete das Gespräch, ganz sicher, es mußte eine Rolle spielen – daß mein Mangel an Selbständigkeit durch die Persönlichkeit erklärbar war, die Mama und Papa für mich geschaffen hatten.

Eigentlich spielt es keine Rolle, wer schuld ist. Beschissen ist es sowieso, die Sicherheit ist weg, und ich verliere auf allen Gebieten die Kontrolle, ich kann mich einfach nicht wieder einkriegen.

Nachdem ich das Haus von Mama und Papa hinter mir abgeschlossen habe, überlege ich, zu Ellen zu laufen, die eine Wohnung in St. Hanshaugen gekauft hat, aber aus demselben Grund, warum ich sie nicht einfach anrufen kann, kann ich auch nicht einfach bei ihr reinschneien. Ellen ist neben Mama am offensivsten von uns, nichts kann bei ihr einfach vor sich hin schwelen, alles muß ans Licht und auf den Tisch. »Wir müssen darüber sprechen können«, sagt sie dann. Daß sie mich mit der neuen Situation noch nicht konfrontiert hat, ist beunruhigend, daß sie nicht bei mir angerufen hat, um Mama und Papa durchzudiskutieren, nicht vor unserer Tür gestanden hat, um zu weinen, fragen, schimpfen oder spotten. Das ist ihre Rolle, die traue ich mich nicht zu übernehmen. Und irgendwie war ihre Abwesenheit auch angenehm, weil ich mich zu den tatsächlichen Gegebenheiten nicht verhalten mußte. Aber jetzt ist zuviel Zeit vergangen, und ich bekomme allmählich Angst um unsere Beziehung, um die Freundschaft und Nähe, die ich als gegeben angesehen habe. Selbst als ich sie in der Pubertät bis aufs Blut haßte, unterlag ich dem schwesterlichen Band – wir waren Schwestern, würden immer miteinander umgehen müssen, etwas anderes kam mir nicht in den Sinn.

Lieber jogge ich nach Hause, schließe auf, habe alle Schlüssel am selben Bund, inklusive denen für das Haus in Tåsen, kann sie blind voneinander unterscheiden, weiß, welche Bärte in welches Schloß passen. Als ich in die Grundschule ging, hing der Haustürschlüssel an einer Schnur um meinen Hals, eine Verantwortung, mit der Ellen nie betraut wurde und die ich niemals wagen würde, Agnar zu überlassen – sowohl aus Rücksicht auf ihn als auch auf mich selbst und die anderen Eltern. Im Flur hake ich die Tåsen-Schlüssel vom Bund, lege sie in eine Schublade der Kommode.

»Hallo«, sagt Olaf hinter mir, ich drehe mich um.

Er lehnt im Türrahmen zur Küche, mit verschränkten Beinen, scheint da schon eine Weile zu stehen.

»Hallo«, sage ich.

»Warst du laufen?« fragt er.

»Ja, und dann war ich kurz daheim in Tåsen«, sage ich möglichst unbeschwert und erhoffe mir eine Reaktion.

Ich habe das Bedürfnis, dieses Gefühl in Worte zu fassen, daß ich gerade durch so etwas wie ein Museum meiner eigenen Kindheit gelaufen bin, eine Ausstellung des Verlorenen. Oder vielleicht durch die Kulissen eines Theaterstückes über eine Familie, meine Familie, etwas, das es ursprünglich nicht gab.

»Ich dachte, deine Mutter ist im Urlaub?« fragt Olaf und beißt in sein Brot.

»Ist sie. Ich hatte nur Lust, kurz ins Haus zu schauen«, sage ich.

Olaf nickt, macht nicht die geringsten Anstalten zu gehen, spricht aber nicht. Ich weiß nicht, was ich weiter sagen soll. Ellen tönt immer, wie froh sie um ihre Sprache sei, und ich verstehe, was sie meint: Ich bin sehr froh darüber, in einer Familie aufgewachsen zu sein, in der man redet, und daß ich dasselbe in meiner Familie erreicht habe – trotz Olafs Unzulänglichkeit, wenn es um das Formulieren von Emotionen geht. Zum Beispiel bin ich froh darüber, daß sowohl Agnar als auch Hedda gelernt haben, auszudrücken, warum sie traurig sind, und nicht nur heulen oder mit den Türen knallen. Auch die Auseinandersetzungen zwischen Olaf und mir hatten immer aus konkreten Worten, nicht aus demonstrativem Schweigen oder Spielchen bestanden. Jetzt habe ich keine Sprache für die Dinge, die mein Fundament vollständig zerschlagen.

»Also, wie war es? Hat Sverre das Haus leergeräumt?« fragt Olaf schließlich und lächelt.

»Nein, es fehlt nicht viel. Die Lampe von uns hat er mitgenommen. Sonst nur Kleinzeug. Das ist aber fast schlimmer«, sage ich. Das ist wirklich wahr, in der Tat wäre es besser, Mama und Papa würden die Veränderung deutlicher unterstreichen, wenn sie Reaktionen zeigen würden, die meine Gefühle ein bißchen mehr legitimieren.

»Was meinst du?« fragt Olaf. »Warum ist es schlimmer?«

»Weil ich möchte, daß sie die Veränderung anerkennen!« antworte ich laut, Olaf schreckt zusammen. »Nur führen sich die beiden so auf, als wäre nichts geschehen, als würden sie ihre Leben genauso weiterleben wie vorher – nur jeder für sich.«

Mama und Papa wirken aufrichtig überrascht darüber, durch ihre Entscheidung große und kleine Wellen von Konsequenzen auszulösen, die weit über das Gebiet zwischen ihnen hinausreichen. In einem Gespräch mit Mama ein paar Tage nach unserer Rückkehr aus Italien runzelte sie die Stirn, als sie sah, daß ich weinte. »Bist du deshalb wirklich traurig?« fragte sie, und als ich nickte, sagte sie, ich müsse verstehen, daß es dabei nicht um mich gehe oder um ein anderes der »Kinder«, wie sie sich ausdrückte und paradoxerweise fortfuhr: »Wir sind erwachsene Menschen, alle miteinander. Das ist eine Sache zwischen Sverre und mir«, womit sie sämtliche meiner verzweifelten Fragen und mein Bedürfnis nach so etwas wie einer Entschuldigung aushebelte.

»Aber vielleicht haben sie damit ja recht, vielleicht muß das Ganze nicht so folgenschwer sein, wie du tust«, sagt Olaf, und ich verstumme aufgrund des Mangels an Verständnis, des Mangels an Unterstützung: Wer steht da eigentlich im Türrahmen unseres gemeinsamen Hauses und unseres gemeinsamen Lebens, ißt ein Käsebrot und ist seit fast zwanzig Jahren der Mann an meiner Seite – und offenbart zu einem so entscheidenden Zeitpunkt, daß er mich überhaupt nicht kennt?

»Nicht so folgenschwer? Auf eine Ehe verzichten, die vierzig Jahre gehalten hat, auf eine ganze Familie?«

»Sie verzichten doch nicht auf die Familie«, sagt Olaf. »Jetzt übertreibst du.«

»Sie verzichten auf alles, was wir gewesen sind«, sage ich, und meine Stimme bricht, einerseits wegen Olafs Mangels an Verständnis und andererseits wegen der Erkenntnis, die mich mit voller Kraft getroffen hat: »Mit einem Achselzucken reißen sie alles ein, worauf ich mein eigenes Leben gebaut habe.«

Olaf holt Luft, um etwas zu sagen, läßt dann die Luft aber lieber in einem tiefen Seufzer entweichen, dreht sich um und geht in die Küche.

Ein paar Tage später gehe ich mit Agnar zum Arzt. »Seine Pikkel sind schlimmer geworden, das kann nicht normal sein«, habe ich am Abend zu Olaf gesagt, und er hat wie üblich geantwortet, er habe in dem Alter auch viele Pickel gehabt. Erstens ist das nicht wahr, ich habe viele Jugendfotos von Olaf gesehen – er sieht aus wie eine leicht unproportionierte Ausgabe des Prinzen aus *Drei Haselnüsse für Aschenbrödel* –, zweitens sprechen wir hier nicht von vielen Pickeln. »Er ist krank«, sagte ich zu Olaf. »Er kann nicht schlafen, er hat Schmerzen, wenn er auf dem Rücken liegt, das ist nicht normal«, wiederholte ich und vereinbarte einen Termin beim Arzt, vor allem, um mich um etwas zu kümmern, meinetwegen. Etwas reparieren.

Die Ärztin fragt Agnar, ob er will, daß ich mit hineinkomme, und Agnar sieht mich an.

»Das machst du natürlich, wie du willst«, sage ich und unternehme einen halbherzigen Versuch so auszusehen, als ob ich es auch ernst meinte, vertraue keine Sekunde darauf, daß Agnar allein befriedigend antworten könnte.

»Ja, sie kann mit reinkommen«, antwortet er der Ärztin, und ich kann bestimmt das Gefühl von Stolz und Erleichterung nicht verbergen.

Nachdem sie sein Gesicht untersucht hat, bittet sie ihn, den Oberkörper freizumachen. Ich bin überrascht, habe seinen Rücken und Brustkorb lange nicht gesehen, seine Schultern sind breiter geworden, fast männlich, ähnlich denen von Håkon, aber am auffälligsten ist der T-Shirt-Rand, der verrät, daß er den ganzen Sommer seinen Oberkörper nicht gezeigt hat, und die entzündeten Pickel, die sich vom Nacken bis über die Lendenwirbel hinabziehen, dicht an dicht, wie kleine feurige Vulkane. Armer kleiner Agnar, ich stelle ihn mir mit seinen Freunden am Strand vor, in der Schule beim Duschen – Olaf hat ihn dazu gezwungen, dort zu duschen, obwohl Agnar kurz vorm Heulen war und behauptete, niemand würde duschen – und die Blicke der Mädchen, die sich auf seine Stirn, seine Mundpartie fixieren, Blicke, die sich in jeden einzelnen kleinen Pickel in dem offenen Gesicht brennen. Ich werde wütend, erst ungerichtet, dann auf Olaf. Weiß nicht, warum, und möchte dem auch lieber nicht nachgehen.

Die Ärztin fragt Agnar nach dem Verlauf, wie lange er schon

unter den Pickeln leide, nach täglichen Gewohnheiten, Ernährung und so weiter, ich muß meine Hand an die Armlehne klammern, um Agnar nicht zu unterbrechen, der die Worte durcheinanderbringt und mißversteht, manchmal wendet er den Blick zu mir. Ich nicke ermutigend, lächle mit verkniffenem Mund, möchte vor der Ärztin nicht kontrollierend oder überbehütend wirken, weiß nicht, warum mir so wichtig ist, was sie von mir und von uns denkt, aber meinem Gefühl nach müssen wir etwas beweisen – und ich lasse Agnar selbst erzählen. Von den Pickeln, die um Weihnachten angefangen hätten, die im Laufe des Frühlings schlimmer geworden seien, dann besser, er könne sich nicht genau erinnern, aber im März und April sei es jedenfalls ganz okay gewesen, dann im Juli schlimmer geworden, da habe er einen Knubbel an der Schulter gehabt, bei dem er glaubte, es sei Krebs, der sich dann aber als Megapickel, wie er es nannte, herausgestellt habe, und im Laufe des Sommers sei es einfach immer schlimmer geworden.

»Hast du innerhalb dieses Zeitraums etwas an deinen Gewohnheiten geändert?« fragt die Ärztin. »Hast du zum Beispiel anders gegessen, eine neue Seife benutzt oder andere Hautpflegeprodukte?«

Agnar sieht zu mir. Ich schüttle den Kopf. Er schüttelt den Kopf.

»Kein neues Umfeld oder sonst etwas, das mehr Streß als gewöhnlich ausgelöst haben könnte?«

Agnar sieht mich nicht an.

Ende Oktober kommt zum Glück die Kälte. Und plötzlich scheint der Herbst zuwenig Zeit zu haben: Die Bäume wechseln die Farbe, das Laub welkt, und die Zweige werden in nur wenigen Wochen kahl, die Nacht zum ersten November bringt Reif auf Rasen und Autoscheiben.

Ich wartete vermutlich weiterhin auf den Herbst, auf das Normale, aber weder die Dunkelheit, die Kälte noch der Rauhreif vertrieben das Chaos. Olaf geht mir mehr und mehr auf die Nerven, was sicher ungerecht ist, ich kann nicht ausmachen, ob er sich verändert hat oder mein Gefühl für ihn, aber jedenfalls sehe ich ihn anders.

Ich habe Olaf mit Anfang Zwanzig kennengelernt, und peinlicherweise kann sich keiner von uns erinnern, wo wir uns das erste Mal begegnet sind. Wir wurden einfach allmählich Teil desselben großen Freundeskreises. »Natürlich habe ich dich bemerkt«, behauptete Olaf im nachhinein, aber nur um nett zu sein, ich glaube, er hat mich nicht mehr wahrgenommen als ich ihn, bis ich mich von einem Tag auf den anderen plötzlich in ihn verliebte. Es folgten die schlimmsten und unberechenbarsten Monate meines Lebens, es war grausam, unkontrollierbar. »Ich hasse Verliebtsein«, sagte ich zu meinen Freundinnen, und sie antworteten: »Ja, es ist schmerzhaft schön, schrecklich und herrlich zugleich.« Ich dachte, nein, es ist eigentlich nur schmerzhaft. Und auch wenn ich das Gefühl hatte, vor lauter Verliebtheit von selbst zu leuchten und so unübersehbar zu sein, daß ich ihm fast schon zuwinkte, dauerte es ganz schön lange, bis Olaf die Zeichen verstand. »Du hast ja nichts gesagt«, meinte er später, »das konnte man unmöglich verstehen.« Erst nach drei Monaten wurden wir endlich ein Paar, und das schreckliche Gefühl des freien Falls wandelte sich schrittweise ins Gegenteil, in das phantastische Gefühl, sicheren Boden unter den Füßen zu haben.

Geheiratet haben wir vor elf Jahren. Wir hatten bereits Agnar, unsere Leben waren so verflochten, so abhängig voneinander, daß Mama meinte, eine Heirat sei überflüssig. Abgesehen von den rechtlichen Vorteilen. Sie und Papa lachten, als ich erzählte, daß wir eine kirchliche Trauung haben wollten. Auch Olaf meinte, wir könnten einfach nur standesamtlich heiraten und anschließend feiern. Aber ich wollte den Rahmen dafür, mit Kirche und Priester. Ich bin nicht mehr sicher, warum mir das so wichtig war, aber vermutlich schien es mir dadurch realer, als würden unsere gegenseitigen Versprechen mehr wert, wenn wir sie vor einem Priester ablegten – auch wenn weder Olaf noch ich religiös sind. Und ich stand hundertprozentig dahinter: »Ich verspreche, dich zu lieben und zu ehren, und ich werde dir treu sein bis zum Tod, und bestimmt darüber hinaus, falls du als erster stirbst.« Es wirkte nicht schwierig, es gab keine Alternative.

Am Anfang unserer Beziehung haben wir uns außerdem auf ein paar grundlegende Bedingungen geeinigt, die wir seither nicht gebrochen haben. Daß zum Beispiel nicht in jedem Streit, jedesmal, wenn sich alles aussichtslos anfühlt, die Androhung liegen kann, den anderen zu verlassen. Das war früher meine Verteidigung gewesen; wenn ich Angst hatte, er könnte sich trennen, kam ich ihm lieber zuvor und drohte, mehr als das hielte ich nicht aus. Wir einigten uns darauf, daß Androhung von Trennung in Auseinandersetzungen nicht mehr vorkommen solle, woran wir uns alles in allem gehalten haben, und damit rückte auch der Gedanke an Trennung in immer weitere Ferne, sie war kein Rettungsanker und kein Trostpflaster.

Jetzt erweist sich das als naiv. Die Gewißheit, daß Trennung ein Ausweg ist, wurde in riesigen Lettern auf tragende Wände meines und sicher auch Olafs Lebens geschrieben, denn wenn wir streiten, landen wir immer schneller und häufiger bei einem mitschwingenden »*wenn nicht, dann* Punkt Punkt Punkt«.

Das Schlimmste ist, daß ich eigentlich nur mit Mama über dieses neue Gefühl, diese Erkenntnis sprechen möchte. Sie soll mir erklären, daß nicht aufzugeben ein Wert ist, wie sie es mein ganzes Leben lang gemacht hat; Mama hat mir in jeder Phase entweder mit Worten, mit Taten oder Blicken vermittelt, wie wertvoll es ist, etwas, das man begonnen hat, nicht aufzugeben, feste Entscheidungen zu treffen und zu ihnen zu stehen. Das habe ich auch meinen Kindern vermittelt. Wir geben nicht auf. Wir hören nicht auf. Wir reißen uns zusammen, und wir halten durch.

An einem Spätnachmittag biegt Papas Auto in unsere Einfahrt. Er hat gestern angerufen und gefragt, ob er Hedda früher vom Kindergarten abholen könne, um mit ihr vielleicht in ein Café zu gehen oder etwas anderes Nettes zu machen. Ich brachte es nicht übers Herz, nein zu sagen, abgesehen davon war die Aussicht auf einen ruhigen Nachmittag ganz für mich allein viel zu verlockend. Agnar wollte bei einem Kumpel zokken, offenbar hat es ihm Olaf trotz unserer Regel, daß das eine reine Wochenendaktivität ist, erlaubt, und Olaf ist bei einem Meeting.

Ich sehe von der Küche aus, wie Papa parkt. Er bleibt eine Weile im Auto sitzen und plaudert mit Hedda, er lacht über irgend etwas, von Hedda sehe ich gerade mal ihre Locken über den Kindersitz ragen, den Mama und er gekauft haben, als Hedda geboren wurde.

Er steigt aus, umrundet das Auto und geht vor Heddas Tür in die Hocke. Sie reckt den Kopf, um nach ihm zu suchen. Er kann nicht lange genug abwarten, als daß sie sich wirklich fragen könnte, wo er wohl abgeblieben sei, und springt plötzlich vor ihrem Fenster in die Höhe. Sie schreckt zurück, bevor sie so sehr lacht, daß sie bestimmt in die Hose pinkelt. Ich sehe, wie sie »noch mal« ruft, als er die Tür aufmacht und sie aus dem Sitz heben will, er macht die Tür wieder zu und geht erneut in die Hocke, diesmal kriecht er aber ums Auto herum und überrascht sie auf der anderen Seite. Hedda jauchzt vor Begeisterung. Papa lacht, macht ihre Tür auf, hebt sie aus dem Sitz und trägt sie den Kiesweg hoch. Sie haben mich nicht gesehen, ich merke, daß ich lächle. Ich schüttle den Kopf, gehe ins Wohnzimmer und warte darauf, daß sie hereinkommen.

»Hallo«, ruft Papa aus dem Flur.

»Hallo«, ruft Hedda.

Ich gehe ihnen entgehen. Bleibe in der Tür stehen, versperre den Weg zum Wohnzimmer und zur Küche, aber Papa hat glücklicherweise seine Schuhe nicht ausgezogen. Ich versuche, die Treffen mit ihm und Mama so kurz wie möglich zu halten. Möchte zeigen, daß ich der Kinder wegen weiter mit ihnen verkehre, die beiden aber nicht bei mir haben will. Daß sich die Dinge verändert haben. Wir sprechen ausschließlich über Agnar und Hedda oder über organisatorische Sachen.

Die paar Mal, bei denen einer von ihnen versucht hat, ein Gespräch über sich oder den anderen – oder von mir aus auch über mich – anzufangen, habe ich sie gebremst. Meine Gefühle sind zu ambivalent, als daß ich mir in einem solchen Gespräch selbst trauen würde, wer weiß, was dabei zum Vorschein käme, die wütende, die mitleidsvolle oder die trauernde Version von mir, und zeigen will ich ihnen keine davon.

»Hallo Heddilein«, sage ich und beuge mich zu ihr, um mich umarmen zu lassen, ihre Haare riechen nach Kaffee. »Warst du in einem Café?«

Sie antwortet nicht und rennt ins Wohnzimmer.

»Willst du Opa nicht Auf Wiedersehen sagen?« frage ich.

»Aber er geht doch gar nicht«, sagt Hedda.

Ich schaue Papa nicht an.

»Doch, Opa fährt jetzt nach Hause. Also komm und sag Auf Wiedersehen zu ihm«, sage ich und sehe dabei nur Hedda an, lächle, strecke den Arm nach ihr aus.

Sie stellt sich glücklicherweise nicht quer, kommt zurück in den Flur. Papa geht in die Hocke, legt die Arme um sie, sie verschwindet fast in seiner Umarmung, er drückt sie lange an sich.

»Danke für den schönen Tag, Hedda«, sagt er, als sie sich losmacht.

Sie verschwindet in die Küche, und ich bin mit Papa allein. Ich schlucke. Er sieht alt aus.

»Ja, dann sehe ich mal zu, daß ich nach Hause komme und ein bißchen was arbeite«, sagt er. Ich kriege ein schlechtes Gewissen.

»Ich bin auch gerade am Arbeiten«, lüge ich.

»Ich hole Hedda gern einmal pro Woche vom Kindergarten ab«, sagt er. »Oder gehe mit Agnar Pizza essen oder so.«

»Ja, vielleicht. Ich frage ihn mal und schaue, wie es paßt.« Ich möchte nichts versprechen, keine Verabredungen treffen.

»Montag und Dienstag bin ich im Büro, sonst bin ich frei«, sagt Papa, geht zur Tür und steigt die drei Stufen hinunter. »War auch schön, dich zu sehen«, sagt er und lächelt.

»Danke, daß du Hedda abgeholt hast. Mach's gut.«

Ich verwende viel Zeit darauf, meine Erinnerungen zu hinterfragen. Habe mindestens dreimal täglich das Bedürfnis, Håkon und Ellen anzurufen, mit denen ich abgesehen von Belanglosigkeiten noch immer nicht gesprochen habe, damit sie mir bestätigen oder entkräften, woran ich mich erinnere. Ich erforsche in meinen Erinnerungsbildern die Gesichter, Bewegungen, Blicke und Worte von Mama und Papa, suche nach Anzeichen, wie unglücklich sie waren, irgendwelchen Vorwarnungen.

Finde sie überall. Erinnerungen, die plötzlich nicht mehr von naiver Unwissenheit und Vertrauen gefärbt sind, zeigen sich jetzt mit klareren Konturen. Weihnachtsfeiern, Sommerferien, Sonntagsessen, Gespräche, Diskussionen – neue, früher nicht registrierte Details, Gesichtsausdrücke und Tonfälle tauchen auf.

»Sie waren ja nie besonders liebevoll zueinander«, sagte Ellen, als sie in Italien nach Papas Geburtstagsessen in die Küche kam und mir ein Blatt Küchenpapier reichte. Ich putzte mir die Nase, trocknete das Gesicht, schämte mich, daß ich wie ein kleines Kind heulte. »Was meinst du?« fragte ich. »Nur das, was ich sage, ich erinnere sie nicht als liebevoll zueinander, nur zu uns«, antwortete sie. »Das stimmt nicht, Ellen«, sagte ich. »Besonders du solltest doch wissen, wieviel Liebe in ihren Gesprächen liegt, wie sehr sie als Gesprächspartner aufeinander vertrauen, wieviel sie noch immer zu besprechen haben, wie sie spüren, daß sie in den Diskussionen etwas riskieren – und wieviel Vertrauen darin liegt, daß sie noch immer Ansprüche aneinander stellen. Siehst du das denn nicht?« Meine Stimme überschlug sich am Ende fast aufgrund der Einsicht, was alles plötzlich keine Gültigkeit mehr hatte. »Oder die ganzen Kleinigkeiten, an die sie denken und die sie füreinander tun, das ganze Praktische, Mama, die Papa jeden Morgen die kleine Tasse mit warmer Milch hinstellt, Papa, der beim Losgehen zur Arbeit in Mamas Auto die Heizung anmacht, die Bücher, die sie für ihn mitbringt, das Sudoku, das er ihr aufspart, die ganze Liebe, die in den Routinen und Gewohnheiten steckt, die sie geschaffen haben und aufrechthalten«, fuhr ich fort. Ellen antwortete nicht, blickte zu Boden. Sie hat davon keine Ahnung, schoß es mir durch den Kopf. Sie versteht das nicht, sie hat es nie erlebt. Bei ihr muß alles groß und körperlich sein, unausgesprochen. Sie hat in ihren unzähligen kurzen Beziehungen nie etwas anderes erlebt als hohe Gipfel und tiefe Schluchten, und, mein Gott, wie ich sie darum beneidet habe, um die leidenschaftliche Dramatik, aber ich habe nie daran gedacht, was ihr entgeht: das Große dazwischen.

Ich weiß nicht, warum sich die Erinnerung an diesen einen Sommer von allen anderen nahtlos ineinander gleitenden Sommern unterscheidet. Wahrscheinlich wegen des Dramas um Ellens Versuch, die Krabben aus dem großen Kessel über dem Feuer zu retten. Ich sehe sie noch deutlich vor mir, wie sie um die Ecke kommt, genau in dem Moment, als Papa die Krabben aus dem roten Plastikeimer in den Kessel kippt. Wie sie auf ihn zu rennt, ihm den Eimer aus den Händen schlagen will, und wie er aus purem Reflex ausweicht und deshalb Ellen mit der Wucht, die mit Papas Körper gerechnet hat, mit ausgestreckten Händen den glühend heißen Kessel trifft. Wie der Kessel umkippt und die halbtoten Krabben mit dem Wasser ausgegossen werden und die kleineren zu betäubt sind, um sich zu bewegen, während die größeren rot und dampfend in alle Richtungen stieben.

Ich habe auf dem Geländer der Veranda gesessen und zugesehen, fand Krabbenkochen immer spannend, faszinierend, und Papa hatte versprochen, daß es ihnen nicht wehtue, wodurch ich mich beruhigen ließ, weil ich Krabben über alles in der Welt liebte, während Ellen nicht daran glauben wollte. »Das kannst du nicht wissen«, war ihre Antwort auf Papas zu simple Erklärungen der von Ellen als Tierquälerei abgestempelten Hüttenaktivitäten, und sie bot ihm sowohl beim Kochen von lebendigen Schalentieren die Stirn wie auch bei an Haken sich windenden Regenwürmern, auf dem Boden des Boots japsenden Fischen und Fliegen auf Klebestreifen im Windfang der Hütte.

Ellen kam mit ein paar leichten Verbrennungen glimpflich davon. Ich kann mich erinnern, daß ich, während Papa Ellen untersuchte, schnell Mama holen wollte, die aber bereits auf dem Weg zu uns war, weil sie das ganze Geschehen vom Fenster aus gesehen hatte. In letzter Zeit erinnere ich mich auch an die

Stimmung danach, die Diskussion zwischen Mama und Papa, nachdem Ellen und ich ins Bett gegangen waren, in unser Zimmer, das Wand an Wand mit dem Wohnzimmer lag, wo sie mit unserem Onkel und unserer Tante am Eßtisch saßen. Ich kann mich plötzlich wortwörtlich an das Gespräch erinnern. »Das war reiner Instinkt«, verteidigte Papa sein Ausweichmanöver. »Dein Instinkt sollte sein, deine Tochter vor dreißig Litern kochendem Wasser zu beschützen«, sagte Mama. »Jetzt bist du ungerecht«, entgegnete Papa. »Aber ja klar, ich vergaß, du bist ja unfehlbar.« – »Ich glaube, wir reden lieber morgen früh weiter, wenn sich alle wieder beruhigt haben, die Hauptsache ist doch, daß es gut ausgegangen ist«, beschwichtigten Onkel und Tante, worauf Papa sagte, wenn Mama, die sich ja nie für irgendwas verantworten müsse, es wollte, könnten sie das Gespräch gerne jetzt führen. In seiner Stimme war etwas ungewohnt Ekliges, und das Gefühl von damals kommt jetzt zurück, meine eigene unangenehme Erkenntnis, daß darunter etwas anderes lag, Mama, die aufstand und ohne ein weiteres Wort hinausging, und mein Onkel, der meinte, Papa sollte besser auch ins Bett gehen. »Ich warte, bis sie schläft«, sagte Papa. Ich erinnere mich an nichts vom Tag danach, kann auch den Sommer nicht exakt auf der Zeitleiste plazieren, aber Ellen war ungefähr elf.

Natürlich habe ich mir, seitdem ich erwachsen bin, über Mamas und Papas Beziehung Gedanken gemacht, aber bis jetzt war es mir nicht gelungen, mich von meinem kindlichen Blick auf sie freizumachen. Ich dachte, sie hätten bestimmt ihre Probleme, ein paar waren mir sehr präsent, andere blieben eher vage, aber sie haben sich zueinander, solange ich lebe, immer gleich verhalten, und damit ist ihre Beziehung eben auch eine fixe Größe. Wie konnte ich das als Erwachsene denken, wo ich doch die ganzen Phasen kenne, die Olaf und ich durchlaufen haben? Was uns alles weitergebracht hat, was von außen in unser Leben eingedrungen ist und uns geprägt hat, sowie das ganze Innere, alles, was wir geschaffen haben, Agnar und Hedda – alles, was Spuren hinterlassen hat, Ereignisse, die von heute aus betrachtet die Vergangenheit in Abschnitte unterteilen, uns in neue Richtungen geführt haben, weiter, zurück, nach oben und nach unten. Ich habe bei vollem Bewußtsein ihre Ehe ganz selbstverständlich als etwas anerkannt, das größer und eigenständiger ist als der Rahmen, den sie für mich, für Ellen und Håkon bildet, habe mich manchmal darüber gewundert, manchmal auch geärgert, wie sie sich im Alltag zueinander verhalten, aber die Heftigkeit der neuen Erkenntnis beweist, ich habe dem keine Beachtung geschenkt, oder ich habe nicht einmal einen winzigen Zentimeter unter die Oberfläche solcher Gedanken gebohrt.

Agnar fragte vor ein paar Tagen, wie Heiligabend werden solle, wer wo feiern werde. Eine Lawine mehr oder weniger zusammenhängender Bilder vergangener Weihnachten brach los, ich blieb an einem hängen, als ich vor drei Jahren um drei Uhr morgens ins Wohnzimmer kam, wo Papa mit einem Glas Wein in seinem Sessel saß, allein, und Musik hörte. Ich hatte vergessen, wie angespannt dieses Weihnachtsfest war, wie eigentlich keiner in Stimmung war, unsere Gespräche stockten und jegliche Innigkeit fehlte. Damals dachte ich, das sei Ellens Schuld, warum, weiß ich nicht mehr, vielleicht war gerade mal wieder mit einem Freund Schluß und sie deswegen schräg drauf und verschlossen, wie sie manchmal ist, völlig unwillig, sich für das Gemeinschaftsgefühl zusammenzureißen. Jetzt denke ich, daß es natürlich an Mama und Papa gelegen hat, erinnere mich an immer mehr Einzelheiten, ihre Diskussionen in der Küche über ganz banales Zeug, über einen Topf für das Sauerkraut – die distanzierte, fast resignierte Stimme von Papa, als würde er auf Autopilot streiten, Mamas schweigende Verachtung beim Essen, als sich herausstellte, daß das Sauerkraut den Geschmack des Eisentopfs angenommen hatte, den sie nicht hatte benutzen wollen. So ist das restliche Weihnachten weitergegangen, Håkon hatte keine Lust, irgend etwas beizusteuern, Ellen war mürrisch, Olaf und ich versuchten, für Agnar die Stimmung hochzuziehen. Und während der obligatorischen Feierlichkeiten die knisternde Spannung und das damals unerklärliche Unbehagen. Ich war zum ersten Mal froh, als die Feiertage rum waren.

Agnars Frage nach Weihnachten ließ mich an Ellen und Håkon eine Nachricht schicken. »Wollen wir uns auf ein Bier treffen?« schrieb ich, nachdem ich sicher zwanzig Meldungen in der Notiz-App formuliert und wieder gelöscht hatte.

Ellen, Håkon und ich treffen uns an einem kalten Novemberabend in einem Café in Tøyen. Der Morgen hatte mit der Nachricht begonnen, Donald Trump sei zum Präsidenten der USA gewählt worden, das sollte die Wiedervereinigung von uns dreien einfacher machen, denn jetzt gab es etwas ganz ganz Konkretes, über das wir sprechen konnten, denke ich im Bus. Überhaupt sind solche Tage gut dafür geeignet, sich in schwierige soziale Situationen zu begeben, wie all diese Treffen, Dates oder Krankenbesuche, bei denen das Gesprächsthema klar ist, einfach und distanziert, weit entfernt von einem selbst und dem, worüber man sonst nur schwer spricht.

Ich verspäte mich eine Viertelstunde, weil Olaf zu spät vom Training heimgekommen ist, er kommt jetzt häufiger als früher ohne ein Wort spät nach Hause. »Wir haben noch über die Wahl geredet«, sagte er mit einem Achselzucken, als er endlich mit Mütze und kurzer Radlerhose ins Wohnzimmer kam. »Man muß eben Prioritäten setzen«, sagte ich sarkastisch und deutete auf Hedda, die am oberen Ende der Treppe saß und durch die Sprossen des Treppengeländers zu uns heruntersah. Ich hatte bereits seit zwei Stunden versucht, sie zum Schlafen zu bewegen, sie war bestimmt zehnmal ins Wohnzimmer heruntergekommen, und ich bin mit ihr genauso oft wieder hinauf, habe gesungen und ihr übers Haar gestrichen. Beim letzten Mal, als ich hörte, wie sie durch ihr Zimmer tapste, wie sich die Tür öffnete und ihr kleiner Fuß die erste Treppenstufe berührte, rief ich, sie dürfe nicht mehr herunterkommen. »Geh schlafen, Hedda«, mahnte ich. »Nein«, antwortete sie und setzte sich resolut auf die oberste Treppenstufe, nicht wütend oder traurig, nur entschlossen. Ich frage mich oft, wie ihre Entscheidungsprozesse ablaufen, wie die übertrieben soliden Beschlüsse in dem vier Jahre alten Hirn verankert sind. »Na gut, dann bleibst du da sitzen«, sagte ich schließlich, »runterkommen darfst du jetzt nicht mehr.« Und Hedda blieb sitzen. Ich spürte beim Wegfahren nicht den Hauch eines schlechten Gewissens, dieses Problem Olaf zu überlassen, eher im Gegenteil.

Ellen und Håkon sitzen vor ihren Bieren und diskutieren wie erwartet die Wahl. Ich begrüße die beiden nacheinander mit einer Umarmung, erkenne ihren Geruch und vermisse sie wahnsinnig, ich muß mich anstrengen, nicht zu weinen, das würde die Situation unerträglich machen, besonders für Håkon, der von klein auf die Tendenz hat, aus Sympathie mitzuweinen, ohne es steuern zu können, was er bis heute furchtbar peinlich findet. Ich lächle hinter meinem Schal.

»Redet ihr über die Wahl?« frage ich.

»Ja, und darüber, daß Håkon endlich bekommen hat, was er wollte«, sagt Ellen.

Beide lachen.

»Wie?« frage ich. »Das bekommen, was du wolltest?«

»Trump als Präsidenten«, erläutert Ellen.

»Meinst du das ernst?« frage ich.

»Natürlich nicht«, antwortet Håkon. »Ich meine, was ich immer gemeint habe.«

Ich versuche mich zu erinnern, was Håkon immer gemeint hat, aber meiner Meinung nach verändert sich das von Jahr zu Jahr, fast von Monat zu Monat, ich komme nicht hinterher.

»Und zwar?« frage ich nach und lächle ihn an.

»Erstens ist es total verrückt, daß so viele Leute eine Meinung über die Wahl in einem anderen Land haben, nur weil es die USA sind. Zweitens scheiße ich eigentlich darauf, wer gewonnen hat, nachdem es Sanders nicht mehr werden konnte. Das war der einzige interessante Kandidat, ebenfalls als Symptom, wie man jetzt über Trump sagt. Trotzdem war Hillary die bessere Alternative«, führt er aus.

Ich frage mich, ob das seine eigene Meinung ist, sie ähnelt

allem, was ich sonst gelesen habe, und ich nicke, auch wenn ich nicht weiß, ob ich seiner Meinung bin, meine Ansichten verändern sich die ganze Zeit parallel dazu, was ich lese, was zuletzt am überzeugendsten war. Darauf hat mich Håkon mehrmals festgenagelt. »Du hast gestern etwas anderes gesagt«, sagte er, »du bist immer nur mit dem letzten Redner einer Meinung.« Ich habe ein paar Mal angemerkt, daß sich seine Ansichten im großen und ganzen zwischen jedem unserer Treffen ändern, daraufhin kam er mit einer unendlichen Reihe von Begründungen für Nuancen in seinen Ansichten an, die ich nicht verstanden hätte, und hob hervor, daß er die Ansicht nicht *ändere,* er justiere sie nur entsprechend neuer Informationen.

»Warum benutzt du den Nachnamen von Donald und den Vornamen von Clinton?« fragt Ellen.

Håkon lacht.

»Tut mir leid. Hätte ich mittlerweile lernen sollen«, sagt er.

Mittlerweile? denke ich, ich war nicht darauf gekommen, daß Ellen und Håkon vielleicht ohne mich Kontakt hatten, ich bekam fast Angst. Da keiner der beiden sich bei mir gemeldet hatte, war ich automatisch davon ausgegangen, daß die Verbindung zwischen uns *dreien* zerstört worden war.

Ich suche nach Zeichen dafür, daß die beiden weiter miteinander Kontakt hatten, mal abgesehen von dem unbeschwerten Ton in ihren Stimmen, ihren Blicken und ihrem Lachen, ganz das Gegenteil zu der schwierigen Stille, auf die ich mich vorbereitet hatte. Die würde ein Gespräch über das, was geschehen ist, warum wir fast auf Kommando zueinander auf Distanz gegangen sind, erzwingen, hatte ich gedacht.

»Lange her, daß ich euch gesehen habe«, sage ich nach einer Stunde für unsere Verhältnisse auffällig oberflächlichen Geplauders in einer kleinen Pause, als die fast ersehnte Stille endlich eintritt.

Håkon nimmt einen Schluck Bier. Ellen sieht mich an, wartet darauf, daß ich noch mehr sage. Ich weiß nicht, wie ich weitermachen soll, finde keine Worte, um zu beschreiben, was ich in den letzten Monaten gefühlt habe, wie alles sich auflöste. Keiner von ihnen hilft mir weiter. Ich atme tief ein.

»Was genau ist eigentlich geschehen?« frage ich, und mich packt die Angst, sie zu verlieren oder den Halt zu verlieren oder einfach alles zu verlieren. Ich muß schlucken.

Ellen hört endlich mit diesem Lächeln auf, das sie die ganze Zeit gehabt hatte, sie blickt in eine andere Richtung und fährt sich durch die Haare, stoppt die Bewegung hinter dem Ohr, spielt mit dem Ohrläppchen. Håkon fühlt sich sichtlich unwohl, er starrt in sein Bierglas.

»Was meinst du?« fragt Ellen.

Ich verstehe nicht, was *sie* meint. Hatte erwartet, daß sie mehr geradeheraus ist, wie immer, daß sie das Gespräch übernimmt, sobald ich es angerissen habe, und entweder konfrontativ oder aufgewühlt ist, die ganzen Gefühle ausspielt, die ich in mir zurückgehalten habe, Worte für das Chaos findet. Würde ich sie nicht kennen, würde sie auf mich völlig unberührt wirken – aber Ellen ist nie unberührt, und das entlarvt sie. Sie tut nur als ob, ich werde mutiger.

»Ich finde es einfach seltsam, daß wir plötzlich so wenig Kontakt haben«, sage ich.

Erwarte wie üblich nichts von Håkon, merke, daß ich eigentlich Ellen zur Rede stelle. Ellen beschuldige, weil Håkon zu klein ist, um das zu verstehen oder um für irgend etwas die Verantwortung zu übernehmen, aber ich ertappe mich selbst dabei und blicke ihn deshalb direkt an, dieses dreißig Jahre alte Kind mit Herzfehler. Um ihn ist es nicht mehr schade als um uns.

»Warum geht ihr auf Distanz?« frage ich ihn.

»Ich gehe nicht auf Distanz«, sagt Håkon. »Wovon redest du? Du hast doch den Kontakt abgebrochen.«

Die Verzweiflung und die Nervosität verwandeln sich in plötzliche Wut.

»Genau!« sage ich laut. »Da siehst du, was passiert, wenn ich den Kontakt abbreche, dann wird es still. Was sagt dir das, Håkon? Was? Du wartest immer darauf, daß man sich bei dir meldet, dich zum Essen einlädt, daß alle anderen alles für dich organisieren.«

»Ehrlich, Liv, jetzt beruhig dich mal«, beschwichtigt Ellen.

»Nicht ich muß mich beruhigen, ihr müßt das einsehen!«

»Was sollen wir denn einsehen?« fragt Ellen und wirkt aufrichtig verwundert.

»Daß ihr wie immer die ganze Verantwortung mir überlaßt. Für alles. Es versteht sich überhaupt nicht von selbst, daß ich die jedesmal übernehme. Aber ich tue es trotzdem, selbst jetzt, und dann sitzt ihr hier, als wäre nichts geschehen.« Eigentlich möchte ich schreien: Habt ihr nicht genauso Angst, mich zu verlieren wie ich euch?

»Für mich versteht sich das überhaupt nicht von selbst, und was du sagst, stimmt nicht – ich melde mich oft«, sagt Ellen.

»Ja, du nimmst vielleicht Kontakt auf, aber du übernimmst keine *Verantwortung*, nie, hast du noch nie, du schlägst nicht vor, daß wir drei uns treffen sollen, du lädst nicht zum Abendessen ein – das tut keiner von euch –, und jetzt laßt ihr mich auch dafür noch die Verantwortung übernehmen«, schreie ich fast.

»Die Verantwortung wofür?« fragt Håkon.

»Für die ganze Situation. Ihr verschwindet einfach und erwartet, daß ich die Dinge in Ordnung bringe, ohne daß ihr mit Mama oder Papa umgehen müßt oder mit dem Chaos, das sie anrichten. Daß sie alles, was wir sind und waren, zerstören und einfach weitertrampeln, ohne zurückzuschauen. Und keiner will zugeben oder sich eingestehen, daß wir eine Lüge gelebt haben«, schreie ich verzweifelt, registriere dabei, daß ich sogar mit den Armen rudere, fast unkontrolliert.

Die beiden sehen baff aus. Eine kleine Pause entsteht.

»Nein, wir haben keine Lüge gelebt, Liv, auch wenn Mama und Papa beschließen, sich scheiden zu lassen, wir sind noch immer wir, wir sitzen jetzt hier, wir drei« sagt Ellen. »Und ich habe übrigens teilweise mit Mama und Papa Kontakt, ich habe Umgang mit ihnen, ich habe den Einblick, vielleicht sogar mehr als du, scheint mir.«

Alle haben also mehr Kontakt untereinander als ich. Antworten wird unmöglich, die Muster sind unlesbar, die Rollen vertauscht.

»Außerdem haben sie diese Situation selbst erzeugt«, macht Ellen weiter. »Du brauchst weder etwas dafür noch dagegen zu tun, Liv. Mama und Papa müssen die Verantwortung für ihre Entscheidungen übernehmen, und es wirkt ehrlich gesagt so, als würde insbesondere Mama ziemlich unverrückbar zu dieser Scheidung stehen und jetzt weitergehen.« Ellen sieht mich verschwörerisch an.

»Was hat sie denn sonst für eine Entscheidung getroffen? Inwiefern geht sie weiter?« frage ich, schaue von Ellen zu Håkon und wieder zu Ellen, muß schlucken.

»Mit diesem neuen ... wie heißt er gleich? Morten?« fragt Ellen Håkon.

Håkon nickt. Das Kind in mir kämpft gegen die erwachsene Vernunft, gewinnt, ich kann kaum mehr atmen. Warum wissen das sowohl Ellen als auch Håkon? Warum hat Mama sich entschieden, es den beiden zu erzählen und nicht mir?

»Entschuldigung, mein Gott, ich dachte, du weißt das«, sagt Ellen, als sie meine Reaktion bemerkt.

»Also, sie sind ja kein Paar«, versucht Håkon abzuwiegeln.

»Sie sind nur Freunde«, sagt Ellen und lacht, parodiert Oma und versucht lustig zu sein, die Stimmung zu heben, aber weder Håkon noch ich lachen.

Mein Zorn ist verpufft. Ich begreife, daß ich die ganze Zeit geglaubt hatte, sie würden sich zusammenraufen, es wäre eine vorübergehende, gemeinsame Lebenskrise, alles würde vorübergehen.

Ich denke an Olaf zu Hause, ob es ihm wohl gelungen ist, Hedda ins Bett zu verfrachten? Stelle mir Papa vor, allein in seiner Wohnung. Ich kann meine Gedanken nicht sammeln.

Nachdem ich Håkon und Ellen verlassen habe, setze ich mich unten in Grünerløkka in eine Bar. Rufe Kjersti an, eine Freundin, die sich gerade von ihrem Mann hat scheiden lassen und eine der wenigen ist, mit denen ich in den letzten Wochen Kontakt hatte. Ich habe sonst keinem meiner Freunde von der Scheidung erzählt, war nicht in der Lage, mit meiner Angst, den entstandenen Rissen konfrontiert zu werden, und außerdem war ich überzeugt, das Ganze wäre bald vorüber.

Erzähle Kjersti, daß Mama einen neuen Freund hat, auch wenn Håkon erklärt hatte, daß Mama ihn keineswegs als ihren Freund betrachte, daß sie eher im Zweifel sei, nachdem es sich so schnell entwickelt hat. Ich treffe bei Kjersti auf kein Verständnis, sie bittet *mich* aufzuhören, so egoistisch zu sein, und mich lieber für Mama zu freuen. »Werd erwachsen«, sagt sie außerdem. Ich pflichte ihr bei, schreibe aber alles, was sie sagt, als Verteidigung ihrer eigenen Entscheidung ab.

Habe keine Lust, nach Hause zu fahren, bestelle noch ein Bier. War nicht dazu gekommen, Ellen und Håkon auch noch den Rest zu sagen, den ich mir überlegt hatte; nicht wir ließen uns scheiden, wir müßten zusammenhalten. Ich hatte mir ausgemalt, wie ich die beiden tröste, beruhige, ihnen die Situation in ein anderes Licht rücke. Dann stellte sich heraus, daß sie mir ein Licht haben aufgehen lassen. *Ich* habe überreagiert und in meinem Wahn geglaubt, daß Håkon und Ellen dasselbe fühlten, daß wir die Situation gleich erlebten, daß auch ihre Grundfesten pulverisiert worden seien, aber so geht es bloß dir, denke ich über mich selbst, bloß du warst so dumm, dein Leben auf die Illusion von etwas Beständigem zu bauen. Ellen und Håkon haben das längst durchschaut. Ich trinke schnell, um die Scham zu betäuben.

Ein Mann fragt, ob er sich zu mir an die Bar setzen kann. Obwohl hinter uns viele Tische frei sind, mache ich eine bejahende Geste. Er bestellt ein Bier, checkt sein Telefon, fragt, wie mein Tag gewesen sei. Ich lache auf. Er nickt zustimmend.

»Ja, ziemlich absurd das Ganze«, sagt er und hält sein Telefon hoch, von dem mich ein Artikel über die Wahl anleuchtet.

»Absurd ist vor allem, wieviel wir uns um die Wahl in den USA kümmern«, sage ich, allmählich schwirrt es angenehm in meinem Kopf.

Ich wiederhole noch ein paar von Håkons Argumenten, der Mann ist nicht meiner Meinung. Wir diskutieren eine Weile miteinander, erst nach einer halben Stunde und einem weiteren Bier verstehe ich, daß ich mich an ihn ranmache, daß ich in ihm etwas suche. Ich überlege ernsthaft, ob ich wirklich alles zur Hölle schicken soll, ob auch ich aufgebe. »Aber ich habe Kinder«, erkläre ich ihm, als wir eine Stunde und mehrere Biere später vor der Bar stehen und uns eine Zigarette teilen. Er habe nicht versucht, mich aufzureißen, erwidert er, er sei glücklich verheiratet, aber das Gespräch habe ihm gefallen. Ich schaffe nicht einmal, mich für mein Mißverständnis zu schämen, lache lieber und wiederhole: »Glücklich verheiratet.« Er nickt. Ich bedanke mich für die Zigarette, ziehe den Reißverschluß an meiner Jacke hoch und gehe den ganzen Weg nach Hause zu Fuß, lege mich aufs Sofa und schlafe.

Agnar weckt mich auf, offensichtlich irritiert.

»Warum liegst du hier?« fragt er.

Der Kopf dröhnt, der Mund ist trocken, die tiefstehende Novembersonne fällt durch die Fenster, sticht in meine Augen und enthüllt zugleich einen grauen Film aus Staub und Dreck außen an der Scheibe.

»Wie spät ist es?« frage ich.

»Fast zehn«, antwortet Agnar.

Olaf muß mit Hedda aufgestanden sein, ohne daß ich sie gehört habe; ob Hedda wohl ruhiger ist, wenn sie und Olaf allein sind, oder habe ich hier auf dem Sofa Wand an Wand zur Küche unnormal tief geschlafen?

Meine Arbeitszeiten sind flexibel, und von Zeit zu Zeit kommt es vor, daß ich am Vormittag Homeoffice mache, ich rede mir ein, das sei der Grund dafür, warum mich Olaf nicht geweckt hat, aus Fürsorge und nicht aus demonstrativem Desinteresse.

»Warum bist du nicht in der Schule?« frage ich Agnar.

»Es ist Donnerstag«, antwortet Agnar kurz angebunden, dreht sich um und geht Richtung Küche.

»Ja, natürlich«, sage ich und sehe, er hat Sportsachen an. »Wie läuft es mit dem Training?« frage ich, mir ist so übel, daß ich den Brechreiz hinunterwürgen muß, und in dieser Anstrengung verschwindet das Satzende, was Agnars Gesicht weiter verhärtet.

»Vergiß es«, sagt er und knallt die Tür zur Küche zu.

Zum ersten Mal in meinem Leben schicke ich meinem Chef eine Nachricht, die gelogen ist. »Hedda ist krank, ich muß zu Hause bleiben«, sende ich, bevor ich es mir anders überlegen kann. Angst durchfährt mich, als ich an die Möglichkeiten denke, wer beim Vorbeigehen am Kindergarten Hedda hinterm Zaun frisch und munter im Sandkasten spielen sehen oder Olaf und Hedda auf dem Heimweg treffen könnte. Ich ziehe in Erwägung, sie abzuholen, da fällt mir ein, daß sie heute Weihnachtskarten basteln, wovon Hedda seit gestern voller Vorfreude ununterbrochen redet.

Agnar knallt die Haustür zu, als ich in die Dusche steige, ich recke mich, um durch das hohe Fenster über der Badewanne einen kurzen Blick auf ihn zu erhaschen. Sehe gerade noch seinen Rücken hinter der Hecke verschwinden. Er entschwindet mir, ich habe kein Gespür mehr für ihn. Das kalte Wasser an meiner Brust und meinem Bauch läßt mich erschauern, ich zwinge mich stehenzubleiben, bis es warm wird. Hätte Agnar folgen sollen und mit ihm reden, bevor er ging. Was denkt er jetzt, der kleine Mann? Weiß nicht, was ich ihm hätte erzählen sollen, wie soll ich mit ihm reden, er ist zu groß, als daß ich lügen könnte, und zu jung, um zu verstehen. Dazwischen kenne ich nichts.

Vor einem Jahr blieb ich eines Abends in seiner Tür stehen und betrachtete ihn beim Schlafen, wie unglaublich doch war, daß er da lag und eigene Träume träumte, was sein wachsender Körper an eigenen Erfahrungen und Erlebnissen in sich barg, unabhängig von mir, außerhalb meiner Kontrolle. Ich hatte ihn erschaffen, und dreizehn Jahre später lag er da und war er selbst, mit Meinungen, Gedanken und Geheimnissen. Ich schnappte mir Olaf, als er an mir vorbeiging, flüsterte ihm zu, woran ich gerade dachte. Olaf nickte, sagte: »Und denk an alles, durch das er noch durchmuß, an alles, was er noch immer lernen wird.« Ich schauderte beim Gedanken an die Pubertät, an die Enttäuschungen und Gefühle, die alle vorherigen Maßstäbe sprengen würden, aber zu diesem Zeitpunkt war für mich unvorstellbar, daß ich ihn nicht verstehen, nicht mit ihm sprechen können sollte, er war doch Agnar, mein Sohn!

Nach einer halben Stunde steige ich aus der Dusche, trockne mich ab und schlinge mir das Handtuch um den Kopf. Putze die Zähne und spüle den Mund aus, der vom gestrigen Abend noch immer ekelhaft nach Alkohol und Reue riecht und schmeckt. Creme die Haut, die sich drei Nummern zu klein anfühlt, mit Feuchtigkeitslotion ein. Mache die Tür zum Flur auf und begegne Agnar auf dem Weg in sein Zimmer. Ich bleibe stehen.

»Das war eine kurze Joggingrunde«, sage ich.

Er wendet sich ab, blickt zur Wand, als er an mir vorbeigeht, und mir fällt ein, daß ich nackt bin, ich begreife, Agnar ist es peinlich, mich so zu sehen. Fast muß ich lachen, würde es nicht die neue Distanz zwischen uns unterstreichen. Er ist mit einem natürlichen Verhältnis zu Nacktheit aufgewachsen, das war ein unausgesprochenes Ziel von Olaf, der die Theorie hat, Agnar und Hedda bekämen dadurch auf kurze oder lange Sicht ein gesünderes Verhältnis zu ihrem Körper. Jetzt schlüpft Agnar in sein Zimmer, ohne einen Blick auf mich und ohne eine Antwort. Ich gehe ins Schlafzimmer, krieche unter die Bettdecke, die auf meiner warmen Haut schön kühl ist, in meinem Körper wütet der Kater, das Herz schlägt hart in der Brust, und die Nerven verlaufen außen auf der Haut.

Ich kann nicht schlafen. Hole mir meinen Laptop und versuche zu arbeiten, muß eigentlich einen langen Artikel über die Alterung der Bevölkerung schreiben, die vor ein paar Jahren zu einem Schreckensszenario hochgepusht wurde und seitdem ihren Sensationsanstrich verloren hat. Eine Kollegin und ich haben unter anderem eine Musterwohnung angeschaut, in der robotisierte Systeme lebendiges Pflegepersonal ersetzen sollen. Wenn man zum Beispiel vergißt, die Herdplatte auszuschalten, oder wenn man mitten in der Nacht aus der Wohnungstür tritt, wird eine durchdringende ruhige Frauenstimme aktiviert und spricht mit einem. »Es ist halb zwei Uhr nachts. Bist du sicher, daß du jetzt rausgehen willst, Berit?« fragte die sanfte Stimme, als unser Vorführer die Uhr stellte und die Tür aufmachte. Er blickte uns erwartungsvoll an und sagte: »Das ist die Zukunft, meine Damen.« Ich wurde unsicher, ob er von *unserer* Zukunft sprach oder im allgemeinen. »O mein Gott«, sagte meine Kollegin auf dem Weg zurück zum Büro, »ich werde nie alt werden, jedenfalls nicht allein.«

Ich verfasse ein paar Emails an potentielle Interviewpartner, im Betreff schreibe ich: »Die neue Generation von Alten«. Frage mich, ob das abfällig ist, habe Mama vor Augen, schüttle dann aber den Kopf; wer über fünfundsechzig ist, muß aushalten, alt genannt zu werden. Mir fällt ein, wie Papa es als persönliche Beleidigung empfunden hatte, als er nach seinem sechzigsten Geburtstag automatisch »Wir über 60«-Post bekam, vermutlich lief er am nächsten Morgen doppelt so weit und doppelt so schnell.

Mehr als eine halbe Stunde kann ich mich nicht konzentrieren, und es ist tröstlich, ausnahmsweise die Schuld auf gestern schieben zu können, auch wenn ich weiß, daß ich während der letzten Monate selbst nüchtern damit große Probleme gehabt habe. Ich klappe den Laptop zu und lausche im Liegen, wie Agnar duscht, sich die Haare fönt, seinen Rucksack packt, mit seinen charakteristisch unrhythmischen Schritten die Treppe hinunterläuft, in die Küche geht – ich habe keine Ahnung, ob etwas zu essen im Kühlschrank ist, hoffe, Olaf hat eingekauft –, etwas in die Spüle stellt, in den Flur tritt, sich die Schuhe anzieht, die Haustür ins Schloß fallen läßt. Nicht »tschüs!« ruft. Mit einemmal fühlt es sich alles entscheidend an, ihn wieder hereinzuholen, ihn fest an mich zu drücken, zu verstehen, ich kriege Lust, ihm nachzulaufen, bleibe aber liegen.

Erst als ich einige Stunden später Olafs Fahrrad auf dem Kies in der Einfahrt und Heddas herzhaftes Lachen höre – wie bringt er sie nach einem langen Tag im Kindergarten dazu, so zu lachen? –, stehe ich auf. Schlüpfe schnell in ein Paar Strumpfhosen und ein altes Flanellhemd, das in der Schublade des Kleiderschranks ganz unten liegt, das einzige Kleidungsstück, bei dem ich mir vorstellen kann, daß es nicht unangenehm auf der Haut scheuert. Fahre mir durch die Haare, mache das Bett, stelle den Laptop aufgeklappt auf den Schreibtisch, öffne Word und lege Notizblock und Stift daneben. Gehe hinunter zu Olaf und Hedda, die beiden stehen noch in Jacken in der Küche und schälen sich Bananen. Auf der Anrichte stehen zwei volle Einkaufstüten.

Olaf sieht mich kurz an, dann auf seine Banane, dann wieder zu mir, als hätte er etwas übersehen. Er mustert mein Hemd und lächelt.

»Das hatte ich ganz vergessen«, sagt er.

Ich verstehe nicht, sehe ihn fragend an.

»Mein Hemd«, sagt er.

Mir fällt wieder ein, daß das ein altes Hemd von Olaf ist, das er mir vermachte, als ich mit Agnar schwanger war. Damals war es – genau wie jetzt – das einzige Kleidungsstück, das nicht zu eng und scheuernd war, das sich einfach angenehm weich an den Bauch schmiegte, ich hatte es wohl vier Monate ununterbrochen an.

Ich lächle und nicke, fange an, die Lebensmittel auszupakken.

»Danke fürs Einkaufen«, sage ich.

Er antwortet nicht. Fragt nicht nach gestern oder warum ich auf dem Sofa geschlafen habe, ißt zu Heddas großer Begeisterung die ganze Banane in nur zwei Bissen und verläßt die Küche.

»War es schön im Kindergarten heute?« will ich von Hedda wissen.

Sie nickt, rennt in den Flur, kommt mit ihrem Rucksack zurück und holt daraus mindestens zehn zusammengefaltete Blätter. Einige davon sind übervoll mit Aufklebern und Zeichnungen, andere nur mit halbfertigem Gekritzel, und für einen Augenblick denke ich, im Kindergarten könnte man gerne die Entfaltung etwas begrenzen, reiße mich aber zusammen.

»Nein, wie schön«, sage ich zu Hedda. »Sind das Weihnachtskarten?«

»Ja«, antwortet sie und breitet sie auf dem Küchentisch aus. »Wir müssen sie mit der Post verschicken.«

»Aha?« sage ich und werde wieder wütend, ich verfluche den Menschen, der in einem nutzlosen pädagogischen Wohlwollen erklärt haben muß, daß Weihnachtskarten mit der Post verschickt werden. »Und an wen sollen wir sie schicken?« füge ich mit sanfterer Stimme hinzu, stelle mir die anderen begeisterten Eltern vor.

»Die ist für Papa und dich«, fängt Hedda an und zeigt auf eine.

»Die brauchst du dann ja nicht zu schicken«, sage ich erleichtert. »Die kannst du in unseren Briefkasten stecken.«

Sie versteht nicht, was ich meine, und ich habe keine Kraft für Erklärungen.

»Die ist für Agnar«, sagt sie und deutet auf die nächste. »Und die ist für Oma und Opa«, sagt sie.

Mir wird bewußt, daß ich Papas Adresse immer noch nicht kenne. Außerdem hat Hedda jemanden im Kindergarten einen Gruß an die beiden auf die Vorderseite schreiben lassen, »Für Oma und Opa« steht da in schwarzen Tuschbuchstaben. Ich glaube, alle, zumindest alle Frauen, die in einem Kindergarten angestellt sind, haben die gleiche Handschrift, rund und sanft, vielleicht ist das Teil der Ausbildung. Ich nehme die Karte. Werde beim Anblick der Worte traurig, lächle Hedda aber an, frage mich, ob sie vergessen hat, daß die beiden getrennt leben, oder ob sie zu klein ist, um das Konzept zu verstehen. Für einen Augenblick stelle ich mir die Karte fürs nächste Jahr vor, »Für Oma« und daneben der Name Morten, weine fast los, erinnere mich daran, wie nachsichtig Håkon und Ellen sind, und reiße mich zusammen. Räuspere mich.

»Weißt du was, Hedda, wir können diese Karten jedem direkt geben, wir brauchen sie nicht mit der Post zu schicken. Möchtest du nicht sehen, wie sich Tante Ellen freut, wenn wir ihr die Karte überreichen?« sage ich, obwohl ich weiß, daß Ellen wahrscheinlich eher auf Heddas Schlampereien hinweisen wird, sie meint, es tue Kindern gut, zu verstehen, daß der Grad an Wertschätzung dem Einsatz folgt und daß keinerlei Wert darin liegt, beispielsweise eine Weihnachtskarte hochzuloben, wenn Hedda ganz offensichtlich geschlampt hat.

Hedda nickt glücklicherweise.

»Wann können wir ihnen die Karten geben?« fragt sie.

Noch bevor ich bemerkt habe, den Gedanken überhaupt gedacht zu haben, sage ich: »Vielleicht fragen wir, ob sie alle Lust haben, am Sonntag hierherzukommen?«

»Ja«, freut sich Hedda laut.

»Ich bereue es«, sage ich zu Olaf.

Zum ersten Mal seit langem sind wir gleichzeitig ins Bett gegangen. In den letzten Wochen bin ich ins Bett, wenn Olaf noch mit irgend etwas beschäftigt war oder wenn er und Agnar mitten in einem Film oder einer Serie steckten – oder ich habe gewartet, bis er schlief. Nach dem Treffen mit Ellen und Håkon und dem fremden Mann in der Bar gestern und nach Agnars demonstrativer Distanz heute morgen lege ich mich am Abend dicht an Olaf. Er zögert, bevor er sich zu mir dreht und den Arm um mich legt, zwar über der Decke, aber trotzdem ist es eine so versöhnliche Geste, daß mir die Tränen in die Augen steigen.

»Ich finde, das ist eine gute Idee«, sagt Olaf. »Es ist an der Zeit, die Situation zu normalisieren.«

»Mama hat einen neuen Freund«, sage ich, auch Olaf gegenüber differenziere ich nicht, will sehen, wie er reagiert.

Er wird still.

»Ich muß mit dir über etwas sprechen«, beginnt er nach einer Weile, und ich erstarre bei der Erkenntnis, daß auch er es gewußt hat, daß ich als einzige aus allen Gesprächen des letzten halben Jahres herausgehalten worden war, ohne daß ich verstand, warum.

»Hast du es auch gewußt?« frage ich schließlich, als Olaf nur weiter schweigt.

»Was? Nein, nein«, sagte er und lacht leicht. »Wie sollte ich das wissen?«

Ich zucke unter der Decke mit den Schultern, fülle meine Lungen mit Luft, habe bestimmt seit einer Minute nicht eingeatmet, dann begreife ich, daß das nicht das Schlimmste wäre, was Olaf mir erzählen könnte. Daß das Schlimmste jetzt kommt. Ich spanne die Muskeln an, als Olaf sich räuspert und sein Körper wie zum Sprung ansetzt.

Ellen

Simen hat ein paar meiner verbuchstabierten Zettel an den Kühlschrank gehängt. Ich muß sie auch heute noch zwei bis drei Mal genau lesen, um die Fehler zu entdecken, aber dann ist es jedes Mal aufs neue gleich lustig.

Am Anfang meinte Simen, es sei seltsam, daß ich mit meiner Legasthenie eine Karriere gewählt habe, bei der es in großem Maß um Sprache geht. »Nein, das ist nicht seltsam«, habe ich geantwortet, ich war immer mehr an Sprache und Kommunikation interessiert als irgend jemand sonst, gerade wegen meiner Legasthenie. Für mich ist sie gefühlt noch immer ein System, in das ich einfach nicht eindringen kann – dasselbe Gefühl wie in meiner Grundschulzeit. Lange Reihen von Codes, die ich nicht knacken konnte, bis ich meine eigene Methode gefunden hatte, nicht Wort für Wort zu lesen, sondern ausgehend von den paar Wörtern, die ich erkannte, den ganzen Satz zu erraten. Wenn ich jetzt so darüber nachdenke, ging das überraschend lange überraschend gut, was aber andererseits vielleicht mehr über das Niveau der Lesebücher der damaligen Zeit aussagt. Ich kann mich nicht daran erinnern, daß ein Schamgefühl damit verknüpft gewesen wäre, nicht lesen zu können, wie das andere Legastheniker beschreiben, ich hatte sehr lange das Gefühl, lesen zu können. Erst nach der Grundschule, als die Legasthenie von einer Norwegischlehrerin entdeckt wurde, verstand ich, daß ich nie *gelesen* hatte. Eine der größten Anstrengungen meines ganzen Lebens war, mein verinnerlichtes, aber durchaus funktionierendes System zu verändern, mich selbst zu überzeugen, daß eine Methode, die mich langsamer und mit mehr Fehlern lesen ließ und bei der jeder Buchstabe verkehrte Zacken hatte, an denen ich hängenbleiben konnte, eigentlich richtig war. Wegen meines Kampfs gegen die Buchstaben wurde jedenfalls mein Interesse für Sprache größer. Zu wissen, daß ich die geschriebene Sprache nie wie alle anderen beherrschen würde, führte dazu, daß mich ihre anderen Seiten um so mehr interessierten und beschäftigten, ihre Wirkung und die Kraft hinter den Buchstaben, hinter den Worten. »Trotz allem teilen wir also etwas, den Glauben an die Kraft des Wortes«, sagte Mama, die sich nie dafür entschuldigt hat, daß weder sie noch Papa meine Legasthenie bemerkt hatten. Ganz im Gegenteil, die beiden hatten vehement widersprochen, als meine Lehrerin sie kontaktierte, um das Problem zu besprechen, das sie bei meinen Eltern als bekannt vorausgesetzt hatte. »Sie kann doch fließend lesen«, sagte Papa. »Sie liest besser als ihre große Schwester«, sagte Mama. Aber als sie mit mir zur Begutachtung beim Logopäden waren, wo es mir ein Test unmöglich machte zu schummeln – wie die Logopädin meine bisherige Art zu lesen nannte –, sahen sie mit eigenen Augen, daß ich tatsächlich einfache Wörter wie *Tag*, *fallen* oder *Fahrrad* nicht problemlos intuitiv lesen konnte.

»In unserer Familie gibt es sonst niemanden mit Legasthenie«, erklärte Mama der Logopädin, als sie schließlich einsehen mußten, daß ich mich, wenn auch nicht einem Problem, so doch einer Herausforderung zu stellen hatte – mit dieser Sichtweise war Papa in den Achtzigern der Zeit voraus, er weigerte sich, etwas als Problem zu bezeichnen, alles wurde zu einer Herausforderung. »Er ist mit gewissen Herausforderungen konfrontiert«, sagte er über unseren mehrfach behinderten Cousin, der erst in erwachsenem Alter an Orte gelangen konnte, die all jenen, die Treppen steigen können, zugänglich sind – als wären Papas Ansicht nach seine Lähmung und Krankheit etwas, das unser Cousin als eine Art Wettbewerb betrachten sollte. Håkon, Liv und ich haben Papa immer zitiert: Sie sind mit gewissen Herausforderungen konfrontiert, sagten wir über die größten Schrecklichkeiten, bis daraus ein Ausdruck geworden war, der völlig ernsthaft für alles von Naturkatastrophen über Epidemien bis hin zu mehr oder weniger seriösen psychischen Erkrankungen irgendwelcher Promis gebraucht werden konnte.

Den Trend, ganz reale Probleme als Herausforderungen zu bezeichnen, habe ich nie ganz verstanden, als wäre das eine Art Geste demjenigen gegenüber, der die Herausforderung zu bewältigen hat; und sollte ich wirklich nicht schwanger werden können, möchte ich zum Beispiel lieber, daß mein Arzt es ein *Problem* nennt als eine Herausforderung, der ich mich vergeblich stelle.

Wie auch immer, ich war, soweit man zurückdenken konnte, auf beiden Seiten der Familie die einzige, die mit der Herausforderung Legasthenie konfrontiert war. Heute denke ich nicht viel daran, sie ist ein Teil von mir, aber trotzdem ist das Leben um einiges einfacher geworden, seit zuerst Computer und dann Handys mit Rechtschreibprogrammen aufgekommen sind.

Ein paar der handschriftlichen Zettel am Kühlschrank habe ich, ohne mich darauf zu konzentrieren, geschrieben, wenn ich auf dem Weg hinaus keine Zeit hatte. Im allgemeinen geht es um Sachen, die eingekauft oder abgeholt, erinnert oder repariert werden müssen.

»Riskkrankenhaus nicht vergessen!« steht auf dem einen. Der ist neu, erst drei Wochen alt, und war eine Erinnerung an Simen, mich am Rikskrankenhaus zu treffen. Eine zusätzliche Ultraschalluntersuchung, die ich vor ein paar Wochen bei dem privaten Gesundheitsunternehmen Volvat hatte machen lassen, nur der Abklärung halber, zeigte, daß an der Gebärmutter eine kleine Mißbildung sein *könnte*. Ein Teil von mir war erleichtert, endlich eine Andeutung von Antwort erhalten zu haben, während der andere Teil sofort überlegte, ob ich es Simen sagen mußte. Ich konnte es nicht länger als vier grausame Stunden für mich behalten und erzählte es beim Abendessen. Ich meine in seinem Gesicht eine Erleichterung erkannt zu haben, bestimmt weil auch er bestätigt bekam, was wir beide wußten, nämlich daß die Schuld bei mir lag, und mit dem Wissen wurde er besonders großzügig und fürsorglich. »Natürlich komme ich mit dir«, sagte Simen, als ich ihm erzählte, daß ich eine Untersuchung machen würde, die Hysterosalpingographie hieß. »Kannst du das buchstabieren?« fragte er, und ich mußte zum ersten Mal an diesem Tag lachen.

Sie haben keine entscheidenden Fehlbildungen gefunden. Aber manchmal kann die Untersuchung, das verwendete Kontrastmittel, etwas öffnen und schon dadurch helfen, hat der Arzt gesagt, versuchen Sie es einfach weiter. Simen wirkte entmutigt, es gab für ihn wohl kaum etwas, das weniger verführerisch war als weitere Versuche. Simens Körper hat für mich nur noch etwas Mechanisches; nur wenn ich die Augen schließe und mich konzentriere, kann ich mich daran erinnern, wie attraktiv ich ihn gefunden habe, die festen Muskeln am Oberarm, den breiten Rücken, den Nacken, die großen Hände. Die leicht schiefe Nase, die kräftigen Augenbrauen. Den Blick. Letzterer ist genaugenommen auch verschwunden, er sieht mich nicht mehr an wie früher, und seinen Widerwillen gegen meinen Körper kenne ich auch selbst.

Mittlerweile ist November, und wir versuchen es nicht mehr, sprechen auch nicht mehr darüber. Außerdem war in Amerika Wahl und ich damit beschäftigt, sowohl für Zeitungen als auch im Radio und Fernsehen Journalisten die rhetorischen Tricks der beiden Präsidentschaftskandidaten zu erklären. Håkon meint, um Hillary oder Trump zu durchschauen, brauche man keinen Master in Rhetorik. »Du sprichst über Rhetorik wie über eine Schummelei oder etwas, das man entlarven muß«, sagte ich. »Das ist eine naive und im Grunde genommen insbesondere für dich zu simple Annäherung an die ganze Sache. Mal abgesehen davon ist es ziemlich entlarvend, daß du für den männlichen Kandidaten den Nachnamen und für die weibliche Kandidatin den Vornamen benutzt.« – »Ein zu oberflächliches Argument, insbesondere für dich«, parierte Håkon.

Nachdem ich bei meinem Besuch Mamas Telefongespräch mit der sanften Männerstimme am anderen Ende der Leitung zufällig mitgehört hatte, hatte ich zum ersten Mal seit langem bei Håkon angerufen. Mein erster Impuls war ein Anruf bei

Liv, aber aus irgendeinem Grund war Håkon anzurufen einfacher, nicht so nahe. »Hast du in letzter Zeit mit Mama gesprochen?« fragte ich ihn. »Naja, ein bißchen«, antwortete er. »Weißt du, daß Mama einen Freund hat?« fragte ich weiter. »Meinst du diesen Morten?« antwortete er. »Warum weißt du, wie er heißt? Hast du ihn kennengelernt?« fragte ich nach, überrascht von Håkons Nonchalance. »Nein, absolut nicht, Mama hat ihn nur vor ein paar Tagen erwähnt«, sagte er. Ich konnte mir keinen einzigen guten Grund vorstellen, warum Mama Håkon von einem neuen Freund erzählen sollte, wenn sie das offensichtlich vor mir zu verbergen versuchte. »Weiß Liv auch davon?« fragte ich. »Das weiß ich nicht, aber ich gehe davon aus«, antwortete Håkon, »sie weiß ja immer alles.« Im Grunde ist es typisch, daß Mama sich sowohl Liv als auch Håkon vor mir anvertraute. »Und was wird das Ganze?« fragte ich. »Er ist nur ein Freund«, entgegnete Håkon. »*Freunde*, wie in Oma-Freunde?« fragte ich. Oma hatte alle unsere Partner Freunde oder Freundinnen genannt. Olaf war zum Beispiel noch lange nachdem sie schon verheiratet waren Livs Freund. »Ich weiß nicht genau«, sagte Håkon. »Ich glaube, sie haben es noch nicht so richtig definiert.«

Er erklärte mir, daß sich Mama und Morten auf Sizilien kennengelernt und danach den Kontakt gehalten haben. Das sei im großen und ganzen alles, was er wisse. Ich habe es dabei belassen, konnte aus seinen Worten nicht heraushören, ob sie es tatsächlich auf die leichte Schulter nahm, wie es sich anhörte, oder ob sie eigentlich traurig war. Mein Ärger änderte seine Richtung, richtete sich eher gegen Papa und Mama, die Håkon immer vor allem Schlimmen auf dieser Welt beschützen wollen, und auch, weil ihre Nähe zu ihm so groß ist und er so abhängig von ihnen, weil sie mit ihm mehr sprechen, ihm mehr aufbürden als Liv und mir.

»Hast du in letzter Zeit mit Liv gesprochen?« fragte ich statt dessen. »Nein, ich habe nichts von ihr gehört«, sagte er. »Du?« – »Nein, sie hat sicher viel um die Ohren mit Arbeit, Kindern und allem.« – »Ja«, sagte Håkon. Obwohl Håkon der bessere Smalltalker ist und im allgemeinen egal mit wem egal wo über egal was reden konnte, wurde es still. Er meinte schließlich, er müsse auflegen, und ich antwortete, wir sprächen uns bald wieder, ohne daran zu glauben, eher automatisch, er pflichtete mir bei, und wir legten auf.

Als hätte sie das Gespräch gehört, schrieb Liv am nächsten Tag eine Gruppennachricht, ob wir uns nicht auf ein Bier treffen wollten.

Wir haben uns vor ein paar Tagen in Tøyen getroffen, selbstverständlich dort, wo es für Håkon am besten paßte. Er hat eine Wohnung in Kampen gekauft. Auch wenn er am nächsten wohnte und somit der erste hätte sein sollen, war ich zehn Minuten vor ihm da. Liv schickte eine Nachricht, sie werde sich verspäten, entschuldigte sich so eindringlich, daß ich es nicht übers Herz brachte, mich zu ärgern wie sonst – wie einige Menschen konsequent zu spät kommen können, verstehe ich einfach nicht. Beispielsweise meine beiden Geschwister. »Zuspätkommen ist nicht cool«, habe ich zu Håkon gesagt und ihm unterstellt, er würde irgendwie glauben, daß er Stärke demonstriere, indem er sich um die fünf Minuten nicht schert oder um *Zeit* überhaupt. »Demonstrativ die Zeit anderer oder Verabredungen nicht ernst zu nehmen ist ungebildet und ein Zeichen für Unsicherheit«, habe ich gesagt. Das Wort »ungebildet« ist in unserer Familie vermutlich das stärkste Schimpfwort, das einem einfallen kann. Von Mama und Papa in unserer frühesten Kindheit als etwas Schreckliches eingeführt, etwas, das wir fürchteten, gleichgestellt mit billig oder abgeschmackt. In den vergangenen Tagen hatte ich mehrmals große Lust, bei Mama anzurufen, um ihr zu sagen, wie billig das sei, was sie da treibe, wie unglaublich *abgeschmackt*, einen Typen im Urlaub im Süden kennenzulernen, wenn man sich gerade erst von seinem Mann getrennt hat und siebzig ist.

Håkon betrat um zehn nach sieben die Kneipe in Tøyen. »Es ist jetzt zehn nach sieben«, sagte ich, als er seine Jacke über den Stuhl hängte. »Liv ist doch auch noch nicht da«, wehrte er ab. »Stimmt, aber sie hat sich per SMS entschuldigt«, entgegnete ich. »Okay, dann entschuldige bitte«, sagte Håkon. »Kann ich dir als Trostpflaster ein Bier ausgeben?« – »Ja, wir müssen ja noch ein Trauerbier auf Clinton trinken«, antwortete ich und wußte, Håkon würde jene Diskussion beginnen, die wir im letzten Jahr mehrfach geführt hatten. Ich kenne kaum etwas Lustigeres, als mit meinen Geschwistern zu diskutieren – diese Mischung aus Vorhersehbarkeit und Überraschung, aus Gleichheit und gleichzeitig riesiger Differenz in unseren Ansichten und Ausdrucksweisen. Sie können mich zwar mit neuen Argumenten überraschen, aber ich kann meist die Richtung voraussehen und die Struktur erkennen.

Die Beschuldigungen, die Liv, als sie zwanzig Minuten später kam, Håkon und mir entgegenschleuderte, hatte ich in keiner Weise vorausgesehen.

Liv und ich haben immer viel gestritten, und bis zur Pubertät konnten wir uns durchaus auch prügeln. Ich erinnere mich, wie sich Liv immer an der Kühlschranktür festhielt, um ihren Tritten oder Schlägen mehr Wucht verleihen zu können, während ich sie an den Haaren zog und meine Nägel in die Innenseite ihres Oberarms bohrte und zukniff. Aber äußerst wenige Streitereien haben erinnernswerte Spuren hinterlassen, sie waren nicht wichtig. Sie waren eher Teil unserer Umgangsformen, wir konnten sie schnell vergessen, sie gingen nicht tief. Die wenigen Streitereien, an die ich mich wirklich erinnere, waren anders, wie das eine Mal, als mich Liv nach einem Sommer in der Hütte beschuldigt hatte, Mama und Papa würden sich meinetwegen scheiden lassen – ich war danach den ganzen Herbst mit einem riesigen Klumpen im Bauch herumgelaufen und hatte nach Zeichen gesucht, daß es wahr war. »Die Stimmung diesen Sommer und Herbst war unbestreitbar schlecht, und das ist deine Schuld«, hatte Liv gesagt. Ich war davon überzeugt, daß sie recht hatte, daß es daran lag, wie zickig ich den ganzen Sommer über gewesen war.

Jetzt verstehe ich, es hatte an etwas anderem als an mir und meinen Hormonen gelegen, die in jenem Sommer mein Denken und meinen Körper überschwemmten. Ich war damals wütend und verzweifelt wie nie zuvor, haßte meinen Körper und ging mit übergroßen Kapuzenpullis an den Strand – und ich war konsequent wütend auf Mama und Papa. Fand sie bescheuert und unfair, ich provozierte sie bei allem, was sie taten, brachte bei jeder möglichen Gelegenheit schreckliche, ausgeklügelte Stiche gegen Mama an, wies all ihre Annäherungsversuche ab. Das Ganze gipfelte darin, daß ich an einem

Abend gegen Ende des Sommers einen Kessel mit Krabben auskippte, als Folge eines heftigen Streits mit Papa, der mir nicht erlaubt hatte, meine Freundin in der Nachbarhütte zu besuchen, weil Onkel und Tante zu Besuch kamen.

Jedes Mal, wenn sich im folgenden Herbst zwischen Mama und Papa Streit anbahnte, warf mir Liv einen Blick zu, der sagte, das sei meine Schuld. Ich weiß noch genau, was an ihren Anschuldigungen schrecklich war, zum einen hatte ich Angst, daß sie recht haben könnte – und zum anderen hatte ich immer, selbst jetzt noch, den Wunsch, Liv zu imponieren, sie stolz zu machen.

Sie hätten sich lieber damals trennen sollen, denke ich jetzt. Denn an Papas mehrfach wiederholter Aussage, ihnen sei es seit Jahren nicht gutgegangen, wenn überhaupt jemals, eigentlich hätten sie sich seit vielen Jahren etwas anderes gewünscht, ist etwas zutiefst Verstörendes.

Am Tag nach dem Treffen mit Liv und Håkon klingelt es an der Tür. Ich liege im Bett, der weiße Kissenbezug hat schwarze Flecken von der Wimperntusche. Ich habe im Büro angerufen und gesagt, ich würde heute von zu Hause aus arbeiten, wie sonst auch öfter, und daß ich nicht ganz auf der Höhe sei, was soweit der Wahrheit entspricht. Mir ist von dem Gespräch mit Liv und Håkon übel, und mein Kopf schmerzt von dem Streit, den ich mit Simen hatte, bevor er heute frühmorgens losmußte.

Als ich mich am Morgen, bevor wir beide ganz wach waren, an ihn kuschelte, schubste er mich aus purem Reflex weg. Wir waren beide noch im Halbschlaf, und ich hatte meine

Hand ohne Hintergedanken auf seine Brust gelegt, nur mit dem vagen Wunsch nach Nähe und Verbundenheit, ausgelöst bestimmt von der Konfrontation mit Liv und Håkon am Vorabend. Simen wurde aus dem Schlaf gerissen, er fuhr zusammen und schob mich mit einem lauten Schrei heftig von sich. Danach wirkte er beinahe selbst überrascht, vielleicht beschämt, ich weiß es nicht, jedenfalls stand er mit schnellen Bewegungen auf. »Du kannst wenigstens zuerst fragen«, fuhr er mich an, während er seine Kleidung raussuchte. »Fragen, ob ich dich anfassen kann?« erwiderte ich. Simen antwortete nicht, ging ins Bad und stellte die Dusche an. Ich hörte vom Schlafzimmer aus die Wohnungstür zuschlagen, ich glaube, es war das erste Mal, daß er gegangen ist, ohne sich zu verabschieden.

Beim Läuten der Türklingel stehe ich widerwillig auf, schlüpfe in einen Bademantel, hätte nicht nackt schlafen, sondern einen Pyjama oder ein T-Shirt überziehen sollen, dann hätte Simen zwischen sich und mir einen kleinen Schutzwall gespürt, bestimmt war er schon in Verweigerungshaltung, seit ich gestern abend betrunken und gedankenlos nackt ins Bett gefallen bin.

Außer Zeitungswerbern und Rundfunkgebührenkontrolleuren läutet niemand unerwartet an der Haustür, und vor dem Öffnen schaue ich immer vom Balkon aus, wer da ist. Ich beuge mich übers Geländer, sehe hinunter. Vier Stockwerke unter mir joggt Papa in Trainingskleidung auf der Stelle, seine grauen Haare ragen aus der Mütze wie eine Löwenmähne. Es ist kalt; kleine, schnelle Wolken aus Frostrauch entlarven, daß er außer Atem ist. Ich sehe einen Augenblick zu lange hinunter, er legt den Kopf in den Nacken und schaut hoch, weiß nicht, in welchem Stockwerk ich wohne, war noch nie hier. Ich schrecke zurück, glaube, er hat mich nicht gesehen, gehe dann hinein und tue beim Antworten an der Sprechanlage so, als wäre ich überrascht, seine Stimme zu hören.

Ich haste ins Bad und reibe die Schminke unter den verquollenen Augen weg, schlüpfe in eine Jogginghose und Simens Kapuzenpulli. Schaffe es, die Tür genau dann aufzumachen, als Papa auf dem letzten Treppenabsatz unter mir auftaucht. Er geht schnell, leichtfüßig, trotz des kaputten Knies. Ist bestimmt besser in Form als ich, ich hasse Sport. Sowohl Liv als auch Håkon haben diesen Bewegungsdrang, die Trainingssucht geerbt. Liv meint sogar, sie sei abhängig, sie hätte regelrecht Entzugserscheinungen, wenn sie nicht zum Laufen komme. Auch hierin bin ich Mama ähnlich, wir seien gemütlicher veranlagt, wir zwei, hat sie während diverser Festtage oder Urlaube gesagt, an denen wir alle beieinander waren und die anderen drei zu Joggingrunden oder anderen Trainingsaktivitäten aufbrachen. Oft sanken sie und ich eher rein demonstrativ noch tiefer ins Sofa oder unseren Sessel, tranken ein Bier und aßen Chips, Schokolade oder etwas anderes Ungesundes, und bis heute fällt mir kaum etwas Gemütlicheres ein als diese kurzen fast heimlichen Stunden mit ihr.

»Also, hier kriegt man sein Training ganz umsonst«, sagt Papa und nickt Richtung Treppenhaus, zieht dann seine Mütze ab und umarmt mich.

»Naja«, sage ich, lächle und deute auf die Fahrstuhltür hinter ihm.

Er lacht.

»Bist du im Training?« frage ich, lasse ihn an mir vorbei in den Flur.

»Ich habe nur eine kleine Laufeinheit gemacht und dann gedacht, ich könnte nachschauen, ob du daheim bist, ich habe deine Wohnung ja noch gar nicht gesehen«, sagt er.

»Ja, war ganz schön viel los«, antworte ich, mein Gewissen streitet mit meiner Selbstgerechtigkeit. »Möchtest du einen Kaffee? Oder einen Tee?«

»Ja, gerne eine Tasse Tee«, sagt Papa und zieht die Schuhe aus.

Ich gehe in die Küche und lasse Papa sich in der Wohnung umsehen, höre, wie er die Türen zum Bad, zum Schlafzimmer, zum Balkon aufmacht und ein leises Pochen, als er gegen die Wände, Rohre oder sonst irgend etwas klopft. Ich muß lächeln, bin froh, daß er noch immer überprüft, aufpaßt. Simen wäre sicher der Ansicht, in Papas kleiner Runde läge irgendwie Geringschätzung ihm und uns gegenüber, und ich bin froh, daß er nicht zu Hause ist. Die Atmosphäre der Wohnung scheint sich durch Papas Anwesenheit zu verändern, sie wird wärmer und kleiner.

»Was für eine tolle Wohnung, Ellen«, sagt Papa, als er in die Küche kommt.

»Ja, wir leben ganz gerne hier«, sage ich, gieße das kochende Wasser in die Teekanne, stelle sie auf den kleinen Küchentisch vor Papa, hole zwei Tassen aus dem Schrank.

»Sie hat fast denselben Grundriß wie meine, auch wenn meine ein ganzes Stück kleiner ist«, sagt er, schätzt per Augenmaß an den Fußbodenleisten die Quadratmeter der Küche.

Papa ist überdurchschnittlich groß und breit, und in meiner Vorstellung ist er sogar noch größer und breiter als in Wirklichkeit. Er war für mich immer der Inbegriff von Stärke, Sicherheit und Stabilität. Wenn ich ihn mir in einer kleinen Wohnung vorstelle, wirkt er plötzlich klein, schwach, fast kümmerlich.

»Und wie ist es, allein zu leben?« frage ich, als wäre er ein Student, der gerade von zu Hause ausgezogen ist.

»Es läuft prima, noch immer ein bißchen ungewohnt. Und zugegebenermaßen ein bißchen leer«, antwortet Papa; ich hätte ihn besuchen sollen.

»Du kannst die Scheidung ja jederzeit abblasen«, sage ich und lächle, obwohl ich meine, was ich sage, und ein wenig auch um herauszufinden, ob Papa von Morten gehört hat.

»Das liegt nicht nur an mir«, erwidert er.

»Wenn es also nur an dir läge, würdest du wieder zu Hause einziehen?« frage ich.

»Nein, das wäre zu einfach. Ich bin ja weiterhin der Meinung, daß es so am besten ist.« Ich bin mir nicht sicher, ob Papa das ernst meint oder ob es auf Stolz, Scham oder einer Mischung aus beidem basiert.

Ich gieße uns Tee ein, den gleichen Tee, den er und Mama immer getrunken haben, und der einzige, den auch Liv, Håkon und ich kaufen.

»Ich finde, das ist bescheuert von dir«, sage ich.

»Deine Mutter und ich sind zwei relativ vitale Menschen, die das in gemeinsamer Übereinkunft entschieden haben. Wie gesagt, da ist zu wenig zu holen«, erklärt er, und wieder habe ich Lust, darauf hinzuweisen, wie seltsam es sei zu glauben, man solle in ihrem Alter etwas anderes *holen* als seine Kinder und Enkel, aber ich resigniere, ertrage keine Auseinandersetzung.

»Wie groß ist die Wohnung?« wechselt Papa mit neutraler Stimme das Thema.

»So um die fünfundsiebzig Quadratmeter, inklusive Balkon«, sage ich.

Er nickt, lächelt.

»Hast du mal mit Håkon gesprochen?« fragt er nach einer kleinen Pause.

»Ja, ich habe Liv und ihn gestern sogar getroffen. Wir haben miteinander in Tøyen ein Bier getrunken.«

»Aha.« Papa wirkt fast erleichtert.

Ich bringe es nicht übers Herz, ihm von dem Gespräch mit Håkon und Liv zu erzählen, wie schrecklich es war, wie verzweifelt Liv ist und wie betont unbeeindruckt Håkon. Wie wir um den Tisch saßen, einander fast fremd, und Liv beinahe feindlich wirkte. »Du tust nichts«, schrie sie mich an, »du bist total verantwortungslos! Du läßt mich mit allem allein, die ganze Zeit, kommst, wenn dir danach ist, und ziehst aus allem, was Familie heißt, dann Nutzen, wenn es dir paßt. Und jetzt läßt du mich auch hierfür die Verantwortung übernehmen.«

»Ich dachte, sie wüßte von Mamas neuem Freund, es ging nicht darum, ihr etwas zu demonstrieren«, sagte ich zu Håkon, nachdem Liv gegangen war. Und ich glaube, ich dachte das wirklich, aber sicher bin ich mir nicht, vielleicht wollte ich auch in dem Augenblick, als ich es vor Liv ausgesprochen hatte, sie und Mama verletzen, als eine Art Rache für die Anschuldigungen, die es gehagelt hatte. Für die Ungerechtigkeit, für Mamas und Papas Entscheidung verantwortlich gemacht worden zu sein. Aber als Liv deshalb am Boden zerstört war, spürte ich nicht den Hauch von Schadenfreude.

»Wir haben eine Lüge gelebt«, sagte Liv im Laufe des Abends mehrmals in mehreren Varianten. Håkon wurde stumm. »Nein, wir haben keine Lüge gelebt, auch wenn sie sich scheiden lassen, es war ja real«, versuchte ich zu antworten, verstand nicht, was sie meinte. Aber heute kann ich es teilweise verstehen, wie ein Schleier von Falschheit über alle mit der Familie zusammenhängenden Erinnerungen, Erfahrungen und Auffassungen gezogen wird, wenn Mama und Papa offensichtlich vierzig Jahre Ehe einfach ausknipsen können und so leicht die Gemeinschaft verlassen, die uns hervorgebracht hat. So erlebt es vermutlich zumindest Liv, ich kann nicht mehr in ihr lesen wie früher.

Ich selbst habe nie das Heroische an Leuten sehen können, die in toten oder kaputten Beziehungen blieben, aus welchem Grund auch immer – Kindern jedenfalls geht es mit fröhlichen und glücklichen Eltern besser, habe ich gedacht. Nicht auszubrechen erschien mir hilflos und fast erbärmlich. Jetzt schwanke ich zwischen dem Festhalten an dieser Meinung und insbesondere im Licht von Livs Reaktion vielleicht mehr noch dem Gedanken, wenn sie erst so lange ausgehalten haben, könnten sie das auch den Rest des Lebens noch.

Ich habe Lust, Papa damit zu konfrontieren und ihm von dem Konflikt zwischen Liv, Håkon und mir zu erzählen, ihn dazu zu bringen, Verantwortung zu übernehmen und in dem Chaos, das er und Mama für uns alle angerichtet haben, aufzuräumen. Aber ich kann nicht wütend werden.

Daß er mir hier in meiner Küche ein so sicheres Gefühl gibt – ich möchte mich einfach nur an dieses Gefühl klammern. Er muß nur hier, nur Papa sein, wir können eine Weile so tun, als wäre nichts, als hätte ich zumindest eine Familie, auf die ich hoffen, an der ich mich versuchen, auf die ich zählen konnte. Ich bin so müde. Ich bin so klein.

»Was habt ihr denn mit dem extra Zimmer vor?« fragt Papa ganz offenbar ohne einen anderen Gedanken, als daß da ein leeres Zimmer ist, völlig ahnungslos, was dieses Zimmer beherbergt, zehntausend Quadratmeter voll Wunden von unausgesprochener Hoffnung und Erwartungen.

Ach, Papa.

Als Simen nach Hause kommt, liege ich im Bett, außerstande, mich darum zu kümmern, daß das bestimmt demonstrativ wirkt – irgendwie. Ich habe den ganzen Tag weder meine Emails noch mein Handy gecheckt, soweit ich zurückdenken kann zum ersten Mal. Liv meint, daß ich schwer an der Modekrankheit Onlinesucht litte, was wahr ist, ich zeige nach mehreren Stunden ohne Zugang zum Netz ernsthaft physische und mentale Symptome. »Rein vom Verstand her ist mir klar, daß ich in diesen Stunden höchstwahrscheinlich nichts Wichtiges verpasse, daß es in der Regel nicht entscheidend ist, meine Emails, Textnachrichten oder Facebook jede halbe Stunde zu kontrollieren. Aber wenn ich ehrlich sein soll, ist es, als verlöre ich ein Körperteil«, sagte ich in Kroatien zu Simen, als ich es fertiggebracht hatte, mein Telefon im Hotel zu vergessen. »Es fühlt sich an, als hätte ich keine Verbindung zur Welt, als wäre ich völlig raus«, sagte ich. »Und daran ist nichts Befriedigendes.« – »Nein? Für mich schon«, sagte Simen. Er hat für sich eine handyfreie Zone eingeführt, mindestens zwei Stunden pro Tag, am Wochenende mehr, und meint, erst dann sei er mit der wirklichen Welt verbunden. »Du bist alt«, entgegnete ich, die Auffassung, daß das Internet mit seinen Möglichkeiten kein Teil der wirklichen Welt ist, ist altmodisch. »Genauso wirklich wie dieser Baum«, sagte ich und deutete auf einen Baumstamm zwischen See und Weg, als wir an einem Nachmittag einen Spaziergang um den Sognsvann machten – denn zu Hause zu sein, aber ohne Computer, Netflix, Handy oder alles, was sonst mit dem Netz verbunden ist, machte Simen zappelig. Simen meint, ich würde mich irren, ich sei die altmodische von uns beiden. »Wart's ab«, sagt er, »du gehörst zu einer Generation, für die das Internet so neu ist, daß wir alle Amateure sind. Wer heute aufwächst, wird sich in der Zukunft ganz anders dazu verhalten, ein Teenager von heute beherrscht das schon jetzt besser als du, hat, verglichen mit unserem verkrampften Gebrauch, ein viel natürlicheres Verhältnis dazu.« Ich hatte keine Lust, auf das Verkrampfte in Simens selbstauferlegter und offensichtlich anstrengender Quarantäne hinzuweisen.

Normalerweise checke ich morgens als allererstes, noch während ich im Bett liege, auf dem Handy Emails, Onlinezeitungen und soziale Medien. Daran habe ich heute keinen Gedanken verloren, ich habe nur still und tatenlos dagelegen, habe seit Papa weg ist, kaum einen zusammenhängenden Gedanken zustande gebracht. Ich ziehe die Decke enger um mich, höre, wie Simen Kaffee kocht, mit seinem Bruder telefoniert. Sie sprechen förmlicher miteinander als ich mit meinen

Geschwistern – sind wahnsinnig höflich. Bei ihnen wäre eine Konfrontation wie die gestrige zwischen Håkon, Liv und mir völlig undenkbar. Meine ganze Familiensituation wäre für Simens geordnete Familie völlig undenkbar, und auch wenn ich früher dachte, wie furchtbar anstrengend es sein müßte, wenn man mit soviel Unausgesprochenem lebt, daß nie ein ehrliches Gespräch, eine ehrliche Auseinandersetzung zwischen ihnen stattfinden konnte, wünschte ich mir jetzt, meine Familie hätte es geschafft, weniger zu reden, mehr für sich zu behalten, wäre nicht so besessen vom Authentischen und Echten, alles Werte, die sich jetzt als rein egozentrisch und selbstgefällig herausstellen.

Ich lausche Simens Gespräch und schaue zum ersten Mal heute auf mein Handy. Gehe auf Facebook, mein Newsfeed zeigt plötzlich die Werbung einer privaten Fruchtbarkeitsklinik, in meinen Ohren saust es, in meiner Brust wird es eng, ich schließe Facebook und lege das Handy weg. Höre, wie Simen bestätigt, daß wir fest davon ausgingen, am Sonntag zu kommen, und das Telefongespräch beendet. Ich kann mich an keine Einladung für Sonntag erinnern, aber möglicherweise meint Simens *Wir* etwas anderes als uns beide. Ich mache die Augen zu und stelle mich schlafend, als sich seine Schritte dem Schlafzimmer nähern. Höre, wie er in der Tür stehenbleibt, versuche mir vorzustellen, wie er aussieht, aber es gelingt mir nicht, ich kann seine Gesichtszüge nicht erinnern, kenne ihn nicht. Mir wird schlagartig bewußt, wie fremd wir uns sind und wie stark ich an etwas festgehalten habe, das ich nicht mehr begründen kann. Er und ich sind kein Wir mehr, sondern nur noch zwei vereinzelte Teilchen, die miteinander nicht funktionieren.

Er klopft leise an den Türrahmen. Ich mache die Augen auf.

»Schläfst du?« fragt er.

Er hat die graue Jogginghose angezogen, die ich mir heute morgen geliehen habe, und ein weißes T-Shirt. Seine Locken, von denen ich die ganze Zeit gehofft hatte, daß ein Kind sie erben würde, quellen unter einer roten Kappe heraus. Plötzlich sieht er wie ein kleiner Junge aus. Ich schüttle den Kopf, richte mich im Bett auf. Er setzt sich auf die Bettkante, ich ziehe die Beine an, damit er mehr Platz hat, weiß nicht, ob er das als Abweisung oder Einladung auffaßt, aber er seufzt. Blickt zu Boden, dann zu mir.

Ich hoffe, daß er jetzt Schluß macht, ich bete inständig, er möge sagen, daß er es nicht mehr aushält, daß er mich verläßt.

»Entschuldigung«, sagt er. »Ich habe mich heute morgen total unmöglich verhalten. Ich weiß nicht einmal, was passiert ist, ich hatte einfach plötzlich ein akutes Gefühl von Klaustrophobie, fast wie ein Anfall.«

Ich schaue ihn an. Weiß nicht, was ich sagen soll.

»Es ist ein destruktives Muster. Ich kann so nicht mehr, oder *wir* können so nicht weitermachen«, spricht er weiter, und jetzt kommt es wohl, ich wappne mich, kneife die Augen zusammen.

Simen lacht los.

»Was machst du da?« fragt er.

»Mich wappnen«, antworte ich, ohne die Augen aufzumachen.

Seine Hand berührt meine Wange. Er streicht über meine Haare, meinen Arm hinab, nicht sexuell motiviert, eher freundschaftlich, die Bewegung wirkt fast resigniert, dann ergreift er meine Hand, drückt sie fest.

»Gegen mich?« fragt er, und ich kann hören, daß er noch immer lächelt.

»Ja«, antworte ich.

»Ja, das solltest du auch«, sagt er nach einer kleinen Pause laut und legt sich über mich, zieht mich mit einer übertriebenen Bewegung in eine enge Umarmung, kneift mich spielerisch in die Seite, küßt mich auf die Stirn, und einander ohne Erwartungen einfach nahe zu sein ist so wunderbar, daß ich lache und zugleich weine und den Gedanken wegdrücke, daß auch dieses Gespräch nirgendwohin geführt hat, daß in der Luft zwischen uns noch immer eine unsichtbare Wand steht.

Simen und ich haben uns auf der Party eines gemeinsamen Bekannten kennengelernt. Ich wußte, wer er war – und wenn ich die Geschichte erzähle, erwähne ich das immer, keine Ahnung, warum mir der Hinweis wichtig ist, es wirkt sonst einfach zu banal. Diese Einstellung habe ich hundertprozentig von Mama und Papa geerbt. Sie haben auch immer gesagt, sie hätten sich an der Universität kennengelernt, anstatt von der Party zu erzählen, auf der sie sich tatsächlich zum ersten Mal begegnet sind, wie nach und nach herausgekommen ist.

Soweit ich zurückdenken kann, hat mich diese Geschichte fasziniert. Auch wenn sie an sich nicht wirklich spannend ist, hat der Gedanke an die beiden als junge Menschen, an ein Leben vor Liv, Håkon und mir, doch etwas Mystisches und Fernes. Außerdem sei es beinahe ein Naturgesetz, daß alle Nachkommen davon fasziniert sind, wie ihre Vorfahren sich kennengelernt haben, ist diese Begegnung ja der Startpunkt für einen selbst, erklärte ich Simen, der nie nachgefragt hat, wie sich seine Eltern kennengelernt haben; das hat man ihm entweder nie erzählt, oder er hat es vergessen. »Muß ersteres sein«, erwiderte ich, »so etwas Entscheidendes vergißt man nicht.«

Mama und Papa sagen immer, sie hätten einander bei einer Studentendiskussion getroffen. Papa erzählt, Mama habe sich gemeldet und mehrere kritische Fragen gestellt, und ihm hatten ihr Engagement und ihre Ansichten imponiert. Nach Mamas Version ist sie nur neugierig gewesen und hat, soweit sie sich erinnern kann, nur ein paar vorsichtige Fragen gestellt – Papa und sie haben generell völlig verschiedene Ansichten darüber, wie politisch aktiv sie in ihrer Studienzeit gewesen sind, vielleicht waren sie ja auch schlicht nur in unterschiedlichem Maße engagiert, hatte ich vorgeschlagen, aber davon wollten sie nichts wissen. Jedenfalls war für lange Zeit das übereinstimmende Narrativ, daß sie sich auf dieser Diskussionsveranstaltung kennengelernt hätten, bis eines Tages herauskam, daß die tatsächliche Begegnung, das erste Gespräch miteinander, ein paar Wochen später auf einer Party stattgefunden hat. Die Entdeckung, daß ihr Startpunkt, und damit meiner, anders war, als sie zuerst erzählt hatten, hat mich als Vierzehn-, Fünfzehnjährige tief beeindruckt.

Für mich stand ihre Verläßlichkeit nie in Frage, sie sind so etwas wie unsere Glaubenszeugen, mir war bis heute nicht in den Sinn gekommen, daß sie selbstverständlich mehrfach etwas ausgeschmückt, verborgen oder ganz einfach darüber gelogen haben. Auch wenn mir ihre Verschiedenheit immer bewußt gewesen ist und ich ihre Ehe nie verstanden und auch nie wahnsinnig viel darüber nachgedacht habe, ging ich doch felsenfest davon aus, daß *sie* den Sinn darin gefunden hatten. Daß sie etwas hatten, das ich nicht sah oder begriff, das ich nicht begreifen konnte, was aber unter der Oberfläche existierte. Ich hielt Livs Behauptung für wahr, ich könne das nicht erkennen, weil mir die Erfahrung fehle.

In Italien, als sie verkündeten, sie ließen sich scheiden, kam mir mit als erstes in den Sinn, daß sie nie besonders liebevoll zueinander waren, wie zum Beispiel Simen und ich, was Liv harsch zurückwies, sie wurde fast sauer. »Um zu verstehen, wieviel Liebe in dem liegt, was sie füreinander tun, was sie alles füreinander sind, fehlen dir die Voraussetzungen«, sagte sie. Nur haben Olaf und sie nun mal eine ganz einfache, variantenlose Beziehung, sie hat Mamas und Papas Ehe einfach kopiert, also hatte sie keine andere Wahl, als meine Behauptung zu bestreiten.

Als ich das nächste Mal auf mein Handy sehe, nur um zu wissen, wie spät es ist, ist da eine Nachricht von Liv. Ich bereue, das Handy angerührt zu haben, und drehe es um, ohne die Nachricht zu lesen, will einfach nur weiter hier sein – Simen und ich liegen seit einer Weile miteinander im Bett, vielleicht seit Minuten, vielleicht auch seit Stunden, wir halten uns fest und sprechen über die Dinge, die früher normalerweise unsere Tage füllten, kleine Geschichten von Begebenheiten, Chefs, Kollegen, Gerüchten, Möglichkeiten. Aber in der Sekunde, in der ich Livs Nachricht gesehen habe, hat die Zeit aufgehört stillzustehen, ich kann das nicht länger als ein paar Minuten liegenlassen, dann öffne ich die Nachricht.

»Liv fragt, ob wir am kommenden Sonntag zum Abendessen kommen wollen«, sage ich zu Simen. »Es ist eine Gruppennachricht, auch an Mama und Papa.«

»Glaubst du, das ist die Stunde der Abrechnung?« fragt Simen.

»Nein, eher der Versöhnung«, antworte ich, bin mir aber keineswegs sicher, daß ich recht habe.

»Wir wollten am Sonntag ja eigentlich zu Magnus«, sagt Simen. »Aber es macht nichts, wenn wir uns aufteilen. Wenn du zu deiner Familie gehst und ich zu meiner.«

Jetzt erinnere ich mich wieder, sein Bruder hat uns vor über drei Wochen für kommenden Sonntag zum Abendessen eingeladen. Am liebsten möchte ich Simen meine frühere Standardantwort geben: »Da siehst du, was passiert, wenn man selbst die kleinste Kleinigkeit viel zu zeitig plant wie in deiner Familie, es wird vergessen.« Und Simen würde antworten: »Da siehst du, was passiert, wenn man nichts plant wie in deiner Familie, es kollidiert mit allem, was vorher geplant worden ist.«

»Ich weiß, wir waren schon lange nicht mehr bei deiner Familie, und ich möchte sie gerne bald wiedersehen«, sage ich. »Aber wenn Liv mal einlädt, kann ich nur schwer absagen. Besonders nach gestern«, fahre ich fort und bemerke, daß ich Simen gar nichts von gestern erzählt habe, er fragt auch nicht nach.

»Geht völlig in Ordnung. Ich finde, du solltest zu Liv gehen«, sagt er. »Vielleicht tut uns ein bißchen fremder Input ganz gut.«

Obwohl ich mich zwinge, fünf Minuten zu spät zu sein, bin ich selbstverständlich die erste bei Liv. Warum nimmt meine ganze restliche Familie die Zeit so lässig, während ich so pünktlich bin? Irgendwo ist da ein Knacks in der Konstruktion.

»Du weißt schon, daß du adoptiert bist?« sagte Liv, als wir klein waren. Sie könne das beweisen, indem sie Mama und Papa die Arme vor der Brust verschränken lasse. »Macht es so, wie es sich natürlich anfühlt«, sagte Liv einmal, als sie gerade dabei waren, in der Küche das Abendessen herzurichten und Liv mich für die Vorführung des heimlichen Tests aus meinem Zimmer dorthin gezerrt hatte. »Da, die beiden und ich«, sagte sie und verschränkte ihre dünnen Arme, »wir machen es gleich, den rechten Arm über den linken. Jetzt versuch du es!« Ich kann mich erinnern, wie ich beim Versuch, denselben Arm nach oben zu legen, regelrecht umdenken mußte und es nicht ging, es fühlte sich total falsch an, und die Arme legten sich wie von selbst andersrum. Mama und Papa lachten, nicht wissend, daß mir Liv das im voraus als Adoptionstest verkauft hatte. »Ja, du hast wohl ein paar fremde Gene in dir, Ellen«, scherzte Papa. »Darüber solltest du vielleicht froh sein«, stimmte Mama ein und stieß Papa mit dem Ellbogen leicht in die Seite.

Bis heute habe ich nicht darüber nachgedacht, wie fröhlich sie damals waren, wie unangestrengt sie scherzen konnten, die Erinnerung an die schreckliche Erkenntnis, daß ich wahrscheinlich adoptiert wurde, hat ihre Mienen, die Stimmung und die Blicke zwischen ihnen überschattet.

Ausnahmsweise läute ich bei Liv und Olaf an der Haustür,

anstatt wie sonst ums Haus zu gehen und erst durch die Terrassentür ins Wohnzimmer zu spähen, bevor ich entweder hineingehe oder, falls abgeschlossen ist, ans Fenster klopfe. Liv macht die Tür auf, sie hat sich geschminkt und sieht besser aus als noch vor knapp einer Woche, obwohl sie scheinbar noch dünner geworden ist – sie trägt eine enge schwarze Hose und ein ausgeschnittenes Shirt mit weiten Ärmeln, das ich nie tragen könnte, ohne billig und wie eine Preßwurst auszusehen. Liv wirkt fast kühl, distanziert, und ich umarme sie schnell, um die unsichtbare Barriere zwischen uns einzureißen, die durch alles entstanden ist, was seit unserem Treffen in Tøyen unausgesprochen geblieben war. Sie erwidert meine Umarmung kurz, geht Richtung Küche und sagt, sie habe das Essen im Ofen, ich solle einfach zu den anderen ins Wohnzimmer gehen.

Im Wohnzimmer sitzt Agnar gegen einen Sessel gelehnt auf dem Boden und sieht fern, ich lege ihm eine eiskalte Hand in den Nacken. Er fährt zusammen und dreht sich um, lächelt, als er sieht, daß ich es bin. Eine Pause entsteht, auch wir sind einander fremder geworden, was dadurch verstärkt wird, daß Agnar ganz anders aussieht – er ist über den Sommer und Herbst bestimmt zehn Zentimeter gewachsen, seine Haare haben einen neuen Schnitt, und seine Schultern und Wangen sind breiter geworden.

Er steht auf, und ich umarme ihn.

»Hast du seit letztem Mal Zauberbohnen gegessen, oder sind das nur deine extrem guten Gene, die sich plötzlich auswirken?« frage ich, als ich nach der Umarmung feststelle, daß er jetzt genauso groß ist wie ich.

»Sind wohl die Gene«, sagt Olaf hinter mir, ich drehe mich um.

»Naja, du hingegen siehst aus, als wärst du seit letztem Mal ein bißchen geschrumpft«, sage ich und lächle.

Olaf lacht. Ich überlege, ob ich auch ihn umarmen soll, aber er bleibt auf Abstand, seine Arme sind vor der Brust verschränkt, auch er rechts über links – nach vielen Jahren in der Kommunikationsbranche weckt das nicht mehr zuallererst Adoptionsassoziationen; eher ist es ein Hinweis auf ein Verteidigungsbedürfnis.

»Kommen denn alle?« frage ich ihn.

»Ja, ich glaube schon. Beziehungsweise Simen ja wohl nicht?« fragt er.

Ich schüttle den Kopf, frage mich, was für eine Art *Input* Simen wohl im Augenblick bei seinem Bruder bekommt, ob er seinen drei Monate alten Neffen im Arm hält und ihm in die Augen blickt, ob er über den kleinen weichen Kopf streichelt, ihn herumträgt und das Gewicht eines kleinen Menschen auf seinem Arm spürt, das Gewicht dessen, was fehlt.

»Nein, er hatte eine Verabredung zum Abendessen bei seinem Bruder«, antworte ich. »Håkon kommt auch allein?«

Olaf nickt. Keine Ahnung, warum ich nach Håkon gefragt habe. Womöglich um zu unterstreichen, daß auch mit Håkon etwas nicht stimmt, der ja immer Single ist, mal abgesehen von merkwürdigen Verbindungen mit merkwürdigen Damen, die er übrigens auf dieselbe Weise wie Oma nie als »meine Freundin« bezeichnet – sie sind im allgemeinen »nur eine Freundin«. Da hört die Ähnlichkeit dann aber auch schon auf; wenn Oma noch leben würde, hätten sie und Håkon vermutlich ziemlich unterschiedliche Auffassungen darüber, was Freunde und Freundinnen miteinander anstellen können.

»Glaubst du, Håkon ist schwul?« fragte ich Mama vor vielen Jahren. Sie mußte nicht überlegen, hatte darüber offensichtlich selbst auch schon nachgedacht. »Nein«, antwortete sie wie aus der Pistole geschossen, »er ist wohl einfach ein bißchen unreif.« Da war Håkon fünfundzwanzig. »Er könnte aber auch auf die Art unreif sein, daß er sich nicht traut, die Katze aus dem Sack zu lassen«, warf ich ein. »Was für ein Sack?« fragte Mama, »Håkon weiß doch genau, daß hier keiner mit der Wimper zucken würde, falls es so wäre.« – »Wir machen nicht seine ganze Welt aus, Mama«, sagte ich und lächelte sie an. »Ist aber nicht weit davon entfernt«, sagte sie, offensichtlich in der Hoffnung, das wäre wahr.

Meine Theorie über Håkon fußte peinlicherweise auf Klischeevorstellungen. Liv und ich hatten ein paar Jahre zuvor darüber gesprochen, wie sensibel und feinfühlig er für die Stimmungen anderer ist, wie eitel und auf sein und unser Aussehen versessen. »Darüber hinaus hat er als kleines Kind lieber im Nachthemd als im Superman-Schlafanzug geschlafen«, rief mir Liv in Erinnerung. »Hast du mal darüber nachgedacht, daß er mit zwei ziemlich dominanten Schwestern groß geworden ist?« fragte Mama. »Daß sowohl seine Sprache als auch seine Gefühle von zwei Frauen beeinflußt worden sind, denen er die ganze Zeit nacheiferte?« – »Håkon hat Liv oder mir nicht nachgeeifert«, antwortete ich, »er ist ausschließlich seiner eigenen Wege gegangen, hat seine eigenen Gedanken gehabt und eigene Entscheidungen getroffen. Normalerweise ist er konsequent nicht unserer Meinung.« – »Und was sagt dir das?« fragte Mama. Ich begriff, daß Håkon ihrer Ansicht nach das Gefühl hatte, er würde von uns herausgefordert. Mama vertritt die Ansicht, mit jemandem ausgesprochen nicht einer Meinung zu sein sei ein Kompliment, es liege eine Anerkennung darin, seinen Widerpart einer Auseinandersetzung für würdig zu befinden. »Man mag mit niemandem diskutieren, der einem egal ist«, sagte Mama oft. Ich zweifle nicht daran, daß weder Liv noch ich Håkon egal sind, aber ich bin ziemlich sicher, daß er das Gefühl hat, uns schon lange entwachsen zu sein, und die Anerkennung vor allem darin liegt, daß wir Familie sind.

»Naja, dann frag ihn doch selbst«, sagte Mama am Ende unseres Gesprächs, »ist ja nicht so, als wäre das eine beleidigende Frage.« – »Frag du ihn doch, ist ja nicht so, als hätte es etwas zu sagen«, antwortete ich. Trotz fast aufrichtiger politischer Korrektheit fragten wir beide Håkon nicht. Und ein paar Wochen später tauchte er mit einer neuen Freundin auf, weswegen mich Mama sofort anrufen mußte, so wenig hatte es also zu sagen.

Håkon kommt jedoch nicht allein zu Liv, er kommt gemeinsam mit Papa. Liv und ich sehen sie durchs Küchenfenster in Papas Auto ankommen, aber keiner kommentiert es. Ich frage mich, ob Liv darüber genauso überrascht ist wie ich. Wieviel Kontakt haben Papa und Håkon eigentlich? Und ich frage mich allmählich, wieviel Kontakt Liv und Papa haben – ob der zufällige Besuch diese Woche eigentlich seinem schlechten Gewissen geschuldet ist, weil er Håkon und Liv die ganze Zeit auf diese Weise aufsucht.

Ich habe mit dem Verhältnis zwischen Liv, Håkon und mir immer geprahlt. Kannte diese Eifersucht nicht, von der meine ständig mit ihren Geschwistern auf erbitterte, fast kleinliche Weise konkurrierenden Freundinnen oder Partner sprachen. Ich hoffe die ganze Zeit, daß Håkon und Liv ihr Leben gut meistern, gern besser als ich, was nicht im geringsten mit Selbstaufopferung oder Altruismus zu tun hat, im Gegenteil. Ich erlebe uns als Einheit, eng verflochten, wenn also einer von uns es gut macht, strahlt das auf die beiden anderen ab. Außerdem empfinde ich es als Erleichterung, wenn es ihnen gutgeht, dann muß ich mir keine Sorgen machen – andererseits belastet mich ein fast physisches Unbehagen, wenn es einem von ihnen schlechtgeht, der Nachteil von solcher Nähe.

Und auch wenn ich nie eifersüchtig gewesen bin, gab es in mir doch immer die Gewißheit, daß Mama und Papa den beiden anderen mehr Aufmerksamkeit entgegenbrachten als mir. Sie haben Liv oder Håkon bestimmt nicht lieber, aber die beiden repräsentieren irgendwie etwas Wichtigeres als ich. Liv ist die Älteste, und das älteste Kind ist natürlicherweise kraft seines Status als erstgeborenes ein Ereignis an sich, das Kind, welches das ganze Dasein verändert, indem es den Übergang von einer Paarbeziehung zu cincr Familie markiert. Håkon ist der Jüngste, und das jüngste Kind in einer Geschwisterfolge bringt die Ganzheit, setzt einen Schlußpunkt und vollendet alles, es zieht Nutzen aus allen Versuchen und allem Scheitern mit den vorherigen Kindern und sticht kraft seines ewigen Status als Kleinster hervor, und in unserem Fall auch kraft dessen, ein lang ersehntes Kind zu sein. Addiert man nun Herzfehler und überentwickelte emotionale Intelligenz, dann hat man das Rezept für ein annäherndes Wunderkind.

»Meine Rolle in der Familie ist weniger deutlich. Für mich natürlich, aber offensichtlich auch für Mama und Papa. Ich bin schwer zu plazieren, bin wie Füllstoff zwischen den beiden anderen. Vielleicht zusätzlich dadurch betont, daß es so lange gedauert hat, bis Mama mit Håkon schwanger geworden ist. Über weite Strecken meiner ersten acht Lebensjahre war sie damit beschäftigt, auf ihn zu warten. Daß sie auf noch jemanden wartete, wurde zu einer unausgesprochenen Gewißheit. Als er dann endlich da war, nahm er mit seinen speziellen Bedürfnissen und seiner speziellen Persönlichkeit allen Raum ein«, so erklärte ich es Simen. »Hört sich für mich wie Eifersucht an«, antwortete er. Aber das ist es nicht. Ich bin nicht eifersüchtig. Es tut vielleicht weh, aber es äußert sich nicht in Wut oder Bitterkeit gegenüber Håkon oder Liv, es ist mehr ein Gefühl, das in Streitereien oder emotionalen Situationen, besonders mit Mama, auflodert, eine verinnerlichte Erkenntnis, nicht gesehen zu werden, daß Liv und Håkon wichtiger sind, und im Laufe der Jahre wurde es zur selbsterfüllenden Prophezeiung – wie auch der Artikel über Lieblingskinder, den Simen einmal zitiert hat, aufzeigt. Ich wurde unabhängiger, brauchte weniger Bestätigung und Anerkennung und erhielt deshalb auch weniger davon als die beiden anderen.

Jetzt, in Livs Küche und mit Håkon und Papa draußen vorm Fenster, spüre ich es, dieses neue Gefühl, das mich im letzten Jahr öfter und auf vielerlei Weise beschlichen hat, das Gefühl echter Eifersucht: Ich will auch haben, was Liv und Håkon bekommen, nämlich Aufmerksamkeit, ständiges Interesse,

Sympathie, Trost – ich möchte als ebenso wichtig angesehen werden, vielleicht sogar als wichtiger.

Mama kommt als letzte. Seit dem Abend vor ein paar Wochen habe ich nicht mehr mit ihr gesprochen. Es ist das erste Mal seit Italien, daß wir alle zusammen sind. Ich habe keine Ahnung, wieviel Kontakt Mama und Papa haben, wieviel er weiß, aber er umarmt sie kurz mit einer vertrauten Bewegung, als wäre diese distanzierte Art, sich zu begrüßen, jetzt normal für sie. Es ist nicht so leicht zu verstehen, ich schaue, ob Liv und Håkon auch darauf anspringen, aber Liv wendet uns den Rükken zu und rührt in einem Topf, und Håkon ist mitten in einer Diskussion mit Agnar. Als wäre nichts gewesen, alles, was jetzt geschieht, hätte genausogut vor einem Jahr, vor fünf Jahren geschehen können, und mir ist nicht ganz klar, ob wir gut darin sind, so zu tun als ob, oder ob die Veränderung in der Praxis kleiner ist als in der Theorie.

»Hedda möchte euch gerne etwas geben«, verkündet Liv, kommt aus der Küche ins Wohnzimmer, reibt die Hände an den Oberschenkeln, sieht jeden von uns an und mich besonders lang. »Nur damit das jeder weiß, sie hat sich unbändig darauf gefreut.«

Ich ringe mir ein Lächeln ab.

»Hedda«, ruft Liv zum oberen Stockwerk hoch.

Hedda kommt in einem blauen Elsa-Kleidchen die Treppe herunter, verteilt gefaltete Blätter, auf deren Vorderseite jemand unsere Namen geschrieben hat. Auf mein Blatt hat Hedda einen langen roten Strich mit einem Schnörkel am Ende gemalt. Auf der Innenseite sind mitten auf dem Blatt zwei weitere

Schnörkel, ein blauer und ein schwarzer, und ein Frohe-Weihnachten-Sticker. Mama und Papa bekommen gemeinsam eine Weihnachtskarte und überbieten einander darin, Hedda zu erzählen, wie phantastisch ihr Gekritzel sei, sie rätseln, ob es ein Weihnachtswichtel oder ein Rentier oder vielleicht eher ein Weihnachtsbaum sei? Hedda lächelt und schüttelt den Kopf.

»Es ist ein Stein«, erklärt sie vergnügt.

»Ein Stein!« sagen Mama und Papa im selben begeisterten Tonfall im Chor.

Sie verstummen schlagartig, sehen einander nicht an, wirken fast beschämt über den gemeinsamen Ausruf – werden vielleicht für einen kurzen Augenblick an alles erinnert, was sie noch immer teilen, all die in ihren Körpern gespeicherten Jahre, Erfahrungen und Erinnerungen, die bestimmt mehrmals täglich gleiche Effekte zeitigen, ohne daß die beiden darüber nachdenken oder es wissen.

»Ist das hier denn auch ein Stein?« frage ich Hedda, um die plötzlich entstandene Stille zu füllen, hocke mich mit meiner Weihnachtskarte vor sie und deute auf das blaue Gekrakel in meiner Karte.

Hedda schüttelt mit einem vorsichtigen Lachen den Kopf, noch immer zu klein, um enttäuscht oder beleidigt darüber zu sein, daß niemand versteht, was sie gezeichnet hat, nur vergnügt, daß ihre Striche, die nicht einmal versuchen, etwas in der Realität zu ähneln, sich jetzt zu einer Art Rätselspiel entwickelt haben. Ist gleichzeitig mir gegenüber skeptisch, traut sich nicht näherzukommen, ihr Blick ist wachsam, ganz anders als gegenüber den anderen Familienmitgliedern.

»Also ich finde, es sieht ein bißchen wie dein Papa aus« sage ich, ohne Olaf anzusehen, schaue weiter Hedda an. »Das hier ist der Kopf, und diese große Rundung ist sein Bauch«, sage ich weiter und deute auf den größten Schnörkel.

Hedda bricht vor Lachen fast zusammen, versteht, daß ich mit ihr Spaß mache, und wird sicherer, kommt näher. Wenn sie lacht, spüre ich ihren Atem auf meinem Gesicht, ich möchte den kleinen Körper an mich drücken, ihre Arme um meinen Hals spüren.

»Essen ist fertig«, sagt Liv.

»Das schmeckt sehr gut, Liv«, sagt Mama, während wir Livs Hirschgulasch essen. »Hast du was anders gemacht?«

Anders bedeutet etwas anderes, als in Mamas Rezept steht, das sie von Oma geerbt hat.

»Ich hatte ein bißchen Sternanis in der Brühe«, antwortet Liv, und Mama nickt zustimmend. »Ist ohne eigentlich genausogut, den Tip hat mir eine Freundin gegeben«, schiebt Liv schnell hinterher, entschuldigend.

»Also ich finde es mit fast besser«, sage ich und sehe zu Mama, lächle.

»Ja, schmeckt wie gesagt sehr gut«, antwortet sie.

»Richtig gut«, wirft Papa ein, damit sich die Situation nicht weiter aufladen kann. »Auch die Kviteseidsmør.« Er schmiert eine dicke Schicht dieser Butter auf ein Stück Flachbrot.

»Paß mit der Butter auf, Sverre«, mahnt Mama, und ich registriere, wie sie sofort versteht, daß sie aus alter Gewohnheit spricht, ihr Blick verändert sich wie vorher, als sie wie aus einem Mund gesprochen haben, und sie lacht entwaffnend. »Du hast doch bestimmt noch immer zu hohen Blutdruck?«

Papa sieht ausnahmsweise gereizt aus, über sein Gesicht huscht ein Anflug von Ungeduld, er scheint etwas sagen zu wollen, was er im nächsten Moment abwürgt, und wendet sich lieber an Agnar.

»Hast du in letzter Zeit neue Pokémons gefangen?« fragt er.

»Ich hab damit aufgehört, war mir zu langweilig«, sagt Agnar.

Papa sinkt in sich zusammen, er tut mir leid, er wirkt so verlassen.

Liv blickt auf ihren Teller. Håkon sieht aus dem Fenster. Olaf schaut in gleichmäßigen Abständen verstohlen zu Liv. Ich frage mich, ob alle am Tisch dasselbe Gefühl haben wie ich, jemand muß diese glatte Oberfläche durchbrechen, ich kann mir nicht vorstellen, daß abgesehen von Olaf und Hedda noch jemand diese Stimmung nicht bemerkt.

»Ja, ich habe außerdem eine Neuigkeit«, sagt Papa. »Ab Januar gehe ich ganz in Rente.«

Hoffentlich war das Papas eigene Entscheidung, und er macht es nicht wegen Mama, um die Ehe zu retten, während sie ihrerseits weitergegangen ist.

»Gratuliere«, sagt Olaf vorsichtig. »Was wirst du dann machen?«

»Keinerlei Konfrontation. Antiklimax«, schreibe ich während des Desserts unter dem Tisch an Simen. »Ich werde nichts sagen, wenn es nicht sonst jemand tut«, habe ich vor dem Losfahren erklärt. »Und was wünschst du dir, daß sie sagen?« hat Simen gefragt. Ich bin stumm geworden. »Keine Ahnung, was ich mir wünsche, daß sie sagen, nur daß jemand Worte für etwas finden soll, daß jemand Löcher in dieses gefühlte Quasidasein sticht. Über irgendwas muß ja gesprochen werden«, habe ich Simen schließlich geantwortet, »es liegt die ganze Zeit soviel Unausgesprochenes dicht unter der Oberfläche, so sind wir nicht.« Er nickte, ohne die Anspielung zu verstehen: »Es ist sicher klug, wenn jemand anderes dieses Gespräch anfängt, du mußt nicht immer diejenige sein, die die Verantwortung übernimmt. Außerdem, wenn du nichts sagst, werden die anderen dazu gezwungen, es zu tun.« Da hat er sich geirrt, scheinbar fühlt sich niemand dazu gezwungen, etwas anderes als Gemeinplätze auszutauschen. Jeder Konflikt wird im Keim erstickt, noch bevor etwas formuliert ist. Wäre das nicht meine Familie, würde ich die stillschweigende Zusammenarbeit mit großer Faszination beobachten – wie alle ihren Teil der Verantwortung übernehmen, um jemand anderen zu beschützen oder etwas für jemand anderen auszubügeln, der seinerseits wiederum bei der nächsten aufgeladenen Stille dasselbe tut, und so geht es reihum – jeder wurde gerettet und hat jemand anders gerettet, es ist ausgeglichen, und keiner kann sich auf den Schlips getreten oder ungerecht behandelt fühlen.

Weder Mama noch Papa wollen als erster aufbrechen und dem anderen die Möglichkeit geben, mit den Kindern und Enkeln allein zu sein. Vielleicht kommt das nur mir so vor, aber die Stimmung zwischen ihnen ist jetzt anders als bei der Bekanntgabe der Scheidung. Ich weiß nicht, was ihre Abmachung ist, was sie sich wünschen oder worauf sie hoffen oder was die von Mama groß angekündigte Zusammenarbeit anderes beinhaltet, als daß sie hie und da gemeinsam auf Agnar und Hedda aufpassen.

Schließlich geht Håkon zuerst, er habe noch eine Verabredung. Früher hätten wir uns mit Fragen auf ihn gestürzt, wen er denn treffe, aber jetzt traut sich keiner, ihn zu frotzeln, die Atmosphäre ist so angespannt, sie verträgt keine Entgleisung, wie daß Håkon über die Fragen sauer werden könnte oder sogar nur so täte, als würde er sauer. Er sieht zu Papa, der ebenfalls aufsteht und sich bedankt, offensichtlich fährt er Håkon nach, wo auch immer er hinwill. Mama wirkt erleichtert und sagt, sie müsse auch nach Hause und ins Bett. Liv und ich sehen gleichzeitig auf die Uhr, es ist neun.

»Glaubst du, sie trifft ihn jetzt?« fragt Liv.

Wir sitzen auf der Treppe an der Rückseite des Hauses, Richtung Garten, in Wolldecken gewickelt. Haben unseren Wein dabei, teilen eine Zigarette. Liv hat die linke Hand am Ohr, streicht mit dem Zeigefinger hinunter zum Ohrläppchen wie Papa, wenn er liest oder Sudokus löst, und hält in der anderen Hand die Zigarette. Ich habe seit über einem Jahr nicht geraucht, und mir wird sofort schwindlig. Der Aschenbecher, den Liv hinter dem einen Blumenkübel hervorzieht, deutet darauf hin, daß sie in letzter Zeit mindestens fünfzig Zigaretten geraucht hat, die Stummel sind frisch. Ich sage nichts dazu. Auch diese Situation ist fragil, Liv und ich auf der Treppe wie bestimmt Tausende Male zuvor und trotzdem ganz neu und richtungsweisend.

»Vielleicht«, sage ich, werfe ihr einen Blick zu, wie sie reagiert, ob sie genauso traurig ist, aber wenn dem so ist, dann nimmt sie sich zusammen, wirkt ruhig. »Ist es nicht seltsam, daß sie nur Håkon von diesem Morten erzählt hat? Ich frage mich, ob sie erwartet hat, daß er es uns erzählt, so daß sie es nicht muß, oder ob sie es eigentlich vor uns verbergen wollte«, fahre ich fort.

Liv nimmt einen tiefen Zug. Nickt.

»Olaf hat auch jemand anders kennengelernt«, sagt sie plötzlich.

Ich bin überrumpelt. Das ist nicht möglich, das wäre mir im Traum nicht eingefallen. Ich habe ihre Beziehung als statisch, unveränderlich angesehen, eigentlich ähnlich wie die von Mama und Papa. Auf eine ruhige, sichere und, ehrlich gesagt, ziemlich langweilige Weise. Ich drehe mich zum Fenster, als wollte ich überprüfen, daß Olaf wirklich Olaf ist, sehe ihn in der Küche einen Topf abwaschen – und mich überkommt das dringende Bedürfnis hineinzugehen, ihn am Genick zu packen und im Spülbecken zu ertränken.

»Was meinst du?« frage ich.

»Oder nicht *kennengelernt* auf diese Weise«, fängt Liv an. »Er ist in eine andere Frau verliebt«, erzählt sie weiter, dann lacht sie los. »Oder ich glaube jedenfalls, daß es eine Frau ist, ich habe es nicht überprüft.«

»Aber was ist denn passiert?«

»Nichts ist passiert«, sagt Liv. »Er ist einfach verliebt.«

»Also zwischen den beiden ist nichts passiert?« frage ich nach.

»Nein. Nichts anderes, als daß ich mir ziemlich deutlich vorstellen kann, wie er sich in ihrer Nähe aufführt.«

Ich kann mir Olaf nicht anders als ruhig und voller Liebe für Liv vorstellen, der Gedanke, wie er leidenschaftlich verliebt ist, ist fast peinlich.

»Und wird sein Verliebtsein erwidert?« frage ich.

»Tja, das weiß ich nicht. Was das angeht, er auch nicht, sie haben darüber nicht gesprochen.«

»Er hat dir also nur erzählt, daß er in jemanden auf seiner Arbeit verliebt ist?«

Liv nickt, trinkt den Wein in großen Schlucken. Wie dumm kann man eigentlich sein, denke ich über Olaf. Und egozentrisch. Und gewöhnlich.

»Aber«, fange ich an, mache eine Pause, muß meine Worte abwägen, so daß Liv die Fragen nicht als Ausdruck meiner mangelnden Erfahrung abtun kann und damit die Vertraulichkeit und Vertrautheit, um die ich trotz allem froh bin, endet. »Warum?«

»Warum was?« fragt Liv.

»Warum hat er es dir erzählt, wenn da nicht mehr ist?«

»Er will wohl ehrlich sein«, antwortet Liv. »Oder er will ganz sicher eine Reaktion. Vielleicht mir drohen.«

»Warum sollte er dir drohen wollen?«

»Damit ich mich zusammenreiße, um mir die Konsequenzen klarzumachen.«

»Die Konsequenzen wovon?«

Ich kümmere mich nicht mehr darum, ob Liv findet, ich sei kindisch und unerfahren, was gewiß auch stimmt, ich muß einfach dem Ganzen auf den Grund kommen, verstehe nicht, was zwischen Liv und Olaf geschehen ist, und bekomme Angst davor, wie wenig ich weiß, wie verändert und unvorhersehbar alles ist, daß Liv mich deswegen nicht angerufen hat, daß sie es auf eine so kontrollierte und gefilterte Art erzählt, sie reißt sich vor mir zusammen.

»Von der Art, wie ich mich aufführe«, sagt sie. »Ich habe

im letzten halben Jahr wirklich nicht funktioniert, ich habe das Gefühl, alles ist in Stücke gebrochen, inklusive mir und meiner Ehe, auch wenn in Wirklichkeit ja Mama und Papa gescheitert sind. Ich weiß nicht, warum mich das so beeinflußt, während du und Håkon völlig unberührt seid, ich war so unreif, so unbefangen, es ist einfach so …«

Sie bricht ab. Zuckt mit den Schultern. Zieht noch einmal an ihrer dritten Zigarette.

»Nicht du bist unreif, Liv, ich bin egozentrisch.« Das hätte ich sagen sollen, denke ich jetzt, ein paar Tage später auf dem Weg zur Arbeit. Ich konnte mich nicht zu viel mehr Worten durchringen, wir saßen ein Weilchen schweigend da, dann fragte ich, ob ich ihn für sie verprügeln solle, da lachte sie: »Aber er hat ja nichts Falsches getan, Ellen. Es gibt nicht nur Schwarz und Weiß.« Sie wischte die Zigarettenasche von der Treppenstufe, dachte an etwas, das ich, nachdem ich das Gespräch mit meinem Rumalbern und meiner Dummheit zerstört hatte, niemals erfahren sollte, dann lächelte sie mich an und stand auf. »Es wird zu kalt hier draußen, du kriegst eine Blasenentzündung«, sagte sie. »Komm, gehen wir rein und schauen, ob Olaf noch mehr Wein für uns hat.«

Olaf, Liv und ich saßen am Küchentisch und tranken Wein, sein auf ihrer Stuhllehne liegender Arm, die scheinbare Normalität, schnitt mir ins Herz. Auf der einen Seite wollte ich ihn anschreien, er solle zusehen, daß er seine Sachen packt und zur Hölle fährt, und auf der anderen Seite wollte ich ihn anflehen, bei ihr zu bleiben. Ich bin noch immer zwiegespalten: Mein Beschützerinstinkt möchte ihm die Augen auskratzen, möchte Liv gegen alles, was er an illoyalen Gedanken gedacht haben muß, verteidigen, während mein egozentrisches Ich den Gedanken an eine weitere Trennung, an die dazugehörigen Verschiebungen und die Aufregung darüber nicht erträgt.

Weihnachten rückt näher, Oslo ist dunkel und schneelos, die glitzernden Sternimitationen und Weihnachtsglocken über der Karl Johans gate wirken fehlplaziert. »Es gibt keine Weihnachtsstimmung mehr«, klagen meine Freundinnen und meinen damit die kindliche Erwartung und Freude, die nur noch in kurzen Nostalgieschüben aufflackert. Die einzige Möglichkeit, die Weihnachtsstimmung auf natürliche Weise zu verlängern, liegt im Versuch, in eigenen Kindern dasselbe Gefühl zu erzeugen. Das Vakuum, das man als kinderloser Erwachsener zu Weihnachten hat, habe ich in den letzten Jahren mit Arbeit gefüllt und jenseits der unumstößlichen Familientraditionen nur wenige Gedanken an Weihnachten verschwendet.

Dieses Jahr gäbe ich viel dafür, könnte ich in der geborgenen Sicherheit versinken, von der ich mich früher ruhelos weit weg wünschte, in der Vorhersehbarkeit all dessen, was jedes Jahr genau gleich abläuft. Eigentlich sollte ich Weihnachten mit Simen bei seiner Familie feiern, aber nachdem sich Mama gestern mit einer Textnachricht den Heiligabend geschnappt hatte – sie schrieb, Heiligabend *ist* bei ihr –, sagte ich zu Simen, ich könne die anderen dieses Jahr unmöglich im Stich lassen. »Heiligabend ist bei mir«, hat sie geschrieben. Ich habe Liv per SMS gefragt, ob Papa auch käme, war froh, daß ich einen Vorwand hatte, mich bei ihr zu melden, wollte die vorsichtige Annäherung an die Normalität fortsetzen. Sie hat bisher noch nicht geantwortet, und vielleicht war es eine unsensible Frage, wo sie doch sonst schon genug um die Ohren hat. Simen seinerseits wirkt über die Mitteilung, daß ich bei Mama feiern müsse, fast erleichtert, hat zum zweiten Mal in drei Tagen gesagt, es sei kein Weltuntergang, wenn jeder für sich bleibt. Ich konnte nicht erwidern, daß ich es so eigentlich nicht gemeint hatte, daß ich natürlich meinte, Simen würde Weihnachten mit mir und uns feiern. Aber wir sind keine Familie, kein Grund, so zu tun als ob, bedeutete Simens erleichterte Körpersprache, und ich schaffe es nicht zu protestieren.

Vor meinem Büro wartet ein Politiker. Ich kann mich an keine Verabredung für heute erinnern. Ich überprüfe mein Telefon, im Kästchen für heute steht nur ein großes rotes M. Im November letzten Jahres besorgte ich mir ein Abonnement für einen Fruchtbarkeitskalender, der mich darüber in Kenntnis setzt, wo in meinem Zyklus ich gerade bin. Ich habe kein Treffen notiert, erinnere mich nicht einmal, worum es geht. Rikke, die ich im Frühling eingestellt habe, rettet mich. Sie ist sechsundzwanzig, hat zwei Master und sich auf einige Stellen beworben, bevor sie bei uns gelandet ist.

»Und, sind Sie bereit für die Debatte?« fragt sie den Politiker.

»Naja, das wird sich zeigen«, antwortet er, und mir fällt ein, daß wir ihn mit Training und der Entwicklung einer Strategie auf die Debatte im Fernsehen vorbereiten sollen.

Ich lasse Rikke das Training leiten.

»Das Wichtigste ist zu spüren, daß Sie die Kontrolle haben und daß Sie niemand anderem das Ruder komplett überlassen. Sie müssen die Situation beherrschen, nicht umgekehrt«, sagt Rikke.

Mitte Dezember wird Mama mit Schmerzen in der Brust ins Krankenhaus eingeliefert. Liv hat mich mitten in einem Vortrag an der Hochschule angerufen, mein Telefon liegt immer auf dem Rednerpult, damit ich die Uhrzeit im Blick behalte. Ich habe noch keine Antwort auf meine Nachricht wegen Weihnachten bekommen und gedacht, es ginge sicher darum, habe das Telefon umgedreht und den Vortrag zu Ende gehalten. Als ich sie anschließend zurückgerufen habe, war sie auf dem Weg zum Ullevål-Krankenhaus, sie weiß nicht mehr, als daß man Mama mit dem Krankenwagen dorthin gebracht hat, das habe Papa gesagt. »Woher weiß Papa das?« habe ich gefragt. »Das weiß ich nicht, Ellen, aber das ist vielleicht im Augenblick auch nicht das Wichtigste«, hat Liv geantwortet, und erst da wurde mir klar, daß mit Mama etwas wirklich Ernstes sein könnte.

Sie und Papa sind gut in Form, ihre Körper sind robust, und mir fiele nicht im Traum ein, ihre kognitiven Kapazitäten zu hinterfragen – sie sind nur, wie Simen vor längerer Zeit anmerkte, leicht karikierende Ausgaben von sich selbst geworden, äußere wie auch innere Züge haben sich verstärkt, und beide sind meiner Meinung nach jetzt ziemlich egozentrisch, eine Meinung, die Liv nicht teilt. Sie meint, ich würde sie nur als egozentrischer erleben, weil ich selbst jetzt erwachsen bin und deshalb natürlicherweise weniger Aufmerksamkeit erhalte, was eher ein Ausdruck dafür sei, daß ich egozentrischer geworden bin oder zumindest selbstbewußter. Alles andere an ihnen funktioniert wie zuvor, mal abgesehen von Papas kaputtem Knie und daß Mamas Schulter von Zeit zu Zeit ein bißchen steif ist. Als unsere Großeltern im gleichen Alter waren wie Mama und Papa jetzt, waren sie alt und, soweit ich mich erinnere, sogar krumm, bereit für ein Greisendasein. Die meisten Freunde von Mama und Papa sind genauso fit wie sie. Bei einer Feier vor ein paar Jahren in Tåsen sprachen alle über die Pensionierung wie über einen Neustart voller Möglichkeiten. Von einem allgemeinen Standpunkt aus betrachtet, habe ich dieses Phänomen als Verteidigungsmechanismus eingeordnet, als Verdrängung der Tatsache, daß sie alt wurden und auf den Tod zugingen – aber wenn ich konkret über Mama und Papa nachdenke, muß ich mir eingestehen, daß vielleicht eher ich eine altmodische Vorstellung vom normalen Rentnerdasein habe.

Ich nehme ein Taxi nach Ullevål. Bin mir immer sicherer, daß es etwas Ernstes sein muß, so plötzlich, wie es gekommen ist. Vielleicht ein heftiger Herzinfarkt, vielleicht eine Thrombose. Akute Leukämie? Im gleichen Maß wie die Sorge wächst mein schlechtes Gewissen, ich war so wütend auf sie, habe so sehr verurteilt, daß sie eine Entscheidung getroffen hat, die ich nicht billige. Das Taxi kriecht im Schneckentempo durch den Feierabendverkehr, zur nächsten Straßenbahn- oder U-Bahn-Haltestelle ist es zu weit, und meine Schuhe haben zu hohe Absätze für den glatten, matschigen Untergrund. Ich lehne den Kopf gegen den Sitz, versuche mich zu entspannen, verfolge mit dem Blick die Menschen auf dem Gehweg. Die Gedanken fließen, geraten durcheinander. Die Erkenntnis, daß ich vor allem deswegen Angst habe, Mama könnte jetzt sterben, weil sie dann meine Kinder nie kennenlernen wird, trifft mich wie ein Schlag.

Die meisten Stunden eines Tages beschäftigt mich der Gedanke, daß ich höchstwahrscheinlich nie Kinder haben werde, ich bin davon überzeugt und darüber regelrecht verzweifelt, wütend und ängstlich – und trotzdem ist der Gedanke an meine Kinder so ausgereift und selbstverständlich, daß er sich in einer Krisensituation mit voller Wucht als erstes meldet. Der Gedanke an meine ungeborenen Kinder. Ob das wohl biologisch ist, werde ich noch genauso denken, wenn ich fünfzig bin?

Ich bleibe im Krankenhaus, als die anderen gehen. Alle waren hier, Håkon, Liv, Papa und ich. Wir sind um Mamas Bett gestanden, die verzweifelt und ängstlich, verlegen und müde war. Höchstwahrscheinlich stammten die Schmerzen in ihrer Brust von einer Panikattacke, hat der Arzt gesagt, man habe sie eingeliefert, weil der Bereitschaftsarzt einen Herzinfarkt nicht ausschließen konnte. Sie war zu Hause gewesen und hatte gelesen, als sie plötzlich Atemprobleme bekam. Und ein Stechen in der Brust. Statt den ärztlichen Bereitschaftsdienst informierte sie Papa, der den Notruf wählte, alles stehen und liegen ließ, wie er ohne weitere Beschreibung erklärte, und gleichzeitig mit dem Krankenwagen in Tåsen eintraf.

Papas Laune seinerseits schien besser zu sein als seit langem, auch wenn er das im Krankenhaus vor uns zu verbergen versuchte; bestimmt eine Mischung aus Erleichterung, daß mit Mama nichts Ernstes war – ich möchte mir gar nicht ausmalen, was auf dem Weg ins Ullevål-Krankenhaus in *seinem* Kopf vorgegangen sein muß –, und widerwilliger Freude über ein endlich sichtbares Zeichen, daß die Trennung auch sie erschüttert hat.

Ich lese Mama aus der Zeitung vor. Sie wird bis morgen hierbleiben, auf eigenen Wunsch, und ich habe es nicht übers Herz gebracht, auch nach Hause zu gehen. Sie erschien mir plötzlich alt, so klein und dünn in diesem Krankenhausbett, voll Angst. Ihre einzige Erklärung war, es sei in der letzten Zeit etwas viel gewesen, fast schien sie nicht erwarten zu können, uns loszuwerden, nachdem sich herausgestellt hatte, daß sie nicht in Lebensgefahr war, fast weinte sie vor Scham. Wie üblich erkannte Håkon als erster die Signale und begriff, wir sollten sie in Ruhe lassen. Wir verabschiedeten uns von Mama und gingen, alle gemeinsam – aber kurz vor dem Hauptausgang drehte ich um, sagte zu Liv, Håkon und Papa, ich hätte mein Handy in Mamas Zimmer vergessen. Kaufte am Kiosk eine Zeitung, einen halben Liter grünen Farris-Sprudel und einen Troika-Riegel, ihren Standardproviant für Fahrten von über einer Stunde, und ging zurück zu ihrem Zimmer. Sie weinte, als ich hereinkam, lächelte aber, als sie mich sah. Wischte sich mit dem Ärmel das Gesicht ab. Ich schlüpfte aus meinen Stiefeletten, setzte mich auf den Stuhl neben ihrem Bett und legte die Füße auf die Bettkante. »Hör mal«, sagte ich und las ihr die Rezension eines Buches von einem ausländischen Schriftsteller vor, den sie meines Wissens mochte.

Sie hat Beruhigungsmittel bekommen, und nachdem ich die Zeitung mit kurzen Kommentaren für Mama rasch durchgeblättert habe, ist sie eingeschlafen. Ich warte, bis ich sicher bin, daß sie nicht wieder aufwacht, und packe die Decke enger um sie, ich »puppe sie ein«, wie Liv und ich es genannt haben, als wir klein waren. »Mama, du kannst uns jetzt einpuppen«, sagten wir und meinten, sie sollte die Decke auf allen Seiten enger um uns packen, so daß wir wie in einem Kokon lagen. Sie sieht aus wie ein kleines Kind, ich streiche ihr sanft über die Stirn, sie ist feucht und warm.

Nachdem ich Mama verlassen habe, setze ich mich vor dem Krankenhaus auf eine Bank, habe keine Lust, nach Hause zu Simen zu fahren, mir fällt ein, daß ich ihn nicht einmal angerufen habe, um ihn zu informieren, was los ist, wo ich bin. Eigentlich fühlten sich sowohl mein Kopf als auch mein Körper leichter an als seit langem, mehrere Stunden war ich frei von dem ewig wiederkehrenden Gedanken an mich und Simen und die kinderlose Zukunft, war ganz von der Sorge um Mama vereinnahmt gewesen, und mit diesem Gefühl von Erleichterung geht auch eine Art befreiende Erkenntnis einher, wie egozentrisch ich doch gewesen bin – als würde ich aufs neue entdecken, daß es andere Menschen mit anderen Problemen gibt. Ich sehe vor meinem inneren Auge den Gesichtsausdruck von Papa, als er uns vorhin auf dem Krankenhausflur entgegengekommen ist, seine unverhohlene Erleichterung über mehr als die Tatsache, daß Mama nicht schwer krank ist, und Mamas Scham eben darüber, die Zurschaustellung einer Angst, die sie zu verbergen versucht hatte. Natürlich hat sie Angst, denke ich jetzt, und natürlich ist er interessiert an ihr, daran, wie sie das Ganze berührt und trifft. Nicht als Kind bin ich froh, eine Bestätigung dafür zu bekommen, daß sie einander nicht egal sind, ich hoffe nichts, ich bin nur voller Mitgefühl für die beiden. Versuche mir Simen und mich in dreißig Jahren vorzustellen. Habe früher geglaubt, wir könnten nie auf eine Gewohnheit füreinander reduziert werden, dazu gäbe es in unseren Leben zu viel, was wir besprechen, wofür wir uns einsetzen wollten. Jetzt sehe ich vor mir, wie wir schweigend am Frühstückstisch sitzen, wie wir uns – wenn wir überhaupt etwas sagen – selbst wiederholen. Das wäre für mich ein größerer Verlust, als wenn er mitten in einer Diskussion sterben würde, wird mir jetzt klar; wenn wir unsere Verbindung und einander auf diese Art verlören.

Zum ersten Mal bin ich nicht wütend, verbittert oder auch traurig über die Scheidung, ich bin traurig wegen des Verlusts, den Mama und Papa erleben, und mit Wehmut begreife ich die Ambivalenz, die in ihnen herrschen muß, die Trauer darüber, einander zu verlassen, und der gleichzeitige – stärkere – Wunsch nach etwas anderem, nach mehr.

Die ganze Weihnachtszeit verschwindet in einer hormonellen Achterbahn. Ich bin so wütend, fühle mich so lächerlich, bin so verzweifelt und so voller Zärtlichkeit, daß ich nicht weiß, wohin mit mir. Die Hormone, die ich jeden Tag zur Manipulation meines dysfunktionalen Körpers nehme, beherrschen jede meiner Zellen und jeden Gedanken, dazwischen gibt es nichts. Ich spüre es selbst, kann es aber nicht kontrollieren, habe jede Kontrolle verloren. Irgendwie ist das auch befreiend, einfach loszulassen.

»Sie haben das Recht auf drei bezahlte Versuche«, sagte der Arzt zu Simen und mir kurz vor Weihnachten. Wir saßen in seinem Sprechzimmer, gemeinsam, und als der Arzt den Prozeß der künstlichen Befruchtung erklärte, war Simen ganz still. Ich konnte sein Unbehagen spüren, auch für mich war es absurd, jemandem zuzuhören, der in mechanischen Termini erklärte, was eigentlich der natürliche, intime Prozeß der Zeugung eines Kindes sein sollte. Man kann die Hoffnung jetzt aufgeben; das Kind wird in einem Labor in einem Plastikbecher empfangen werden. Ich bin beim Googeln auf Bilder davon gestoßen – das komplette Gegenteil zu einem warmen Bett mit warmen Körpern und heißer Hoffnung: Mundschutz, Plastikhandschuhe und Spritzen. Gleichzeitig ist es der letzte Strohhalm. »Wir müssen das einfach tun«, sagte ich danach etwas fragend zu Simen. Simen nickte. »Müssen wir wohl«, antwortete er, bemerkte, was er da gesagt hatte, und fügte hinzu: »Natürlich. Den schwierigsten Part hast ja du, bei all den Nebenwirkungen.« – »Naja, aushalten mußt die wohl du«, entgegnete ich.

Er hält sie nicht aus. Oder mich. Er haut mindestens viermal täglich ab, und ich kann nichts, aber auch wirklich gar nichts, was ich denke, für mich behalten. »Du hast die Hoffnung verloren«, schreie ich ihm hinterher, »warum willst du das hier eigentlich? Niemand zwingt dich dazu, dich mit mir zu begnügen, kannst du nicht einfach gehen und dir eine suchen, die dir gibt, was du willst?« Simen erwidert nichts, nie. Auch nicht die sofort im Anschluß folgenden Liebeserklärungen, wenn meine Stimmung und was ich denke innerhalb von Sekunden umschlägt und ich ihm darlege, was für eine Geduld er habe, daß ich sehen könne, wie hart es für ihn sei, daß ich das ohne ihn nicht schaffen würde. »Du bist alles für mich«, sage ich, »wirklich mein ein und alles, das mußt du mir einfach glauben.« Ich fürchte, das Problem ist weniger, daß Simen das nicht glaubt, als daß er ganz im Gegenteil genau weiß, er ist im vergangenen Jahr zu allem geworden, an das ich mich klammere, es gibt keine Alternativen mehr, und dieses

Bewußtsein streßt und beunruhigt ihn. Er kann mich ja nicht jetzt verlassen, klagt er in meiner Vorstellung seinen Freunden, was für ein Arschloch wäre ich denn dann? Also versuche ich ihn zum Bleiben zu verführen, ihm zu imponieren, und spiele zugleich meinen einzigen Trumpf aus: sein Mitgefühl und sein Gewissen. Denn Simen ist ein guter Kerl, er ist reell, und wenn er mich verläßt, weil ich keine Kinder bekommen kann, macht ihn das zu einem Mann, der er nicht sein will, in dem er sich nicht wiedererkennt – und unter keinen Umständen soll irgendwer so über ihn denken.

Ich schicke allen Familienmitgliedern die Nachricht, ich sei krank. Gehe nicht zu den traditionellen Familientreffen, die Mama und Papa miteinander absolvieren, bei seinem Bruder, bei ihrer Schwester, zu Hause in Tåsen, Silvester wollen sie gemeinsam bei engen Freunden feiern. »Was für eine Quasischeidung!« sagte ich am ersten Weihnachtsfeiertag zu Simen, die verständnisvolle Sympathie, die ich auf der Bank vor dem Krankenhaus für Mama und Papa empfunden habe, wird auf eine harte Probe gestellt, durch ihr Benehmen wie auch durch meine Gefühlsschwankungen – ich werde über das offensichtlich Normale unverhältnismäßig wütend, wünsche mir einen Aufruhr außerhalb meines Körpers, etwas, wogegen ich die ganze Explosionskraft richten kann. »Vielleicht bereuen sie es, haben womöglich zu Weihnachten verstanden, daß sie eigentlich zusammensein wollen«, schlug Simen vor. »Nein, ganz im Gegenteil, sie wollen geschieden sein, aber an Traditionen festhalten«, erwiderte ich. »Also so etwas wie Freundschaft plus, aber ohne Sex«, meinte Simen.

Wir essen an Heiligabend immer kalt, eine Art Kompromiß zwischen Mama und Papa, die aus ihrer Kindheit Schweinebraten beziehungsweise Kabeljau gewohnt waren. Was es gibt, ist hundertprozentig festgelegt, hat auf dem Tisch seinen angestammten Platz – als Olaf in seinen ersten Jahren in der Familie einmal ein paar gutgemeinte Soßen mitgebracht hatte, brauchte Mama eine volle Stunde, um sie zu plazieren – und ist ein Mix aus Geschmack, Ästhetik und Tradition. Mama steckt in dieses Essen viel Arbeit und noch mehr Stolz, beginnt bereits lange vor Weihnachten mit den Vorbereitungen, macht selbst Sülze und Pasteten, läßt Fisch angären – und obwohl Mama gerade einmal ihrer Hütte wegen nach Telemark gehört, muß der Fisch nach Telemark-Art im Holzofen gebraten werden –, beizt Forellen und kocht Ochsenzunge. In meiner Kindheit war der Geruch von angegorenem Fisch, den Papa aus dem Keller geholt und auf die Küchenanrichte gelegt hatte, gleichbedeutend mit Weihnachtsmorgen. Heutzutage komme ich nach Hause, mache die Tür auf und werde von genau diesem Geruch übermannt, und schwupps, da ist sie, die kindliche Weihnachtsstimmung.

Dieses Jahr habe ich den unverkennbaren Geruch von Gebratenem schon auf dem Vorplatz wahrgenommen und inständig gehofft, er stammte aus einem der Nachbarhäuser, bis ich unsere Haustür aufmachte. »Schau«, sagte Mama und deutete auf den Schweinebraten im Backofen, als ich in die Küche kam, »wenn alles nach Plan läuft, springt jetzt gleich die Kruste auf.« Mama hatte einen neuen Haarschnitt, ihre Wangen waren rot und ihre Augen feucht. »Ich dachte, es könnte vielleicht gut sein, dieses Jahr etwas Neues auszuprobieren«, flötete sie, und während wir beide in der Hocke vor dem Backofen auf das große Ereignis warteten, wollte ich sie nicht verletzen und spielte begeistert mit.

Solche kleinen oder großen Brüche mit festen Traditionen waren dieses Weihnachten die einzige Form von Veränderung oder Aufruhr von Mamas und Papas Seite. Kleine, aber deutliche Markierungen, die uns erzählen sollten, es gibt *wirklich* einen Unterschied, eine neue Situation, eine neue Zeit. Im Takt mit dem Steigen und Fallen der Hoffnung auf eine eigene Familie schwanke ich dazwischen, diese Methode zu billigen oder in Frage zu stellen.

Zu sagen, ich sei krank, ist keine Lüge, ich habe Kopfschmerzen und mir ist schlecht, mir ist schrecklich heiß, und ich schwitze so stark, daß ich in der ganzen Wohnung die Fenster aufreiße, es wird nicht kalt genug, jedenfalls nicht, wenn Simen hinter mir wortlos alle wieder schließt, und ich lege mich in eine mit kaltem Wasser gefüllte Badewanne. »Das ist es wert«, denke ich, als ich im kalten Wasser liege, das wie mit Nadeln in meine brennendheiße Haut sticht. Versuche mir einzureden, starke Nebenwirkungen seien auch ein Zeichen dafür, daß mein Körper anspricht, daß etwas wirkt und somit die Wahrscheinlichkeit auf das Glücken des Versuchs steigt.

Simen hat vor bestimmt sechs Monaten die Silvester-Einladung seines ältesten Bruders in dessen Hütte in Kallingdal angenommen. Ich wage nicht, nicht mitzukommen, muß bei seiner Familie auftauchen, muß zeigen, daß ich noch immer da, noch immer wichtig bin, muß mit ihnen eine Bindung eingehen und sie eine Bindung mit mir eingehen lassen. Es sind nur zwei Tage, denke ich, als wir auf dem Weg sind und ich wie ein Hund den Kopf aus dem Autofenster strecke. Simen hat gute Laune, er hat sich in seine Steppjacke eingemummelt und läßt mich frische Luft schnappen, lacht über mich, legt mir sogar seine rechte Hand auf den Oberschenkel wie ganz am Anfang unserer Beziehung immer.

Simens Mutter ist das komplette Gegenteil von Mama. Sie ist groß und schlank, hat dunkle Haare, dunkel geschminkte braune Augen, und an Hals, Handgelenken und Fingern trägt sie teuren Schmuck. Ich mag sie, sie erinnert mich in vielfacher Weise an Simen, ist aber weniger zugänglich. In allem, was sie sagt und tut, ist immer etwas leicht Distanziertes, was natürlich auch daher kommen kann, daß ich sie nie richtig kennengelernt habe. Ich kenne die ganze Familie, also auch den Vater oder die Brüder, nicht besonders gut, doch erstmals verstehe ich, was für einen Wert es hat, ihnen näher zu kommen – die Einsicht in die Taktik des Investierens in eine Schwiegerfamilie, wie sie jeder meiner Ex-Freunde bei meiner Familie angewandt hat, ist fast eine Offenbarung.

Simens Bruder Magnus hat zwei Kinder, und sie erwarten im März ihr drittes. Ich begrüße Synne, seine Frau, überschwenglich. »Wie schön du aussiehst«, sage ich und sehe den großen Bauch unter dem enganliegenden Kleid, sie steht im Flur und empfängt uns mit unter dem Bauch gefalteten Händen, als würde sie ihn halten, wiegen oder beschützen. Sie ist doch bestimmt auch an die Vierzig?

»Wann hast du gleich wieder Termin?« frage ich, als sie mit mir die Treppe zu Simens und meinem Zimmer hochgeht, obwohl ich selbstverständlich weiß, daß ihr Termin am 14. März ist, jeder Geburtstermin, den ich höre, brennt sich in mein Bewußtsein.

»Im März«, antwortet sie und lächelt. »Ihr könnt dieses Bad benutzen«, sagt sie, zeigt auf eine Tür und schaut mich an, von meinen Schläfen rinnt der Schweiß.

»Und es wird ein Junge, oder?« Ich weiß wirklich nicht, warum ich so tue, als wüßte ich nicht, daß es ein Mädchen wird, warum ich mich so desinteressiert stelle, ich hatte doch genau den entgegengesetzten Plan.

»Nein, es wird ein Mädelchen«, sagt sie.

Ich ärgere mich immer über Leute, die für ihre ungeborenen Kinder solche Bezeichnungen verwenden wie Mädelchen, Prinz oder Prinzessin, das hört sich meiner Meinung nach affektiert an. Aber jetzt bei Synne klingt es weich und gemütlich, liebevoll und geborgen. Ich bin kurz davor loszuheulen, schaffe es gerade noch, mich bei ihr zu bedanken, mache dann die Tür zu und lasse den Tränen freien Lauf. Simen kommt herein, registriert nicht, daß ich weine – oder vielleicht doch, nur reagiert er nicht mehr darauf, weil das momentan eine ähnlich große Sensation ist, wie wenn ich huste –, und stellt leise pfeifend unsere Koffer ab.

»Was für eine phantastische Hütte«, sagt er.

Ich sehe nicht, was abgesehen von der Größe an ihr so phantastisch ist, alles sieht aus wie in einem Einrichtungsmagazin, überall Felle und braunes Leder, Lampen von *Home & Cottage* auf dem warmen Schieferboden im Flur, Plastikwände aus Holzimitat und gedämpfte Beleuchtung. Noch dazu wird die Aussicht aus dem Küchenfenster von einem riesigen gelben Bagger dominiert, der fünfzig Meter entfernt den Platz für eine völlig identische Hütte bereitet. Es ist ganz einfach richtig überkandidelt. Natürlich sage ich das nicht, ich nicke und wische meine Tränen weg.

»Superschön«, sage ich und erdreiste mich, ihn zu umarmen.

Er läßt es ein paar Sekunden zu, sein Körper an meinem ist ungewohnt warm, sein Nacken, sein Geruch, ich weine wieder los, und er lacht ein bißchen, als er spürt, wie meine Tränen in den Kragen seines Wollpullis rinnen. Er macht sich frei, wirft einen Blick auf mich.

»Na, *so* schön ist sie nun auch wieder nicht«, sagt er, lächelt und knufft mich freundschaftlich mit dem Ellbogen in die Seite. »Sollen wir zu den anderen runtergehen?«

Am meisten hat es mir vor dem Anblick von Simen mit Magnus' einjährigem Sohn gegraut. Und als Simen ihn mit ausgestreckten Armen in die Höhe hebt und anlächelt, tut es genau so weh, wie ich mir das vorgestellt hatte. Diese Selbstverständlichkeit, wie er anschließend im Gespräch mit seiner Mutter das Kind auf dem Arm hält, mit diesem leichten Knick in der Hüfte. Simens Blick, als man mir später den Jungen auf den Schoß setzt und als ich ihn, mir seines Blicks mehr als bewußt, vorsichtig ans äußerste Ende meiner Knie rücke – ich kann seine Nähe und seinen Geruch nicht aushalten. Habe aber zugleich das Gefühl, ich müsse etwas beweisen, doch noch bevor ich ihn an mich ziehen kann, heult er plötzlich los und starrt zornig seine einen Meter entfernte Mutter an, völlig entrüstet darüber, daß man ihn aus der weichen, selbstverständlichen Umarmung von Onkel Simen gerissen und bei etwas plaziert hat, das sich für ihn bestimmt wie ein kalter Roboter anfühlt.

»Da will wohl jemand zu seiner Mama«, sage ich zu Simen und ignoriere sein verzerrtes Gesicht, versuche zu lachen.

»Ja, wenn er Hunger hat, wird er ziemlich ungeduldig, ganz schön verwöhnt diesbezüglich«, antwortet Synne und lächelt das Lächeln aller perfekten Mütter, die routiniert den Anschein vermeiden wollen, man selbst, kinderlos und unbeholfen, sei die Ursache für das heulende Kind.

In dem Moment, als der Kleine Synnes Körper spürt, hört er auf zu weinen. Wie das wohl ist, diesen Effekt auf jemanden zu haben, so wichtig, so ausschlaggebend, so natürlich verbunden zu sein? Als einzige helfen zu können, als einzige etwas zu bedeuten?

Weder Simens Vater, seine Mutter, noch Magnus oder Synne verlieren ein Wort darüber, daß wir keine Kinder haben, fragen nicht, ob wir es nicht bald versuchen wollten, ob wir vorhätten, Kinder zu bekommen, die Zeit dränge ja allmählich und so weiter, nicht einmal ansatzweise irgendeine Andeutung davon. Was an sich fast alarmierender ist, als würden sie fragen oder darüber Scherze machen, denn das komplette Schweigen zu dem Thema bezeugt, sie haben entweder vor unserer Ankunft darüber gesprochen, Vermutungen angestellt und sich darauf geeinigt, nicht nachzufragen – aus irgendeinem Grund –, oder für sie steht sowieso fest, daß nicht ich die Mutter des neuen Enkelkinds, des neuen Neffen, der neuen Nichte in der Familie sein werde. Intensiv versuche ich den paranoidesten und schlimmsten aufkeimenden Gedanken zu verdrängen, daß nämlich Simen sie natürlich in Kenntnis gesetzt hat, das Problem – mich – erläutert und sie gebeten hat, den Mund zu halten.

Letztes Silvester in New York blickten wir während des Abendessens mit einem befreundeten Paar auf das Jahr zurück. Wie unwirklich, daß das erst ein Jahr und nicht schon zehn Jahre her ist. Die Veränderung zwischen mir und Simen ist so auffällig, so konkret, daß ich sie in Worte fassen kann: ein Abgrund aus Distanz, blutigen Enttäuschungen; das Bild, wie unsere Zukunft sein, unsere Beziehung bleiben würde; unsere Entwicklung, alles, was sich aufgestaut hat, alles, worüber wir nicht sprechen, das verschwundene Begehren, eine Entfremdung unserer Gedanken und Körper. So kann ich eigentlich dieses Jahr zusammenfassen, alles liegt in diesem Abgrund, aber ich bin nicht in der Lage, es herauszuangeln, ich wehre die Gedanken an Vergangenheit und Zukunft ab, versuche im Hier und Jetzt zu sein, den Truthahn zu essen, darüber zu sprechen, wofür sich Simens Familie interessiert: norwegische Bildungspolitik, steigende Immobilienpreise, und was der Brexit eigentlich für uns bedeutet. Gelingt mir besser als erwartet – fast ist es gemütlich, stünde nur in der Wohnzimmerecke nicht wie eine ständige Mahnung die mit Schaffell gefütterte Eichenwiege.

Simen und ich stoßen um Mitternacht an, küssen uns pflichtschuldig unter den im Nebel verschwindenden Raketen, Prost Neujahr. Ein frohes neues Jahr, keine Ahnung, ob Simen zu hoffen wagt, ob er das noch immer kann oder ob er jetzt nur noch weg will, ob er tief im Inneren hofft, daß die Versuche scheitern. Aber in mir wird durch den konstruierten Zeitübergang von einem Jahr zum nächsten eine neue hormonell unterstützte Hoffnung entzündet.

Ich *bin* schwanger gewesen, das ist mein einziger Gedanke, als ich zum dritten Mal im Rikshospital liege und an die Decke starre, während dieselbe grüngekleidete Krankenschwester den letzten Versuch unternimmt, einen aus Simen und mir zusammengeschmolzenen Klumpen dazu zu bringen, meine Gebärmutter als geeigneten Ort für den Beginn des Lebens zu akzeptieren.

Seit Silvester sind fünf Monate, ein gescheiterter Versuch und eine Fehlgeburt vergangen.

»Mein Gott, ist das wirklich wahr?« fragte Simen, als ich ihm einen Monat nach dem zweiten Embryonentransfer den positiven Test zeigte. »Warum bist du so ruhig? Wie kannst du so ruhig sein?« rief er und wußte nicht, wohin mit sich, ging auf den Balkon, kam wieder herein, »Mannomann«, sagte er und legte die Arme um mich, drückte mich an sich, küßte mich. Dann setzte er sich an den Eßtisch, fast resigniert, beugte sich vor und legte die Stirn auf den Unterarm. »Mannomann«, wiederholte er.

Ich umarmte ihn von hinten, lehnte mich gegen ihn, mein Bauch an seinem Rücken. So nahe waren wir uns seit einem Jahr nicht gewesen. »Ich bin nicht ruhig«, sprach ich gegen seinen Hinterkopf, »es ist nur unwirklich, ich kann nicht daran glauben.« – »Aber hier steht es doch«, sagte er, richtete sich auf und deutete auf die drei Teststreifen, die ich auf den Tisch gelegt hatte. Alle mit zwei deutlichen blauen Strichen. »Drei Tests können doch nicht irren, oder?« fragte er. »Nein, das können sie nicht«, antwortete ich und erwähnte nicht, daß im Badezimmermüll noch zwei weitere mit demselben Ergebnis lagen. »Ich muß kurz aufs Klo«, sagte ich zu

Simen, hatte im Laufe des Tages soviel Wasser getrunken, daß es noch immer drückte – aber endlich konnte ich ohne die Überzeugung, daß ich mich nur selbst täuschte, glauben, das sei auch einem kleinen Leben geschuldet, welches im Begriff war, in mir zu beginnen. Als ich aus dem Bad zurückkam, saß Simen noch immer am Eßtisch. »Es ist nur ...« begann er und sah zu mir, brach ab. Wurde still, streckte die Hand nach mir aus. »Ich hatte aufgegeben«, sagte er und schluckte das Weinen hinunter. »Ich hatte tatsächlich aufgegeben, Ellen«, gestand er, ich nahm seine Hand, und er drückte sie. »Ist das total erbärmlich von mir?« Ich schüttelte den Kopf. »Natürlich nicht«, sagte ich, »ich kann es verstehen.«

In der Nacht wurde ich von Krämpfen wach, im Halbschlaf bildete ich mir ein, es seien Wehen, und ich preßte so stark wie möglich, um ein großes und wohlgestaltetes Kind herauszubekommen, während mein Köper in Wirklichkeit einen Embryo abstieß, dessen Herz gerade zu schlagen begonnen hatte.

»Holt Sie jemand ab?« fragt die Krankenschwester, als sie fertig ist.

Gefühlt habe ich hier schon Hunderte Male gelegen, es ist schon Routine. Mit dem einzigen Unterschied, daß Simen diesmal nicht da ist. »Du kannst ruhig zu dem Meeting gehen«, habe ich vor ein paar Tagen gesagt, »ist ja the same procedure as last year.« – »Ja, aber es fühlt sich ein bißchen seltsam an, bei der Empfängnis nicht anwesend zu sein, irgendwie unnatürlich«, hat Simen geantwortet. »Alles daran ist unnatürlich, und abgesehen davon *ist* das nicht die Empfängnis«, wurde ich etwas laut, ich konnte es nicht lassen.

»Du weißt doch, die Empfängnis ist bereits geschehen, jetzt werden sie es nur einsetzen.« Er hob verteidigend die Hände. »Gut, wenn du findest, es ist okay, allein hinzugehen?« sagte er und schob, ohne erst auf Antwort zu warten, schnell hinterher: »Ganz sicher?« – »Ja«, sagte ich und meinte es ernst, zumindest war es besser, allein hinzugehen als mit dem Gefühl, Simen zu etwas mitzuschleppen, das er eigentlich nicht ertrug, ihn in etwas zu verwickeln und damit runterzuziehen, was einzig mein Problem war. Meine Herausforderung.

»Ja«, lüge ich die Krankenschwester an. »Mein Mann holt mich ab.«

Ich blinzle vor dem Rikshospital in die Maisonne, während ich auf mein Uber warte, erinnere mich vage an vergangene Frühlinge und erste Biere im Freien mit Freundinnen am Schous plass, jedes Jahr ungefähr zu dieser Zeit, das Meer aus Zeit und Prioritätensetzung.

Zu Hause lege ich mich dann verkehrt herum ins Bett, die Beine ruhen hochgelagert auf der Kante des Kopfteils. Weiß, daß das Quatsch ist, aber schaden kann es nicht, nichts kann schaden, außer aufs neue zu hoffen.

Er hat alles dagelassen. Sogar der kleine Kaktus, den er beim Auszug aus seinem Elternhaus bekommen hat, steht auf seinem festen Platz auf dem Küchenfensterbrett. Ich presse zwei Finger gegen die kleinen, weißen Stacheln, enttäuschend wenig Widerstand, es tut nicht weh. Und wenn schon, Schmerz ist relativ, das habe ich in den vergangenen Monaten begriffen.

»Es ist nicht Schluß«, hat Simen gesagt, »das meine ich damit nicht. Ich brauche einfach ein bißchen Luft, ich kann nicht atmen.« – »Ist das eine Metapher?« antwortete ich, ruhig und betäubt. »Nein, eigentlich nicht, ich bin heute nacht hyperventilierend aufgewacht«, antwortete er. Ist er nicht, ich lag selbst die ganze Nacht wach wie auch jede andere Nacht in den letzten Wochen. »Und die Lösung ist abzuhauen?« fragte ich. »Es ist keine *Lösung*«, schrie er, »sei nicht so undifferenziert! Ich tu das für uns beide.« – »Nein, vergiß es, du tust das nicht für mich, du tust das *gegen* mich«, entgegnete ich mit hängenden Armen, hatte nichts mehr zu verlieren. »Was willst du denn? Willst du so weitermachen, weiter aneinander kleben, bis wir wie deine Eltern enden?« fragte er. Lieber das, dachte ich, lieber das als das hier, lieber drei Kinder und eine Familie, etwas, worauf man zurückblicken kann, wenigstens.

Ich bemerke, daß ich nackt bin, daß ich ohne Kleidung am Küchenfester stehe und Zeige- und Mittelfinger an einen Kaktus presse, ich lache den Bewohnern auf der anderen Seite des Hinterhofs zu und lache noch mehr darüber, daß ich jetzt nackt mit einem Kaktus am Fenster stehe und lache. Dann sehe ich auf die Küchenuhr, es ist fünf nach sieben, in einer Stunde muß ich im Büro sein. Ich gehe in die Dusche, sehe beim Auswaschen des Shampoos große Büschel von Haaren im Abfluß verschwinden. »Das einzige Resultat dieser Hormonbehandlung ist, daß ich jetzt eine Glatze habe«, sage ich in meiner Vorstellung zu Simen, wir sitzen in der Küche und trinken Wein, er lacht so, wie er lacht, wenn ich ihm leid tue, aber er mich trotzdem lustig findet. »Du kriegst kein Kind, aber eine glatzköpfige Freundin, das ist doch was«, sage ich.

Keine Ahnung, wie lange ich unter der Dusche stehe, aber

als ich rausgehe, sind meine Hände und Füße schrumpelig und weich wie die Haut eines Kindes. Ich schlinge mir ein Handtuch um die Haare, verteile tupfenweise Creme auf dem Gesicht und massiere sie ein, targets and reduces fine lines, steht auf der Tube. Trotzdem habe ich im vergangen Jahr Fächer neuer Fältchen um die Augen bekommen. Fülle die Fältchen mit Primer, nuanciere die lila Ringe mit goldgetöntem Concealer, danach trage ich im ganzen Gesicht eine dicke Schicht Foundation mit Diamond Glow auf, dann Star Reflecting Powder, Highlighter auf Wangenknochen, Nasenrücken und Augenbrauen, vergrößere die Augen mit Kajal, gebe Mascara auf die Wimpern, Lip Maximizer Gloss. Föne die Haare, frisiere sie zu einem straffen Pferdeschwanz, ziehe Jeans, Bluse und Blazer an, schaue in den Spiegel. »Ist es nicht seltsam, mit jemandem zusammenzusein, der morgens im Bad im Laufe einer Stunde sein Aussehen ändert?« habe ich Simen einmal gefragt, als er mir auf dem Klodeckel sitzend beim Schminken zuschaute. »Du änderst ja nicht dein Aussehen, du wirst nur eine andere Version von dir – ich wünsche mir manchmal, man könnte es auch als Mann bringen, sich zu schminken, so daß ich mir, wenn ich mich danach fühlte, einen *dramatischen* Look zulegen könnte«, hat er geantwortet und gelacht. »Du bist ja auf dem besten Weg zu einem Hipsterbart, was an sich schon ziemlich dramatisch ist«, habe ich ihn aufgezogen und ihm über den kurzen Bart gestrichen.

Ich schlüpfe in meine Stiefeletten und die Jacke, klappere schnell die Treppen hinunter, bin gerade bei der Haustür angekommen, da fällt mir ein, daß ich krankgeschrieben bin.

»Ziemlich gegen meinen Willen«, wie ich dem Arzt gesagt

habe und hatte eigentlich keinen eigenen Willen. War von meiner Chefin dazu verdonnert worden, zum Arzt zu gehen, nachdem sie Zeuge geworden war, wie ich in der Kantine über der Salatbar so etwas wie einen Zusammenbruch hatte. »Das war kein Nervenzusammenbruch«, habe ich, als ich danach in ihrem Büro saß, gesagt, »es ist eigentlich rein physisch.« So hat es sich angefühlt und tut es noch, wenn sich das Zwerchfell ohne jede Vorwarnung zusammenzieht und ich nur durch Schnappatmung noch genug Sauerstoff bekomme, wenn die Nerven Signale an die Tränenkanäle zum Starten einer Flüssigkeitsüberproduktion schicken, wenn der Rücken sich beschützend krümmt und die Knie nachgeben. »Sie sollten die Belastungen, die Sie hinter sich haben, nicht unterschätzen«, sagte der Arzt und verschrieb mir Valium. »Ich kann mir die schon holen, aber ich werde sie nicht nehmen«, sagte ich, eine unnötige Medikation begreife ich als Niederlage, im Augenblick noch verstärkt durch den gescheiterten Hormonprozeß. »Ich glaube, ich habe eher Krebs«, sagte ich und hoffte aufrichtig, es wäre wahr.

Mir ist schwindlig und schlecht, beim Hinaufgehen in die Wohnung erinnere ich mich plötzlich nicht einmal daran, wohin ich unterwegs gewesen bin, erinnere mich nicht, was für ein Tag oder wie lange es her ist, daß mich Simen verlassen hat, glaube mich zu erinnern, daß ich gestern dasselbe getan habe, und am Tag davor. Ich setze mich mit meinem Mac auf dem Schoß ins Bett, surfe ziellos herum, habe alle Autovervollständigungen gelöscht, die mich in Babyforen und ihre endlosen Threads mit Tips und Tricks und Hoffnung und Verderben geführt hatten.

»Einsamkeit ist die neue Volkskrankheit«, steht in einer Onlinezeitung. Einer von drei Jugendlichen fühlt sich einsam. Jugendliche, neunzehn Jahre und alle Entscheidungen vor sich, ein Meer aus Zeit und Möglichkeiten. Ich scrolle auf der Seite nach unten, bekomme Lust, auf den Post von Mina, siebzehn Jahre, zu antworten, die eine Seite aus ihrem Tagebuch kopiert und an die Teenagerdebattenseite der Zeitung geschickt hat und es als »Chronik« bezeichnet – »Hallo Mina, ich bin ein neununddreißig Jahre altes Mädchen, nein, entschuldige, Frau, meine siebzigjährigen Eltern haben vor einem Jahr die Entscheidung getroffen, sich scheiden zu lassen, was dazu geführt hat, daß die Rahmen, die in unserer Familie offensichtlich die Voraussetzung für alles an Nähe, Vertrauen und Natürlichkeit waren, weggebrochen sind, wir haben uns voneinander entfernt und sind uns fremd geworden. Außerdem hat mich mein Freund gerade verlassen, weil ich keine Kinder kriegen kann, ich werde nie erleben, eigene Kinder zu haben, den Kontakt zu meinen Freundinnen habe ich während meines verzweifelten und, ja, ich weiß, ich weiß, egozentrischen Versuchs, mich zu reproduzieren, verloren, aber glaub mir, Mina, du hast alle Möglichkeiten vor dir.«

»Die Welt ist überbevölkert«, hat Håkon bei einem Gespräch an Heiligabend gesagt, als Mama von unserer Cousine erzählte, die ihr sechstes Kind bekommt. »Kinderkriegen ist purer Egoismus«, fuhr er fort. »Natürlich«, antwortete Liv, »was auch sonst? Aber ein biologischer.« – »Jeder, der sich heutzutage ein Kind wünscht, sollte besser eines adoptieren. Das ist eine Win-win-Situation«, erwiderte Håkon, der in jeder

Diskussion Biologie als Argument für fast alles benutzt, dessen Argumentation aber im letzten Jahr unlogischer geworden ist, nicht mehr so unerschütterlich.

Simen und ich haben nur ein einziges Mal über Adoption gesprochen, und zwar an dem Tag, an dem ich tatsächlich schwanger war und wir angesichts der Tatsache, daß wir das nie in Erwägung ziehen müßten, darüber sprechen konnten. »Ich kann mir nicht vorstellen, ein Kind zu haben, in dem ich mich nicht spiegeln kann, das sich nicht in mir spiegeln kann«, sagte Simen. »Daß ich sie oder ihn ansehe und nichts von mir wiederkenne, daß kein Zug meiner ist, weder im Charakter noch im Aussehen. Ich glaube, zwischen Eltern und Kindern geht vieles, über das wir nicht nachdenken, darum, sich selbst zu sehen, nicht wahr, es ist ein Reflex. Du und deine Mutter zum Beispiel, ihr gleicht euch aufs Haar.« – »Ja, vom Aussehen her«, antwortete ich. »Aber wir haben sehr unterschiedliche Persönlichkeiten. Ich glaube, man kann das Sicherkennen zu einem gewissen Teil auch erzeugen, vieles, was wir als biologisch begreifen, ist eigentlich Milieu.« – »Du hast keine Ahnung, wie ähnlich du deiner Mutter bist, auch in deinem Wesen«, antwortete Simen. Das machte der Diskussion ein Ende, aber Simen hatte immerhin seinen Standpunkt darlegen können, und wenn ich ganz ehrlich zu mir war, blieb der Gedanke, ein fremdes, in einem anderen Körper ausgetragenes Kind abzuholen, auch für mich verstörend.

So war es damals. Nachdem der letzte staatlich finanzierte Befruchtungsversuch gescheitert war, war ich offen für alles, was ich zuvor abgelehnt hatte. Der Gedanke an Adoption war plötzlich nicht mehr so fern, wirkte mehr und mehr selbstverständlich, es ist ja ein Win-win, schlußfolgerte ich am selben Tag in einem langen verzweifelten Monolog vor Simen. Der war seinerseits völlig verschlossen, völlig fertig. »Ich ertrage es jetzt nicht, darüber zu sprechen«, sagte er, »Ellenschatz, können wir es darauf beruhen lassen, ich bin dessen so müde.« Ich konnte es nicht darauf beruhen lassen, war verzweifelt, schlug alle möglichen Lösungen vor, und unter jedem Vorschlag lag die Angst vor dem, wie ich wußte, Unvermeidlichen. »Gib die Hoffnung nicht auf, Simen, bitte, gib mich nicht auf!«

Ich klappe meinen Mac zu, weiß nicht, wohin mit mir, kein Raum ist klein genug, kein Raum ist groß genug, warm genug, kühl genug, still und betäubend genug, denn ich habe keinen Raum.

Ich habe niemanden.

Das ist der einzige neue Gedanke, zu dem ich im Laufe einer unbestimmbaren Anzahl von Stunden oder Tagen im Bett fähig war. Ich bin dehydriert, denke ich, als Simen mir eine Nachricht schickt. »Ich hoffe, du bist okay«, schreibt er, »ich weiß, du packst das, du kommst da durch, du bist so stark«, schreibt er in einem unverkennbar endgültigen Ton, ich fühle nichts, bin betäubt, aber mein Körper zieht sich wieder zusammen, alle Muskeln arbeiten gemeinsam, eins-zwei-drei-*Jetzt*, jetzt schnappen wir sie uns. Ich breche die Versiegelung der Dose auf und nehme drei Valium.

Håkons Stimme an der Gegensprechanlage.

»Echt noch mal, Ellen!« meckert er, schon bevor er den letzten Treppenabsatz erreicht, bevor er mich sieht. »Ich hab dich mindestens fünfzig Mal angerufen und klingle den halben Tag an deiner Tür.«

Ich kann mich nicht daran erinnern, daß Håkon angerufen oder geläutet hat, erinnere mich nur an die Nachricht von Simen. Håkon sieht mich erst an, als er in den Flur tritt. Er ist wütend vor Angst und Erleichterung, ich erkenne in seinem Blick, daß ich nicht normal aussehe. Irgendwo tief in meinem Unterbewußtsein fällt mir ein, wir hatten etwas verabredet, er wollte heute vorbeikommen, um sich mein Auto zu leihen.

»Mein Gott, was ist denn mit dir passiert?« fragt er, faßt mir an die Schulter, ich bemerke, ich habe noch immer den Blazer an.

»Simen hat mich verlassen«, sage ich.

»Wann?«

»Weiß ich nicht.«

Ich versuche ein Schulterzucken, habe aber nicht genug Kraft.

»Seit wann hast du nichts mehr gegessen?«

»Weiß nicht.«

»Getrunken.«

»Weiß nicht. Aber ich habe keinen Durst.«

Håkon schiebt mich in die Küche, stellt mir ein Glas roten Saft hin. In meinen Ohren pfeift es.

»Trink!« befiehlt Håkon, setzt sich kurz zu mir, steht dann auf, geht in das leere Zimmer, spricht mit jemandem, ich höre nur Bruchstücke: »Weiß nicht, nein, aber da muß noch mehr sein, ja, ja, nein, das glaub ich nicht, gut, klar bleibe ich hier.«

Mamas Stimme im Flur.

»Und sie hat sonst nichts gesagt?«

Ich sitze am Küchentisch und habe ein halbes Glas Saft getrunken, und Håkon hat währenddessen Eier gekocht, Brötchen aufgetaut und über alles Mögliche geplaudert, übers Wetter und einen Freund, der heiratet und bestimmt bald Kinder kriegen wird. Ich habe ein paar Bissen Ei runtergewürgt, und langsam lassen mich der Zucker und das Eiweiß klarer denken.

»Hallo, Liebling«, sagt Mama, kommt in die Küche, zugleich höre ich die Tür hinter Håkon zuschlagen.

Sie setzt sich auf Simens Stuhl, nimmt über die Tischecke hinweg meine Hand, drückt sie, ich kann sie nicht ansehen.

Sie nimmt mich mit nach Tåsen, der bekannte Geruch im Flur löst endlich die Tränen, die, seit mich Simen verlassen hat, irgendwo unter meinen neuen Falten festgesteckt sind, Mama läßt die Badewanne ein, kocht Tee. Im Schrank in meinem alten Zimmer finde ich einen Jogginganzug, der noch immer paßt. Als ich die Schranktür öffne, erinnere ich mich daran, wie Liv jedes Mal aufschrie, wenn der runde Griff des Schranks gegen die Wand zu ihrem Zimmer schlug. Eines Tages war der Griff weg, und obwohl der Fall klar war, stritt Liv ab, ihn abgeschraubt und entfernt zu haben. Die Sehnsucht nach Liv, nach allen, nach allem, nach etwas, zerreißt mich innerlich, bemächtigt sich meines bis jetzt betäubten Denkens.

Ich setze mich mit einer Decke auf dem Schoß in Papas

Stuhl, die Wollfasern pieksen durch den Jogginganzug, kratzen wie zu Kinderzeiten, wenn ich zu krank war, um zur Schule zu gehen, und Papa mich eingepuppt hat. Mama setzt sich neben mich, in ihren Stuhl. Schaukelt vor und zurück.

»Ich weiß, es fühlt sich jetzt ganz hoffnungslos an, Ellen«, sagt Mama.

Ich weiß nicht, was ich antworten soll, bin hin- und hergerissen, soll ich das Embargo aufrechterhalten, sie weiter die Konsequenzen spüren lassen, oder soll ich dem Drang nachgeben, mich anzuvertrauen, Verständnis und Trost zu bekommen? Mehr als ein paar Sekunden kann ich nicht überlegen, dann löst sich alles auf.

»Nein«, schluchze ich. »Du weißt nicht ... du hast keine ...«

»Doch, mein Liebling, Ellen. Ich weiß, natürlich weiß ich«, sagt Mama nach einer kleinen Pause.

Ich kann nichts sagen. Beuge mich vor, lege mein Gesicht in die Hände.

Mama kommt um den Tisch, hockt sich neben mich, wie früher, wenn ich mich als Kind gestoßen hatte und wollte, daß jemand pustet und mich tröstet, streichelt mich, macht leise »Psst, es wird gut, alles wird gut, mein armes Mäuschen«.

Håkon

»Du machst es schon wieder!«

Ich denke kurz nach, dann verstehe ich, was sie meint, nehme die Hand vom Ohr.

»Echt, dir wird dein Ohr noch abfallen«, macht Anna weiter.

»Na, da dürfest du ja nichts dagegen haben, wo du doch auf besondere Merkmale so stehst und ich keine habe«, entgegne ich, lächle, darunter rumort aber wie schon die ganzen letzten Tage ihre Bemerkung.

»Oh, echt, jetzt hör mal wieder auf damit, ich hab das doch zurückgenommen«, antwortet sie.

»Nein, hast du nicht«, sage ich, und das hat sie tatsächlich nicht, aber trotzdem sollte ich es besser nicht weitertreiben, denn so was hat mit leicht und unverbindlich nichts zu tun.

Außerdem ist heute Papas Geburtstag, der erste, den er ohne Mama feiert – heute vor genau zwei Jahren haben die beiden ihre Scheidung angekündigt –, und ich sollte besser nichts sagen, was Anna ihre Entscheidung mitzukommen bereuen läßt, denn ich brauche sie dort, will sie dort haben, will sie überall, immer.

»Aber ist ja auch völlig egal, ich mache nur Spaß«, schiebe ich schnell nach.

»Ich habe jedenfalls erklärt, was ich gemeint habe«, sagt Anna. »Du bist sehr schön, aber du hast rein aussehenstechnisch sozusagen keinen Haken. Deine besonderen Merkmale liegen in deiner Persönlichkeit, das ist doch ein viel größeres Kompliment!«

Ich glaube ihr nicht und bin doch zugleich geschmeichelt, möchte nur, daß sie weiter über mich spricht, bin berauscht davon, daß ihr Gehirn Gedanken über mich formuliert, daß es voll von mir ist und daß ihre Stimme diese Gedanken vermittelt. Ich ziehe sie eng an mich, möchte sie festhalten, so fremd, so widersprüchlich, so neu, so hoffnungslos.

»Ich glaube nicht an Monogamie, das ist wider die Natur«, habe ich Karsten einmal nach einer Vorlesung auf dem Weg in die Stadt eröffnet. Wir waren achtzehn, und ich begann gerade ernsthaft, die Strukturen, die mich von Tag zu Tag mehr überraschten und wütend machten, zu entdecken und dagegen aufzubegehren. Alle paßten sich an ein System an, das sie nicht einmal überdachten, dessen Existenz ihnen vielleicht nicht einmal bewußt war. Sie glaubten, die Welt würde ganz von selbst so funktionieren, merkten nicht, wie unterdrückt wir waren, wie sehr wir religiösen und altmodischen Vorstellungen unterlagen – Systemen, die beim Versuch, uns zu kontrollieren, das Biologische im Menschen verdrängten.

Jetzt kann ich über mein damaliges Ich lachen, wie extrem ich damals war, wieviel ich nicht verstand – und wie weit ich mich trotzdem aus dem Fenster lehnte. Die Grundlage war aber echte Verzweiflung darüber gewesen, daß ich nie frei sein konnte, daß immer etwas existieren würde – auch in dem unvermeidlich angelernten Teil meines Selbst –, was meine Entfaltung begrenzte, in jedem Lebensbereich. Zeitweise fühlte sich das so belastend, so falsch an, daß ich es kaum aushielt.

»Du willst nur mit so vielen Mädchen wie möglich schlafen«, hatte Karsten meiner Erinnerung nach geantwortet, gelacht und nicht kapiert, wie ernst es mir war. »Es geht nicht allein ums Sexuelle, das steht fast ganz unten auf der Liste«, entgegnete ich und war wirklich kurz davor loszuheulen, »es geht um die Regeln, denen wir uns unser ganzes Leben lang fraglos unterwerfen, wir nehmen es einfach als gegeben an, daß wir so leben müssen, daß es gar die beste Art zu leben ist. Aber denk an alle Alternativen, denk an alles, was wir nicht versucht haben. Denk an alle Strukturen und Gesetze und Normen, die von Religionen geformt worden sind – ist dir klar, wie absurd das ist? Und noch wichtiger: Denk an die ganzen Entscheidungen, die du jeden Tag triffst, bei denen du dir nicht einmal darüber bewußt bist, daß es Entscheidungen sind.« – »Du hast zuviel Sartre gelesen«, erwiderte Karsten, »der Mensch braucht Systeme, an denen er sich ausrichten kann. Auch das ist biologisch, ich zumindest bin froh, daß mir jemand ein paar Rahmen gezogen hat.«

Auch wenn ich im Laufe meiner Zwanziger bezüglich menschlicher Natur und Intelligenz – und des Grades an Freiheit als Grundlage dafür – mehrfach modifizierende Erkenntnisse hatte, war ich der Auffassung, die Zweisamkeit, die wir in weiten Teilen der Welt als Modell benutzen, sei eine Form der Institutionalisierung von Gefühlen und Liebe. Sie ist an sich die Manifestation des Unfreien, Kontrollierten. Und ich habe mich bis jetzt geweigert, monogame Beziehungen einzugehen. Was im allgemeinen – und in der Studienzeit im besonderen – unvorhergesehen großes Interesse bei einigen der Mädchen, mit denen ich mich traf, geweckt hatte. Das beruhte sicher auf einer Mischung aus der typischen Anziehungskraft des Unerreichbaren und der Aufrichtigkeit meiner Haltung. Daß ich wirklich an den freien Menschen, an den Existentialismus glaubte und in dessen Fortführung selbstverständlich auch Feminist wurde – »man *wird* nicht Feminist«, sagte Ellen, »*werden* mußt du eher Antifeminist.« Ich las mich bei de Beauvoir ein, zitierte sie in Diskussionen: »Die Ehe ist im Prinzip unanständig«, sagte ich zum Beispiel oft, »insofern sie das, was ein Austausch in spontaner Hingabe sein sollte, in Rechte und Pflichten verwandelt.« Benutzte Beauvoirs Beziehung mit Sartre als Vorlage, wenn ich meine Ansicht erklären sollte, daß es mir nicht allein darum gehe, sich der Auseinandersetzung mit jemandem zu entziehen, sondern um die Art, wie man sich mit dem anderen auseinandersetzt: frei, lustbetont, intellektuell. Nicht systematisch und unterordnend.

»Du kannst das nicht bloß sagen, du mußt es auch meinen«, erklärte ich Karsten, der auf all die Mädchen, die kamen und gingen, neidisch war. »Du mußt aushalten, daß auch sie frei ist, daß auch sie mit anderen schläft, es ist eine beidseitige Geschichte. Und der springende Punkt ist nicht, mit anderen schlafen zu müssen, weil man es *kann*, der Punkt ist die Freiheit, die Unabhängigkeit.«

Meinerseits hatte ich nie das geringste Problem damit, daß meine Gefährtinnen noch andere Beziehungen pflegten. Jetzt stelle ich mir jedoch die Frage, ob ich vielleicht für diese Frauen nur weniger empfunden habe als für die Sache: Ich war in sie weniger verliebt als in meine Idee, in die Durchführung des Projekts, in das Gefühl, freier zu sein als andere.

Ich beobachtete meine Schwestern mit Skepsis, froh, so

nicht leben zu müssen oder irgendwann zu sollen. Liv und Olaf, diese untrennbare Einheit, ein gegenseitiges Urteil auf lebenslänglich. Ellens ewige Suche nach dem einen richtigen Typen, der alles bieten und alles sein sollte. »Ihr wißt, daß ihr eine Wahl habt, daß ihr euch anders entscheiden könnt«, sagte ich einmal, als wir drei uns auf ein Bier trafen und die zwei ausschließlich über Olaf beziehungsweise das Fehlen eines Olafs klagten. Sie fertigten mich ab – wie sie im allgemeinen alles abfertigen, was sie nicht hören wollen, nicht akzeptieren können, indem sie es einfach weiterhin damit erklären, daß ich noch zu klein wäre, um das zu verstehen.

»Diese Art zu denken hat schon etwas extrem Verzogenes, nur ein unverhältnismäßig behüteter und abgesicherter Mensch kann sich erlauben, sich so einzurichten, so zu denken und so zu leben wie du!« schrie Ellen mich an, als zwischen ihr und Simen vor einem Jahr Schluß war und ich noch einmal versuchte, ein unerschütterliches Argument zu formulieren, um meine eigene Überzeugung wiederzugewinnen.

Wir saßen bei Mama zu Hause, wo Ellen seit der Trennung ein paar Wochen zuvor wohnte. Wir hatten viel getrunken, und Ellen war aggressiv, provozierend. »Und was ist mit dir«, fragte sie, »warum kriegst du keine Freundin?« – »Das ist nicht mein Ziel«, antwortete ich. »Mama glaubt, du bist schwul«, sagte Ellen und durchbohrte mich mit ihrem Blick. Ich mußte lachen, stellte mir das Gespräch zwischen Mama und Ellen, und bestimmt auch Liv, vor. »Ich hab euch das doch erklärt«, sagte ich, »ich möchte so frei wie möglich leben, meine eigene Entscheidungen treffen.«

Ich weiß nicht, warum Mama, Liv und Ellen das einfach nicht gelten lassen wollen, ich habe es ihnen schon tausendmal erklärt. Scheinbar reicht ihnen das nicht, sie verstehen meine Überzeugungen als so was wie eine vorgeschobene Erklärung, unter der etwas anderes liegen muß, über das ich nicht reden will. »Dann möchtest du also keine Kinder?« fragte Ellen und fing an zu weinen. »Doch, vielleicht, aber das ist doch kein Widerspruch«, antwortete ich. Das machte sie noch wütender: »Du möchtest also nicht mit der Mutter deines Kindes zusammensein?« – »Definiere mir dieses *Mit jemandem zusammensein*«, antwortete ich, »ich bin mir nämlich nicht so sicher, daß die hermetische Vater-Mutter-Kind-Konstruktion das beste Gesellschaftsmodell ist.« Erst schien Ellen daraus irgendwelche Hoffnung zu schöpfen, doch dann wurde sie wieder wütend, und wir fingen an zu streiten – wobei ich, ohne ihre Argumente wirklich zu hören, für meine Sache plädierte, begeistert von meinen Theorien und angestachelt von Ellens Widerstand, ausnahmsweise wollte sie mit mir darüber diskutieren. Wie wütend sie war, bekam ich erst mit, als sie schrie: Wie verzogen man doch sein müsse, um sich erlauben zu können, so zu leben und zu denken. Sie hatte keine Ahnung, wie sehr sie damit bei mir ins Schwarze traf, natürlich nicht, ich wußte es ja selbst nicht – ich spürte nur irgendwie immer mehr eine undefinierbare Veränderung und zunehmende Unsicherheit.

Ich war betrunken und konterte mit etwas unvorstellbar Rücksichtslosem über Simen und die biologische Selbstverständlichkeit, daß ein Mann natürlich weitersuchen werde, um seine Nachkommenschaft mit Sicherheit zu verbreiten –

besonders aber, wenn es ihm nicht gelinge, sich direkt zu reproduzieren.

Mann, habe ich das wirklich zu Ellen gesagt? Das ist furchtbar, allein bei dem Gedanken wird mir ganz anders, am liebsten möchte ich meinen Kopf gegen die Wand schlagen. Erklärbar ist das eigentlich nur durch meine fast klinische Herangehensweise an die Scheidung von Mama und Papa, wie schnell ich beschlossen hatte, sie sei ein Ausdruck für das, was ich schon die ganze Zeit gemeint habe: Die Ehe ist nicht natürlich, mit einem anderen Menschen zusammenzuleben, sich sexuell und emotional über dreißig Jahre zu ein und demselben Menschen zu verhalten, ist eher naturwidrig. Für mich war die Scheidung ausschließlich eine Bestätigung für eines: In unserer Zeit, in der die meisten nicht mehr in religiösen Überzeugungen gefangen sind und wir sowohl gesünder wie auch länger leben, lassen sich in natürlicher Konsequenz auch mehr Paare scheiden.

»Und wie erklärst du dir dann die aktuelle reaktionäre Welle von jungen Leuten, die in vollem Ornat heiraten und drei Tage durchfeiern?« fragte Mama, als wir irgendwann im Herbst nach Papas Auszug in der Küche in Tåsen miteinander diskutierten. »Pure Angst«, antwortete ich. »Sie halten entweder die Freiheit oder die Wahl nicht aus. Sie kehren zurück zu dem, was sie als sicher erlebt haben, und zerstören damit die gesamte Gleichstellung – für alle, es ist nicht nur antifeministisch, es ist für alle modernen und emanzipierten Menschen ein Rückschritt. Ich bin der festen Überzeugung, daß Frauen – und Männer –, die sich alten Geschlechterbildern und Mustern zuwenden, die dem haarsträubenden Trend folgen, der

Beschreibung einer Familie in einem Heimatkundebuch aus den Fünfzigern gleichen zu wollen, und dazu mit Muffins und Schürze für Fotos posieren, daß die nämlich auf die gesamte Emanzipation spucken. *Das* nenne ich verzogen – die Freiheit, für die andere gekämpft haben, abwählen zu können.« – »Ach Håkon, welcher Mensch ist schon frei«, sagte Mama, seufzte tief und stellte unsere Teetassen in die Geschirrspülmaschine.

Ich erinnere mich, wie leidenschaftlich ich das gesamte Jahr über dafür argumentierte, daß Trennung, Scheidung, offene Beziehungen ganz natürlich seien – ein Teil der gesellschaftlichen Entwicklung –, ich lief die ganze Zeit mit einem Ich-habe-es-doch-gesagt-Blick herum, als wäre die Scheidung von Mama und Papa ein Zeichen für die gesamte restliche Welt.

Mir ist es wohl zum ersten Mal in meinem Leben gelungen, meine Gefühle aktiv zu verdrängen.

»Håkon ist ohne Filter geboren«, hat Mama oft gesagt, als ich klein war, mit einem Lächeln, als wäre das ein Kompliment. Das war wohl eine selbsterfüllende Prophezeiung für uns beide – sogar völlig normale Reaktionen wurden zur Bestätigung meiner Sensibilität. Wahrscheinlich würde sich niemand groß dafür interessieren, wäre ich ein Mädchen, sagte ich einmal zu einer Freundin, die ebenfalls völlig fasziniert anmerkte, wie *sensibel* ich doch sei. Und mit sensibel meinten sie, Mama, meine Lehrer und Trainer, daß mich schneller etwas berührte als andere, alles drang leichter in mich, ich weinte über Alte und Behinderte und Tiere und Insekten. »Außerordentlich empathisch«, stand in meinem Beurteilungsbuch aus der Grundschule. Klingt positiv, und es hat lange gedauert, bis ich verstanden habe, wieviel Überheblichkeit in meinem ständigen Mitleid mit allen lag. Und mittlerweile kann man es auch nicht mehr als Charakterzug oder als einen *Teil* meiner Persönlichkeit bezeichnen, nachdem die natürliche Empfindsamkeit für Stimmungen, Gefühle und andere Menschen zu so was wie einer Quasidiagnose geworden ist, mit der sich jeder schmücken will: Ich bin ziemlich sensitiv.

Darin ist etwas Feminines und Mystisches, und da ich darüber hinaus Mamas lange Wimpern und volle Lippen geerbt habe, habe ich über weite Strecken meiner Kindheit und Jugend versucht, diese Empfindsamkeit zu unterdrücken. Bestimmt habe ich mehr als alle Jungs in meiner Klasse auf harten Kerl gemacht, ohne daß denen klar wurde, wie stark ich gegen meine natürlichen Instinkte kämpfte. Diese fanden über die Jahre hinweg ab und an auch unfreiwillig einen politischen Ausdruck – ich lebte vor fünfzehn Jahren so, wie die bloggenden Tierschutzaktivisten von heute leben wollen: Ich konnte kein Fleisch essen, wurde beim Gedanken an die armen Tiere Veganer, trug keine Buffalo-Lederschuhe oder Canada-Goose-Jacke. Mit einem Unterschied: Damals war das peinlich, also log ich, der Pelz an meiner Jacke *sei* echt, ließ Käse und Schinken des obligatorischen Kantinenpausenbrots heimlich in der Serviette verschwinden und so weiter.

Ich empfinde viel, und meine Gefühle sind intensiv, habe ich mir in erwachsenem Alter gesagt. Das muß nicht gleich negativ sein, man denke nur an all die rauschhafte Freude, die ich erlebe und die ausgeglicheneren, harmonischeren Menschen entgeht, die Begeisterung, die kurzen, heftigen Momente reiner Glücksexplosion, die winzigen Verbindungen in allem Menschlichen, das tiefere Verständnis, die abertausende Signale, die ich ohne nachzudenken empfange – »näher als dir bin ich einem Hellseher nicht gekommen«, hat Anna erst vor ein paar Tagen gesagt –, und das ist eine Gabe, sage ich mir in dem Versuch, mein beschämtes Ich zu überzeugen, das sowohl sich als auch seine Schwestern dafür haßt, seine Persönlichkeit so feminin und gefühlsbetont gemacht zu haben. Trotzdem, Veränderungen so leicht wahrzunehmen, ihnen so heftig ausgesetzt zu sein ist der reinste Fluch. Ich nehme zum Beispiel bei jedem Medikament jede winzigste Nebenwirkung wahr, ein Abend in der Stadt macht mich vor Angst für vier Tage zu zitterndem Espenlaub – und nicht zuletzt bin ich mit einer extremen Intoleranz gegenüber menschlichen Geräuschen geschlagen.

»Schau mal, das hat einen Namen«, schrieb mir Liv vor ein paar Jahren auf Facebook und verlinkte eine Seite über Misophonie. »Je näher die Relation, desto stärker die Reaktion«, schrieb sie mit einem Herzaugen-Smiley dahinter. Liv nahm Bezug auf mein fast phobisches Verhalten gegen Menschengeräusche, wie Ellen es ganz präzise bezeichnet hatte – »Håkon erträgt keine Menschengeräusche«, erklärte sie in Teenagerzeiten ihrem Freund beim Abendessen. Und es stimmt, Körpergeräusche wie Schmatzen, Atmen oder Schniefen können mich dermaßen ärgern und aufbringen, daß ich sonst nichts mehr wahrnehme. Insbesondere Körpergeräusche von jemandem aus der Familie oder jemandem, der mir sonst nahesteht. Als ich kleiner war, kam es durchaus vor, daß ich beim Abendessen einen explosiven Wutausbruch bekam, wenn jemand die unvermeidlichen Geräusche machte, die entstehen, wenn

Speisen auf Zähne, Spucke und Zunge treffen. Das feuchtschmatzende Geräusch in der Tiefe von Livs Mund war am schlimmsten, und mir graute jedesmal davor, wenn sie zum Abendessen nach Hause kommen sollte. Es war absolut unerträglich, am liebsten wollte ich sie schlagen, ihr die Haare ausreißen, und auch wenn mein Platz am Tisch weit von ihr entfernt war, endeten die Mahlzeiten oft damit, daß ich sie anbrüllte. »Du bist nicht allein auf der Welt, weißt du«, sagte Mama häufig nach solchen Abendessen, »du mußt lernen, andere zu ertragen. Was, wenn du erst eine Freundin hast?«

Die meisten meiner Freundinnen mußten sich eher darin üben, mich zu ertragen – indem sie entweder Rücksicht nahmen und geräuschloser essen lernten, oder indem sie akzeptierten, daß wir nicht zusammen aßen. Im erwachsenen Alter habe ich gelernt, die Wut zu kontrollieren, auch wenn das zutiefst unangenehm ist, und ich verrate meinen Widerwillen erst, wenn es nicht mehr anders geht, da es ja nun mal ziemlich auffällig sei, daß ich fremde Körper nicht ertrage, wie eine wütende Exfreundin einmal gesagt hat.

Trotz des leicht unausgeglichenen Apparats von einem Gehirn, trotz der Tatsache, daß mich alle Geräusche, Abnormitäten, Todesfälle, Kriege und Naturkatastrophen oder anderer Leute Beziehungsenden, Auseinandersetzungen mit Eltern und sonstige kleinere Krisen direkt ins Herz treffen, habe ich sehr schnell ausschließlich rational reagiert, als Mama und Papa bekanntgaben, sie würden sich scheiden lassen.

Die Morgensonne scheint durchs Fenster auf Annas rechten Arm und ihre Schulter. »Ich bin ein hundertprozentiger

B-Mensch«, hat sie gesagt, als sie zum ersten Mal bei mir über Nacht geblieben war und ich am nächsten Morgen geglaubt hatte, sie wäre tot, als sie vor elf Uhr durch nichts wachzukriegen war. Auch jetzt ist sie wieder eingeschlafen, die Arme weit ausgebreitet, wie ein kleines Kind, das ist ihre typische Schlafhaltung, als wäre sie vom Schlaf übermannt worden und mitten in einem Satz oder auf dem Weg irgendwohin umgefallen.

Ich sehe auf den digitalen Wecker auf dem Nachttisch, es ist Viertel nach neun, Sonntag, der 15. April 2018. Papa hat uns dieses Jahr zum Feiern seines Geburtstags in seine neue Wohnung eingeladen, die er nur einen Immobilienmaklersteinwurf von Liv und Olaf entfernt in Sagene gekauft hat, »näher an meinen Enkeln«, hat er gesagt. Und rund einen Kilometer weg von der Wohnung, die Mama in Tåsen hat. Ich betrachte wieder Anna, ihre Locken, die braune Haut, sie liegt auf dem Rücken, der Mund ist geöffnet; daß man so wirklich schlafen kann, so offen und schutzlos! Ich kann nur schlafen, wenn ich auf dem Bauch liege und meinen rechten Arm unter die Brust geschoben habe, und ich wache bei der kleinsten Bewegung oder dem leisesten Geräusch auf. Anna kann egal wann, egal wo in tiefen Schlaf fallen.

Sie wird Ellen mögen, denke ich. Und Liv, wenn sie losläßt, sie werden sich mögen. Ich nehme mein Handy, um Liv eine Nachricht zu schicken, mich zu versichern, daß sie verstehen, wie wichtig mir ist, daß Anna mitkommt, daß sie sich wohlfühlen muß, aber weiß nicht, was ich schreiben soll, damit es nicht zu demonstrativ klingt. Sie werden mich und meine Verzweiflung durchschauen. »Freue mich auf Schwesterlein und Schwesterlein«, schreibe ich in einer gemeinsamen Nachricht an Ellen und Liv, damit habe ich jedenfalls eine gute Grundlage gelegt. Als ich klein war, bezeichnete ich sie immer als Schwesterlein und Schwesterlein, als eine Einheit, und es ist eine Art gemeinsamer Kosename für mich wie auch für Mama und Papa geworden. »Hast du Schwesterlein und Schwesterlein gesehen?« sagt Papa oft.

Als ich sieben war, war Liv siebzehn und Ellen fünfzehn, und ihre Leben waren geheimnisvoll: ihre Streitereien mit Mama und Papa, das Türknallen, Kaugummi, und aus ihren Zimmern drang der permanente Geruch von Parfum und Nagellack, Madonna und kurzes, codiertes Geklopfe an der Wand, für mich alles völlig unerreichbar und undurchdringlich. Ein feierliches Gefühl durchströmte mich, wenn ich eines der Zimmer betreten und auf dem Bett sitzen durfte, um Liv beim Hausaufgabenmachen zuzusehen, oder wenn ich Ellen erlaubte, an mir mit Mascara oder knalligem Lippenstift zu üben. »Ich muß wissen, wie das *in echt* riecht«, sagte sie und sprühte mir links und rechts auf den Hals gelbes Parfum. »Okay, geh raus und komm wieder rein«, befahl sie, schubste mich auf den Flur und schloß die Tür.

Bis heute sind sie oder ihre Verbindung quasi unerreichbar. Von Mitte Zwanzig an bis zur Scheidung von Mama und Papa schien sich unser Verhältnis Schritt für Schritt anzugleichen, ich wurde gleichwertiger und ein selbstverständlicherer Teil der Gemeinschaft; wir waren drei erwachsene Menschen, die miteinander zu tun hatten. Nach der Scheidung wurde deutlicher, daß Ellen und Liv ein besonderes Band verbindet, das mich nicht mit einschloß, es gab die beiden plus mich.

Das wurde mir bereits an dem Abend in Italien klar, als ich

sie nach dem Abendessen und Mamas und Papas Erklärung in der Küche fand. Ellen hatte das Gesicht in den Händen vergraben, und Liv tröstete sie, ihr Arm lag um Ellens Schulter, und sie strich ihr über die Haare, redete sanft auf sie ein. Ich blieb in der Tür stehen und betrachtete die beiden, wie nah sie einander waren, während ich mich distanziert, fast fremd fühlte. »Håkon«, sagte Liv einladend, als sie mich entdeckte, »komm her.« Sie lächelte schief und winkte mit dem Arm, der nicht um Ellen lag. Ich lachte. »Nein, paßt schon«, sagte ich und ging ins Bett.

Während Liv und Ellen nach unserer Rückkehr aus Italien demonstrativ Abstand hielten, wie eine gemeinsame Front, besuchte ich Mama und Papa regelmäßig. Am Tag von Papas Auszug half ich ihm, seinen Kram ins Auto zu tragen, meinem Gefühl nach säuberte er das ganze Haus von Inventar. Er selbst irrte in den Stockwerken herum, schien nicht sicher zu sein, wie er sich von dem Haus und auch von Mama verabschieden sollte. Sie ihrerseits saß schweigend an ihrem Schreibtisch im Wohnzimmer, mit dem Rücken zu mir und Papa, die hinter ihr hin und her liefen. Nur die hektische an ihrem Nacken aufgeflackerte Röte verriet sie. Alles, was bis dahin einfach und okay gewesen war, ihre Vorstellung, Planung und vollkommene Einigkeit über die Trennung, verschwand in einem konfusen Abschied.

»Freuen uns auch auf dich, gespannt auf deine neue ›Freundin‹«, antwortet Liv in beider Namen auf meine Nachricht, ich lächle und kuschle mich vorsichtig wieder an Anna, mir wird ganz warm von der Sonne am Rücken und Anna an meinem Bauch.

Papas Wohnung ist groß und hell. Er hat sein Wohnzimmer exakt so eingerichtet wie zu Hause in Tåsen, ein Stuhl in der Ecke, der Sekretär an der Wand, das Bücherregal an der Wand gegenüber. Alle Sachen, die er geholt hat, als sie das Haus verkauften, sind im selben Verhältnis zueinander plaziert.

Anna legt mir die Hand auf den Rücken, als wir ins Wohnzimmer gehen, das hilft mir, den Schmerz über den Anblick der bekannten Möbel in neuer Umgebung zu unterdrücken. Liv steht in der Küche und kocht, kommt ins Wohnzimmer, als sie unsere Stimmen hört, taxiert Anna kurz mit einem Blick, wie nur Liv es kann, lächelt dann, begrüßt und umarmt uns. Ich bin unverhältnismäßig nervös, das irritiert und stört mich, ich nehme mich zusammen, löse mich von Annas Hand und lasse die beiden Frauen allein. Gehe zu Olaf, er sitzt mit einer Zeitung in Papas braunem Lehnstuhl, der ohne Mamas korrespondierenden Stuhl rechts von dem kleinen Tischchen einfach nackt wirkt. Olaf steht auf und umarmt mich.

»Lange her«, sagt er. »Aber dafür gibt es eine Erklärung, wie ich sehe«, fährt er fort und nickt Richtung Anna.

»Nein, nein, das ist nur eine Freundin«, korrigiere ich. »Nichts Ernstes.«

»Verstehe«, sagt Olaf und lacht.

In der Familie war Olaf der einzige, der sich aufrichtig für eine Auseinandersetzung mit meinen Theorien interessierte, er hörte fasziniert und zugleich skeptisch zu, nahm sie ernst, tat sie nicht als Entschuldigungen oder Spiegelfechterei ab. »Aber es ist fast ein bißchen so wie Livs Ansicht über Mülltrennung«, meinte er, »es hilft ja nichts, daß sich eine einzige Person hie und da ein wenig einsetzt, wenn das Ziel sein soll, die Welt zu verändern.« – »Ich habe nicht das Ziel, die Welt zu verändern, Olaf, mein Ziel ist es, selbständig zu denken, mir nicht von jemand anderem erzählen zu lassen, wie ich leben soll.« Im Gegensatz zu Liv, Ellen und den meisten anderen in ähnlichen Diskussionen verstand er das nicht als indirekte Kritik an ihm. Und ich konnte seine Einwände ebenfalls nicht als Neid abtun, denn das letzte auf der Welt, das sich Olaf wünschen würde, wäre eine offene Beziehung, für ihn dreht sich alles um Stabilität und Sicherheit, und er ist Liv gegenüber grenzenlos loyal.

Im Herbst nach der Scheidung von Mama und Papa kam Olaf öfters auf dem Weg zur Arbeit, zum Sport oder nach Hause bei mir vorbei, obwohl ich weder in der Nähe seines Büros noch seines Fitnesscenters wohne. Anfangs scheinbar ohne Grund, nur um Hallo zu sagen, wie er behauptete, oder mit der Ausrede, daß er sich ein Buch leihen wolle oder daß er meine Hilfe mit einem Computerprogramm brauche, das er früher einmal beherrscht hat. »Aber Olaf«, sagte ich, als er das dritte Mal unangemeldet auftauchte und unruhig auf der Kante meiner Küchenarbeitsplatte saß, »was ist eigentlich los?« – »Nichts ist los«, antwortete er und fing an zu weinen, lachte durch die Tränen hindurch über sich selbst, konnte aber nicht aufhören. »Ja, das sieht man«, sagte ich und lächelte, hatte wie üblich keine Ahnung, wie ich Trost spenden sollte, und war trotzdem von Mitgefühl überwältigt.

Empathisch zu sein ist eine unbrauchbare Eigenschaft, wenn man sich zugleich unfähig fühlt, gute Ratschläge zu geben, oder wenn die Unsicherheit darüber, was jetzt richtig wäre, die natürliche Entfaltung hemmt wie in dieser Situation mit Olaf – wo mein natürlicher Impuls war, ihm physisch Trost zu spenden, ihm den Arm um die Schultern zu legen oder ihn zu umarmen. Ich bin in einer Familie aufgewachsen, in der man sich viel umarmt, wir umarmen uns, wenn wir froh sind, wenn wir traurig sind, wenn wir jemandem gratulieren oder jemanden trösten wollen, wenn wir uns verabschieden, und oft auch, wenn wir uns begrüßen, und auf jeden Fall, wenn wir uns entschuldigen. In der Grundschule umarmte ich auch jeden, der Trost brauchte, wenn sich jemand beim Hinfallen aufgeschürft hatte oder geneckt worden war, oder wenn ich mich nach einem Streit mit einem Freund versöhnte. Gerade rechtzeitig zum Schulwechsel in eine neue Klasse mit neuen Freunden kapierte ich, daß für die anderen diese Umarmungen zu jeder Gelegenheit nicht natürlich waren. Ich erinnere mich an eine Pause, in der ein neuer Kumpel das Gesicht in den Händen vergrub, er hatte eine Klassenarbeit vergeigt, ich wollte tröstend meinen Arm um ihn legen. Bis heute spüre ich die tiefe, brennende Scham, als er mich wegschubste. »Mann, was machst du da?« schnauzte er und schüttelte mich ab.

»Eigentlich ist gar nichts«, sagte Olaf auf meiner Küchenanrichte, heulte, atmete aus und ein und wieder aus. »Oder nichts, wovon ich weiß, aber ich glaube, Liv wird mich verlassen«, schluchzte er und sah dabei so verzweifelt aus, daß ich auch fast losheulte. »Nein, Olaf, das tut sie sicher nicht, ihr seid grundsolide«, beruhigte ich ihn und hatte irgendwie ein ambivalentes Gefühl dabei, daß ich nun ein Gespräch eingehen mußte, in dem meine Aufgabe die Verteidigung der monogamen Form des Zusammenlebens war, ja, dazu sogar zu ermutigen. »Du kannst nicht so extrem sein«, hatte Papa vor langem gesagt, »es ist völlig in Ordnung, daß du selbst von deinen Prinzipien überzeugt bist, aber du kannst keinen anderen für seine Entscheidung oder Prioritäten verurteilen.«

»Wir sind nicht solide«, sagte Olaf in meiner Küche, »nicht mehr, wir haben uns verändert. Ich dringe nicht mehr zu ihr durch, ehrlich gesagt ist sie vermutlich depressiv, aber was mir weit mehr angst macht, ist diese riesige Aversion gegen mich, als wäre alles meine Schuld«, sprach Olaf weiter. »Was ist deine Schuld?« fragte ich. »Du weißt doch, daß sie wegen euren Eltern total am Boden zerstört ist?« antwortete Olaf. Das wußte ich nicht, hatte nur eine vage Ahnung von Livs Reaktion, seit ich sie zufällig auf der Straße am Carl Berner plass getroffen und nicht gewußt hatte, wie ich mit der Verzweiflung in ihrem Blick umgehen sollte. War zu ihr wie auch zu Ellen auf Distanz gegangen, wodurch ich sowohl der Erinnerung an die Familienverhältnisse entkam als auch verhinderte, daß meine eigene Haltung zur Trennung von Mama und Papa auf die Probe gestellt wurde.

Olaf kam den Herbst über weiter in regelmäßigen Abständen vorbei, um zu reden. »Es wird nicht besser, und ich fange an, völlig irrational zu werden. Ich mache total idiotische Sachen«, erzählte er eines Abends Anfang Dezember. Da hatte ich ein paar Tage zuvor Liv und Ellen seit langem zum ersten Mal getroffen, und Olafs Beschreibungen der neuen Liv hatten eine praktische Demonstration erfahren. Sie zitterte vor Wut, Angst und Verzweiflung. Ich konnte nichts sagen, war völlig überrumpelt, sie so aufgelöst zu sehen. »Wir sind doch

Geschwister«, sagte sie. »Wir müssen zusammenbleiben.« – »Aber Liv, keiner von uns will irgendwohin«, hatte ich gesagt. »Wir sind doch hier, das hat mit uns nichts zu tun.« – »Das hat alles mit uns zu tun, wenn ihr alles mir überlaßt, wenn ihr mich so im Stich laßt«, hatte sie gewettert. Ich verstand nicht, was sie meinte, was wir ihr überließen, sie hatte sich doch herausgezogen, und in Wirklichkeit war ich derjenige, dem es überlassen worden war, fast täglich mit Mama und Papa Kontakt zu haben, ich war der, der redete und zuhörte.

Als Ellen ihr erzählte, daß Mama einen neuen Freund hat, war sie aufgestanden, um zu gehen, eine Fortsetzung des Gesprächs war jetzt unmöglich geworden. Liv hatte gewirkt, als wäre jemand gestorben. Sie hatte sich verabschiedet, war schon fast aus dem Café gewesen, doch dann noch mal zurückgekommen. Hatte die Rückenlehne des Stuhls umklammert, auf dem sie gerade noch gesessen hatte. Mich angestarrt. »Es ist einfach so falsch«, hatte Liv laut gesagt, mit starrem Blick. »Verstehst du das nicht?« – »Nein, ich verstehe nicht ganz«, hatte ich geantwortet und wirklich nichts verstanden. »Ja, das ist auch kein großes Wunder, du hattest ja auch noch nie eine richtige Beziehung, keiner von euch. Ihr wißt den Wert des Zusammenhaltens nicht zu schätzen, daß man nicht aufgibt, wenn man sich ein *Versprechen* gegeben hat«, hatte Liv losgelegt, »was ist der Witz daran, zu heiraten, sich zu verpflichten, wenn man dieses Versprechen sowieso einfach brechen kann?« Ich hatte mir auf die Lippen gebissen, damit ich nicht dem beipflichtete, was ihrerseits offensichtlich eine rhetorische Frage war. Ich hatte nicht geantwortet. »Ja, siehst du, in ihrer Heuchelei haben sie uns beigebracht, daß es ein Wert sei auszuhalten, haben wir das nicht immer zu hören gekriegt? Hä?« hatte sie lautstark mit ihrem Monolog weitergemacht, ohne auf eine Antwort von Ellen oder mir zu warten. »Wir hören nicht auf, ohne es zu Ende zu bringen, wie viele Male habt ihr nicht Varianten dieses Ausspruchs von sowohl Mama als auch Papa gehört? Aber selbst geben sie einfach auf, auf der Zielgeraden – schmeißen alles über Bord, wofür sie gestanden haben, was sie gepredigt und hervorgebracht haben. Doch, das ist falsch, und es ist ein Verrat an uns, die wir sie ernst genommen haben, die zugehört und tatsächlich versucht haben, nach den Werten, die sie uns ständig einbleuten, zu leben.« Bei diesen Worten waren ihr Tränen in die Augen geschossen, ihre Stimme war gebrochen, sie hatte sich mit dem Jackenärmel über die Nase gewischt, leicht den Kopf in unsere Richtung geschüttelt und war dann verschwunden. Wir waren stumm zurückgeblieben, ich glaube, wir hatten beide Liv noch nie so gesehen. »Wir sollten ihr nachgehen«, hatte Ellen schließlich gesagt, aber wir blieben sitzen.

Mein nächstes Treffen mit Liv war ein paar Tage später bei einem Sonntagsessen bei ihr. Ich hatte eine Entschuldigung vorbereitet. Ich wollte sagen, daß ich sie verstünde, was ich tatsächlich tat, trotz meines eigenen unverrückbaren Standpunkts bezüglich der Scheidung. Sie hätte völlig recht, daß Mama und Papa uns den Wert davon gepredigt hatten, etwas zu Ende zu bringen, das Rennen durchzuhalten, Rückgrat zu zeigen. Man muß zu dem stehen, was man gesagt hat, war Papas lebenslanges Mantra.

Aber die Entscheidung von Mama und Papa, ihre eigenen Regeln zu brechen, muß unsere Basis und unser Verhältnis nicht beeinflussen, wollte ich zu ihr sagen. Du hast ja trotz allem uns, wir halten zusammen, unser Verhältnis ist stark und echt – unabhängig von den Umständen. Auch wenn ich eine fast überwältigende Sympathie für Liv empfand – nach dem Treffen in Tøyen hatte ich mehrere Tage Bauchschmerzen gehabt –, war ein Teil von mir auch froh, ihr gegenüber eine solche Rolle einnehmen zu können. Trost und Geborgenheit zu geben. Immer war es Liv gewesen, die, noch bevor jemand anders auch nur hatte denken oder reagieren können, in einer unangenehmen oder chaotischen Situation die Kontrolle übernahm. Sie hat Ellen und mich unser Leben lang getröstet und für uns Dinge in Ordnung gebracht, ich habe keinen Überblick, wie viele Male; zum Beispiel war sie zum größten Jungen aus meiner Klasse gefahren, um meine Pog-Plättchen zurückzufordern, die er mir abgeluchst hatte, oder sie hatte sich als menschlicher Schutzschild zwischen Ellen und eine Mädchenclique geworfen, mit der Ellen in der Schule im Clinch lag – obwohl Liv eigentlich ängstlicher und vorsichtiger als Ellen ist. Um uns, die Familie, zu beschützen, war sie furchtlos und machte keine Kompromisse. Wenn sie im Erwachsenenalter jemanden als Beistand brauchte, hat sie sich immer an Ellen gewandt. Ich war froh um die Möglichkeit, etwas zurückzugeben, Sicherheit und Beistand bieten zu können, wie eine Art großer Bruder.

Aber ich bekam nie die Gelegenheit, meine ganzen vorbereiteten Gedanken auszusprechen, denn an diesem Sonntag war die Stimmung bei Liv komplett anders. Als hätte es das Gespräch, die Konfrontation, ihre Verzweiflung nie gegeben. Natürlich überkompensierte sie, aber es wurde gleichwohl unmöglich, an etwas anzuknüpfen, dessen Existenz Liv offenbar verdrängte.

»Was für idiotische Sachen?« fragte ich Olaf, als er mir eine Woche nach diesem Sonntagsessen von seinem angeblich irrationalen Benehmen erzählte. Ich war plötzlich auf der Hut, ballte die Fäuste in den Taschen meiner Jogginghose, instinktiv parat, Liv mit primitivsten Mitteln zu beschützen. »Ich kann darüber nicht reden, es ist zu peinlich«, wich er aus. »Doch, jetzt mußt du«, forderte ich und versuchte ein Lächeln. Olaf blieb still. »Glaub ja nicht, es wäre für mich okay, wenn du Liv im Stich läßt«, sagte ich, als er schwieg. »Und wenn du glaubst, daß ich Untreue unterstütze, hast du etwas mißverstanden, ganz im Gegenteil, wenn man so dumm war, die Verpflichtung einer Ehe einzugehen, muß man diese entweder einhalten oder einen sauberen Schlußstrich ziehen«, fuhr ich fort, stand unwillkürlich auf, bereit zum Kampf.

»Komm schon, jetzt mußt du dich erklären«, sagte ich. »Es ist nicht ganz so, wie du denkst«, druckste Olaf herum, »ich war nicht untreu.« – »Aha?« entgegnete ich. »Ich war so darüber verzweifelt, daß sie mich als gegeben betrachtet, daß sie nichts mehr von dem, was wir waren und hatten, wertschätzt, du hast keine Ahnung, was es bedeutet, wenn man so unsichtbar gemacht und heftig verachtet wird – sie hat mich nur noch gesehen, wenn sie mir für etwas die Schuld geben konnte«, sagte Olaf zögernd. »Ja, das hab ich schon einmal gehört, aber was hast du *getan*?« fragte ich nach. »Ich habe sie angelogen, ich habe behauptet, daß ich mich in eine andere Frau verliebt habe«, gestand Olaf schließlich, und ich habe noch nie jemanden gesehen, dem etwas körperlich so peinlich war wie Olaf diese Worte auf meinem Sofa, er schrumpfte um mehrere Kleidergrößen, rang die Hände, war rot und schwitzte.

Als ich kapierte, was er meinte, mußte ich loslachen; was für eine absurde Problemstellung, kaum ernst zu nehmen, aber zugleich verständlich, und Olaf hatte ein ehrlich schlechtes Gewissen. »Ich werde ihr natürlich erzählen, daß das Quatsch ist, aber es hat funktioniert, sie ist irgendwie wieder achtsamer. Und auch wenn ich ein schlechtes Gewissen habe, weil ich sie zum Narren halte, ist es eigentlich ganz angenehm, daß sie sich zusammenreißt und versteht, wie ernst es ist.« – »Ach Olaf, mein Lieber, alles wird gut«, beruhigte ich ihn. »Vielleicht muß man sich ja auch nicht immer alles erzählen.«

Nach diesem Gespräch kam Olaf nicht mehr so häufig, erst dachte ich, es wäre ihm peinlich, dann kapierte ich, daß Liv und er sich wieder annäherten, wie er bei einem seiner letzten Besuche beschrieb. »Es ist nicht so wie früher«, erzählte er, »aber das ist vielleicht auch ganz gut, es ist irgendwie ehrlicher.« Ich nickte, schwankte zwischen dem Gefühl, benutzt worden zu sein, und der Freude für die beiden – und der Einsicht, daß ich nichts von dem, was er gesagt hatte, nachvollziehen konnte.

»Bist das du?« fragt Anna, betrachtet ein großes Kinderfoto in Papas Bücherregal, auf dem ich an einem portugiesischen Strand nackt zwischen Liv und Ellen stehe und deren Hände halte.

»Ja, und Papa zufolge bin das *sehr* ich«, antworte ich.

Papa zufolge enthüllt der verzerrte Gesichtsausdruck auf dem Bild meine gesamte Persönlichkeit, lächelnd, blinzelnd, skeptisch und offen.

»Was für ein süßes Kind«, sagt Anna zu Papa, der hinter ihr steht und das Kompliment mit einem Lächeln quittiert.

Sie investiert in mich, führt sich wie meine Freundin auf, ein Mensch, der die Zukunft im Blick hat, überlege ich und bin fassungslos über meine Gedanken, die erneut in die neue, widerstrebende Bahn driften. Anna streicht mit der Hand über mein Foto-Ich, über die nackte Brust und die kleine Narbe.

»Du weißt, daß Håkon mit einem Loch im Herzen geboren wurde?« fragt Papa.

»Nein, echt jetzt, Papa!« sage ich und schäme mich. In erster Linie deshalb, weil ich Anna tatsächlich von meinem Herzfehler und der Operation erzählt habe und dabei in so was wie dem Versuch, ihr zu imponieren, oder wenigstens Interesse oder Sympathie bei ihr zu wecken, die Dramatik etwas übertrieb.

»Ja, hat er erzählt«, sagt Anna. »Unglaubliche Geschichte.«

Olaf wirft mir einen Blick zu, aber bevor jemand etwas sagen kann, klingelt es an der Haustür.

»Bei dir ist immer alles Biologie, und dann kannst du das hier nicht ertragen«, sagte Anna vor ein paar Monaten in meiner Küche. Sie ließ eine halbe Paprika vor meinem Gesicht baumeln, die ich mit einem kleinen Schreckensschrei impulsiv von mir geschleudert hatte, als ich an der Innenseite etwas entdeckte, das Anna »Baby« nannte. »Das ist doch nur ein Paprikababy«, sagte sie. »*Das* ist nicht Biologie, das ist eine biologische *Abartigkeit*«, antwortete ich. Konnte nicht einmal lachen, mußte mich wegdrehen, als Anna den halbfertigen roten Klumpen herauslöste und aß. »Okay, Adolf, laß mich, bevor wir weitermachen, nur schnell das restliche Gemüse auf biologische Abartigkeiten prüfen und sie loswerden«, scherzte sie.

Ich hatte sie zum ersten Mal zu mir eingeladen, das war im Januar – am Tag nachdem Ellen uns Paul vorgestellt hatte und ihr Enthusiasmus irgendwie auf mich übergesprungen war. So nervös, wie ich war, blühte jedes meiner Neuröschen doppelt stark. Damals war es für mich noch kein Problem, daß meine Haut vibrierte, daß meine Hände schweißnaß wurden, daß sich mein Puls beschleunigte, wenn ich sie traf, all das fiel damals noch unter Interesse und Begehren, ganz wie bei früheren Geschichten. Es gab keinen Unterschied außer Anna selbst, ich hatte sämtliche Mechanismen und Gedanken schon mal erlebt. »Ich verliebe mich ja wie jeder andere Mensch«, hatte ich Karsten auf die Frage geantwortet, ob ich es nicht vermißte, richtig in jemanden verliebt zu sein. »Nein, das glaube ich nicht«, hatte er entgegnet, »Verliebtheit und der Drang, den anderen zu besitzen, sind untrennbar, dem entkommt man nicht.« – »Du irrst dich, ich habe nicht das Bedürfnis, diejenige zu besitzen, in die ich verliebt bin, ich möchte lieber, daß sie frei ist«, war meine Antwort gewesen. Und das war mein voller Ernst, ich kannte aus früheren Beziehungen nur kurze Anflüge von Eifersucht, nichts, was sich nicht hätte rationalisieren lassen. Nichts Vergleichbares mit der schwarzen Hölle, die mich jetzt eingeholt und Körper und Gedanken übernommen hatte.

Ich habe Anna bei einer öffentlichen Veranstaltung kennengelernt. Ich versuche das romantische Gefühl von Vorbestimmung zu unterdrücken, daß ich ihr im gleichen Rahmen begegnet bin wie meine Eltern damals. Es war bei einer Podiumsdiskussion über Autorinnen und männliche Leser, zu der ich Mama ziemlich widerwillig begleitete – sie kann nicht allein zu Veranstaltungen gehen, ein irrationales Handicap, das ihr selbst bewußt ist, das sich aber nach der Scheidung und der Trennung von Morten ironischerweise verschlimmert hat.

»Man kann doch nicht darüber diskutieren, daß männliche Leser von Männern geschriebene Bücher bevorzugen«, hatte ich gesagt. »Wie soll man individuelle Präferenzen von Menschen diskutieren?« – »Aber genau darum geht es, ich glaube nicht, daß es um Präferenzen geht, es geht darum, daß Männer unbewußt von Frauen geschriebene Bücher als Literatur *für* Frauen betrachten, während von Männern geschriebene Bücher Literatur sind und aus. Und von Männern geschriebene Geschichten mit Männern in der Hauptrolle erzielen allgemeines Interesse, während Geschichten von Frauen über Frauen nur für andere Frauen interessant sind, denn sie drehen sich nur um Frauenthemen wie Gefühle und Kinder und können unmöglich zugleich übergeordnete Themen behandeln – wie bei männlichen Schriftstellern, die über ihren Vater schreiben, aber *eigentlich* über etwas Allgemeines«, hatte Mama fast ohne Atem zu holen gesagt und mit den Augen gerollt. »Pff, das ist eine uralte Problematik, wir werden sehen. Aus irgendeinem Grund hinkt die Literaturwelt in der Gleichstellungsloipe ganz schön hinterher«, hatte sie festgestellt. »Vielleicht, weil es dabei um Kunst und freie Wahl geht und sich das nicht steuern läßt?« war mein Einwand. »Nein, es geht um alte Vorurteile«, hatte Mama geantwortet und hinzugefügt: »Und vor allem um alte Knacker.«

Mama und Anna sind sich zuerst begegnet. Anna war von der ganzen Diskussion ziemlich gefesselt, sie war mir aufgefallen, weil sie sich in der Reihe vor mir vor lauter Unmut auf ihrem Stuhl gewunden und den Kopf so übertrieben geschüttelt hatte, daß ihr Nebenmann mehrmals von ihren Locken getroffen wurde, und weil sie bei blöden Argumenten laut aufstöhnte. Ich war im Grunde mit ihrem körperlichen Protest einig, fast froh, wenn sie an den richtigen Stellen seufzte und sich gebärdete und somit jemand meine Meinungen äußerte. Trotzdem dachte ich: Also das ist bestimmt eine Schwätzerin, und wenn ich etwas nicht ertrage, dann Schwätzer. Die nur reden, um sich selbst reden zu hören, die sich nicht von der Rednerliste streichen lassen, obwohl sie wissen, daß ihr Argument in vorherigen Beiträgen bereits vorgebracht worden ist, oder die es am Ende einer Versammlung oder einer Vorlesung nicht lassen können, wenn alle anderen schon zusammengepackt haben und auf der Stuhlkante sitzen, um abhauen zu können, sich für eine nichtssagende Frage zu melden, obwohl man bereits fünf Minuten über der veranschlagten Zeit ist. Aber Anna hatte keine nichtssagende Frage, sie brachte gegen Ende innerhalb ihres Redelimits einen pointierten Beitrag über die Verlage, die Medien und die Rolle der Literaturkritik, wer den Raum für Meinungen und Prognosen kriegt, wer ernst genommen wird – und schloß mit einem so präzisen Hieb gegen den momentan diskutierten »Kulturmann«, daß mindestens fünf Kurzhaarköpfe in der ersten Reihe einfroren.

Mama hatte nach der Veranstaltung vor Begeisterung ganz

feuchte Augen, sie bahnte sich einen Weg durch die träge Menschentraube, um Anna zu erwischen, bevor sie verschwand. Als ich Mama wiederfand, stand sie mit Anna auf der Treppe und rauchte – was um alles in der Welt?! Es wirkte affektiert, aber ich finde es immer affektiert, wenn ich meine Eltern bei etwas beobachte, das mich in eine geheime Erwachsenenwelt einläßt; indem sie andere und vormals verborgene Seiten von sich zeigen, heben sie ein Stück weit die Trennung zwischen Eltern und Kindern auf. Möglicherweise wirkt es auch affektiert, weil Mama, soweit ich weiß, Rauchen haßt. »Du mußt Anna kennenlernen«, sagte Mama. »Das ist Håkon, mein Sohn.« Anna lächelte, nahm die Zigarette in die Linke und schüttelte mir mit starken, kalten Fingern die Hand.

Wir gingen ins Lorry, als Mama sich verabschiedet hatte. »Ich mag deine Mutter«, sagte Anna. »Ja, sie ist intensiv«, antwortete ich. »Ich weiß nicht, ob das das Wort ist, das ich benutzt hätte«, sagte Anna, »sie ist engagiert, ich finde es toll, Menschen zu begegnen, die Position beziehen, die unverblümt sind.« – »Du bist auch unverblümt«, sagte ich und lächelte. »Und was ist mit dir?« fragte Anna mich und gab zugleich selbst die Antwort. Damals beließ ich es dabei, war aber seitdem darauf aus, Anna das Unverblümte in mir zu zeigen, daß ich auch einen dieser ihr so wichtigen *Haken* habe.

Zwei Wochen und drei Treffen später lud ich sie zu mir zum Abendessen ein. Im Gegensatz zu früheren Gelegenheiten, bei denen ich meine Ansichten zu Freiheit und Beziehung so früh wie möglich dargelegt hatte, um Mißverständnisse zu vermeiden, hatte ich mit Anna noch nicht darüber gesprochen. Wir hatten eigentlich, was das angeht, noch überhaupt nicht über uns gesprochen, sie hatte nicht einmal gefragt, ob ich Single sei. Das war eine neue Erfahrung. In der Vergangenheit folgte der Ablauf selbst mit äußerst verschiedenen Frauen den immer selben Anfangsmustern: den anderen in Beziehung zu sich kartieren, in der richtigen Reihenfolge und im richtigen Tempo erzählen, in ausbalanciertem Timing enthüllen und überraschen. Wie schablonenhaft das war, war mir nicht klar, bis ich Anna begegnete, die weder daran interessiert war, über sich oder mich zu sprechen – wenn es nicht in einen größeren Zusammenhang wie zum Beispiel eine Argumentationskette einging –, noch an selbstironischen Scherzen. Nachdem ich sie zweimal getroffen hatte, hatte ich trotzdem das Gefühl, sie besser zu kennen, daß sie mir mehr – und vielleicht wichtigere Seiten – von sich gezeigt hatte, als wenn sie mir chronologisch von ihrem Leben, ihren Trennungen und ihrer Kindheit erzählt hätte.

»Sie sieht dir ähnlich«, hatte Karsten gesagt, als ich ihm ein Bild von ihr zeigte. »Nein, warte, sie ähnelt deiner Schwester.« – »Welcher?« hatte ich gefragt. »Beiden«, hatte er geantwortet. »Denk mal darüber nach«, hatte er gemeint und gelacht. Meiner Meinung nach ist sie Ellen oder Liv nicht ähnlich, weder vom Aussehen noch von der Persönlichkeit her, aber mir wurde klar, daß irgend etwas an ihr sich bekannt anfühlte, geborgen und angenehm, fast familiär, während sie gleichzeitig total anders und spannend war. »Fast unnahbar«, sagte ich zu Karsten, »ich kann es nicht genau festmachen.« – »Man kann nicht festmachen, in was man sich verliebt, das ist der Kern des Ganzen«, antwortete er.

In meiner euphorisierenden Nervosität und Erwartung hatte ich mehrere Tage geplant, beim Abendessen mit dem Thema rauszurücken, denn die Regel, erst dann mit potentiellen Gefährtinnen oder selbst mit offensichtlichen Einmalflirts zu schlafen, wenn ich meinen Standpunkt klargemacht habe, war unumstößlich. »Das ist total bescheuert von dir«, hatte Karsten einmal gemeint, »es rennt ja auch niemand rum und schreibt sich das Gegenteil auf die Flagge – all die Mädels, die anhänglichkeitsgefährdet sind oder verzweifelt zu jemandem gehören wollen, erzählen dir auch nicht, daß sie nie wieder damit aufhören werden, dich anzurufen, wenn du erst mal mit ihnen geschlafen hast.« – »Trotzdem ist es so sauberer«, hatte ich geantwortet.

Aber Anna eröffnete während des paprikalosen Currys keinerlei Möglichkeit für ein solches Gespräch, trotz Kerzen und Flackern im Kamin, trotz sanfter Musik aus der Stereoanlage, sie ließ sich nicht anstecken, war unabhängig vom Umfeld scheinbar immer gleich gestimmt. Nach drei Gläsern Wein wurde ich ungeduldig; je weniger sie an mir und meinen Gefühlen interessiert zu sein schien, desto dringlicher wurde es für mich, ihr zu sagen, daß ich keine monogamen Beziehungen einging.

»Und was ist mit dir?« unterbrach ich sie völlig deplaziert mitten in einem Satz. »Was meinst du, was mit mir ist?« fragte Anna. »Naja, wie ist deine Lebenssituation, oder wie ich es nennen soll?« sagte ich und nahm einen großen Schluck Wein, um die aufflammende Röte in meinem Gesicht zu kaschieren. Anna lachte los. »Lebenssituation?« fragte sie nach. »Ja, darüber weiß ich ehrlich gesagt nicht viel«, erläuterte ich. »Ich kenne deine Meinungen über fast alles, von Literatur über Politik bis zu Flüchtlingen und Inneneinrichtung, aber ich weiß nicht wirklich, wie du lebst.« – »Doch, du weißt, daß ich in Majorstua wohne, daß ich frei für verschiedene Zeitungen arbeite und daß mich meine Schwester oft anruft«, antwortete Anna. »Stimmt, dein Telefon ist heute verdächtig still, aber ich habe mehr an die Beziehungsebene deines Lebens gedacht, jenseits deiner sogenannten Schwester«, sagte ich und lächelte, der Schweiß rann mir am Haaransatz aus den Poren, hoffentlich fing er nicht zu tropfen an.

»Aha«, sagte Anna und lehnte sich zurück, »*das* Gespräch also.« Sie wirkte nicht enttäuscht, aber ich bereute es trotzdem sofort, fühlte mich ordinär und banal, weil ich das aufgebracht hatte, hakenlos. »Nein, nein«, protestierte ich, »das ist nicht irgendein *das* Gespräch, das ist nur Neugier. Vergiß es.« – »Nein, ich möchte es nicht vergessen. Ist voll in Ordnung, ist ja das berühmt-berüchtigte vierte Date«, erwiderte sie, und mir wurde ganz warm im Bauch, weil sie unsere Treffen als Dates bezeichnete. »Ich dachte, das dritte Date ist das berühmt-berüchtigte«, hielt ich dagegen. »Ach so«, sagte Anna und lachte, »davon hab ich keine Ahnung, ich hab eigentlich ziemlich wenig Ahnung von allem, was mit traditionellen Beziehungen zu tun hat«, erklärte sie. »Was meinst du damit?« fragte ich. »Also, ich hab das ganze Beziehungszeug versucht, mehrmals, und es ist nichts für mich. Und ich muß ehrlicherweise sagen, daß ich nicht auf etwas Ernsthaftes aus bin, egal, wie klischeehaft sich das anhört.« Ich hob die Hände in einer Geste, die sagen sollte, wie wenig sich das nach Klischee anhöre. Eigentlich wollte ich sie am liebsten fragen, was sie mit ernsthaft meinte, ich war ernsthafter denn je, aber ließ es auf sich beruhen. »Und bei dir«, interessierte sich Anna, »was für eine Beziehung hast du zu Beziehungen?« – »Ich glaube an freie Liebe«, verkündete ich, »beziehungsweise Verliebtheit. Oder Freundschaft – jede Beziehung soll meiner Ansicht nach frei sein.« – »Was meinst du mit frei?« fragte Anna. »Frei von den Zwangsjacken, in die die Gesellschaft jede Beziehung preßt, ich glaube nicht an kollektive äußere Strukturen für emotionale Bindungen. Meiner Ansicht nach muß jedem freistehen, selbst zu definieren, wie sie oder er sich zu seiner Freundin oder seinem Ehepartner verhalten will. Und was mich betrifft, geht es auch darum, daß ich nichts versprechen will, an das ich nicht glaube, ich glaube, es ist nicht gesund oder konstruktiv, jemandem zu versprechen, daß man ihn für den Rest des Lebens liebt, zum Beispiel – und warum sollte man? Warum soll man nicht jede Beziehung als einzigartig betrachten und sagen: Das hat einen Wert an sich, egal, wie lange es dauert. Wenn es morgen vorbei wäre, hat das, was gewesen ist, trotzdem einen gleich großen Wert für mich«, antwortete ich, wohl wissend, daß ich teils wie auf Autopilot sprach, daß ich Angst hatte, mit Anna könnte Schluß sein, bevor es überhaupt angefangen hatte. »Das ist ziemlich interessant«, entgegnete Anna, »aber wie funktioniert das in der Praxis? Auf die Gefahr hin, deine Theorien zu reduzieren – sprechen wir hier über das, was im allgemeinen als offene Beziehung bezeichnet wird?« fragte sie und lächelte ein wenig. »So kannst du es nennen«, antwortete ich. »Ich glaube nicht an Monogamie, ich glaube nicht, daß der Mensch dafür geschaffen ist, monogam zu sein, und ich glaube, wir halten es zu sehr für gegeben, daß wir leben sollen, wie andere es für uns festgelegt haben.« – »Womöglich kann es aber auch funktionieren, wenn wir nicht dafür geschaffen sind?« hakte Anna nach, hatte sich über den Tisch gebeugt, neugierig und gespannt. »Ja, natürlich kann es funktionieren, aber was, wenn etwas anderes noch besser funktionieren würde?« entgegnete ich, und mir ging über Annas Einverständnis mit meinen Überlegungen ein bißchen die Luft aus, war es nicht gewohnt, auf ein nickendes begeistertes Lächeln zu stoßen. »Sowieso geht es vor allem ums Prinzip«, schob ich nach und merkte, wie wichtig mir war, das Ende meiner Ausführungen loswerden zu können. »Es geht nicht darum, sich durch die Gegend zu vögeln. Ganz im Gegenteil«, betonte ich, und derselbe unfreiwillige und undeutliche Drang nach etwas, das ich nicht ergründen, nicht spüren wollte, das aber in den letzten paar Jahren in mir etwas hatte bröckeln lassen, loderte kurz auf, und so fragte ich: »Hab ich außerdem schon erzählt, daß ich mit einem Loch im Herzen geboren wurde?«

Papa eilt zur Gegensprechanlage im Flur, hebt den Hörer ab und drückt auf den Türöffner. Ich höre Ellens Schritte, das schnelle Klackern ihrer hohen Absätze.

»Alles Gute zum Geburtstag, Papilein«, sagt sie und umarmt Papa noch in der Tür.

Papa lacht und nimmt Ellen den Mantel ab.

Als sie Ellens Stimme hört, kommt Liv wieder aus der Küche.

»Kannst du probieren?« fragt sie, pustet auf die Sauce auf dem Löffel und schiebt ihn Ellen in den Mund.

»Sehr gut«, sagt Ellen. »Vielleicht ein bißchen Zitrone?«

Ellen ist keine besonders gute Köchin. Bei ihr ist generell an allem zuviel Salz und zuviel Zitrone, aber Liv fragt weder Olaf, Papa, Anna noch mich, ob wir mal probieren können, sondern lieber Ellen. Ich tröste mich damit, daß das eine Geste von Liv ist, ist mir schon klar, ein Normalisierungsversuch. Trotzdem versetzt es mir einen kleinen Stich, wie unübersehbar natürlich meine beiden Schwestern miteinander umgehen, wie früher, und ich von außen zuschaue.

Alles in allem fungiere ich nur als Ersatz, wenn eine der beiden für die andere nicht da sein kann oder will, wie nach der Scheidung, da schien ich für sie wichtiger zu sein – aber als Liv glaubte, Olaf wäre untreu, und Ellen von Simen verlassen wurde, fanden sie zu ihrer alten Vertrautheit zurück. Sie dachten wahrscheinlich überhaupt nicht darüber nach, daß man sich vielleicht auch an jemand anderes wenden könnte als an die Schwester. Gleichzeitig würde ich mich an niemanden wenden als an sie. Ich weiß, daß sie mich lieben, daß ich wahrscheinlich ein besseres Verhältnis zu meinen Schwestern habe als viele andere – und daß wir einander ähnlicher sind, als jeder von uns jemals zugeben will. Ich kann mich leicht in Liv und Ellen wiederfinden, entdecke mich in ihren Ausdrükken und Gesten, darin, wie sie denken, sprechen, lachen – und worüber sie lachen –, aber trotzdem habe ich mir während meiner Kindheit ziemlich oft einen Bruder gewünscht, keineswegs anstatt Liv und Ellen, sondern zusätzlich.

Ellen kommt ins Wohnzimmer, umarmt alle, inklusive Anna.

»Schön, dich endlich kennenzulernen. Ich habe schon viel von dir gehört«, sagt Ellen.

Als wäre ich gefangen in einer schlechten Komödie, in der alle konsequent und unbewußt etwas sagen, das mich bloßstellt. Was ist mit dem Feingefühl in dieser Familie geschehen? Wir waren doch mal ganz gut darin zu erspüren, was, wann, zu wem und wie gesagt werden sollte, ohne daß man im voraus Anweisungen geben mußte. Aber andererseits war ich auch noch nie so auf der Hut, was jemand von mir oder von meiner Familie denken oder glauben könnte, wie bei Anna.

»Gleichfalls«, antwortete Anna, und das ist wahr.

Ich bekomme ein leicht schlechtes Gewissen, wieviel von Ellen ich tatsächlich schon erzählt habe, daß ich Ellen mehr oder weniger bewußt dafür benutzt hatte, um Anna Angst vor etwas einzujagen, das ich für mich selbst noch nicht ganz geklärt habe. Aber auf jeden Fall wollte ich sie wissen lassen, daß Ellen lange versucht hat, ein Kind zu bekommen. »Aber es war zu spät«, hatte ich ihr erklärt, auch wenn nie jemand endgültig festgestellt hat, daß es zu spät gewesen ist und daß es an Ellens Alter gelegen hat.

Eigentlich hat keiner irgendwas endgültig festgestellt, außer Ellen selbst.

Nach der Trennung von Simen wohnte Ellen zwei Monate bei Mama. War zum Arbeiten zu labil und so am Boden zerstört, daß Mama, Papa, Liv und ich abwechselnd auf sie aufpaßten. Ich bin bis heute nicht sicher, ob dieses Babygesitte wirklich notwendig war; wenn ich mit ihr sprach, war sie sachlich und aufgeräumt, ihre Argumentation logisch: »Wenn man an nichts anderes glaubt als an sich und den Menschen als Organismus, ist der einzige Sinn des Lebens, sich fortzupflanzen.

Wenn man sich nicht fortpflanzen kann, geht der Sinn verloren – und man ist eine Abartigkeit. Ich bin eine Anomalie, so was, das du nicht magst«, führte Ellen aus und lachte zaghaft. »Quatsch, nein, von dieser Kategorie ist das weit entfernt«, sagte ich, was nicht ganz wahr war.

»Aber Ellen, du glaubst doch an vieles andere. Du glaubst an die Gesellschaft, an Beziehungen, an alles, was zwischen Menschen entsteht, darin liegt ein Wert«, fuhr ich fort und versuchte, mich an Ellens frühere Argumente zu erinnern. »Nein, das ist nur Füllstoff«, erwiderte Ellen, »Füllstoff und Entschuldigungen. Es wird dir nicht gelingen, mich mit meinen alten Argumenten zu überzeugen, niemand glaubt weniger an die alte Ausgabe von mir als ich. Und davon mal abgesehen, ist das nur die theoretische Seite, die praktischen Konsequenzen sind fast noch schlimmer, nämlich zu wissen, daß ich für den Rest meines Lebens allein sein werde.« – »Auch wenn du keine Kinder kriegen kannst, brauchst du doch nicht für den Rest deines Lebens allein zu sein«, entgegnete ich. »Ja, mir ist schon klar, daß ich bestimmt einen Mann finden kann, der sich mit mir begnügt, aber das ist ein schwacher Trost. Ich spreche von einer anderen Form von Einsamkeit, die alle, die Eltern geworden sind, nie verstehen werden, die Einsamkeit im Wissen darum, daß es eine tiefere Form von Verbundenheit und Sinn gibt, die man nie erleben wird. Wer Kinder hat, braucht nie nach dem Sinn des Lebens zu fragen«, erklärte sie. »Du, ich glaube, Mama, Papa und auch viele andere Eltern können unterschreiben, daß das nicht stimmt«, widersprach ich. »Dann sind sie entweder unehrlich oder schlechte Eltern«, antwortete Ellen.

Auch wenn man meiner Einschätzung nach nicht unbedingt auf Ellen aufpassen mußte, wurde daraus so was wie ein Gemeinschaftsprojekt der ganzen Familie. Wahrscheinlich erkannten auch die anderen, daß das leicht übertrieben war, aber alle inklusive Ellen schienen froh zu sein, ein gemeinsames Projekt zu haben, etwas, das uns zusammenbrachte, versöhnte. Wir mußten über nichts anderes sprechen als über Ellen und brauchten nicht zu überlegen, was hinter Worten oder Handlungen lag: Egozentrische Obsessionen oder Beschuldigungen hatten zurückzustehen, alle interessierten sich nur für Ellens Wohl und übertrafen sich gegenseitig in Zuwendung. Trotz des durchaus Krampfhaften dieser Zeit führte es dazu, daß sowohl Liv und Olaf wie auch Mama, Papa und ich einander wieder näherkamen, zurückfanden zu etwas ähnlich dem, was früher war.

Ellen hatte mit der Zeit genug davon, daß man auf sie aufpaßte, und entschied sich immer öfter dazu, Mamas Stundenplan, wer wann bei ihr sein sollte, nicht zu beachten – verabredete sich lieber direkt mit Liv, die froh um die Annäherung, um die Normalisierung war. Sie half Ellen nach dem Verkauf der Wohnung in St. Hanshaugen beim Auszug. Simen hatte anfangs vorgeschlagen, Ellen auszuzahlen. Eines Abends kam er, als Mama, Ellen und ich im Wohnzimmer einen Film sahen, zu uns nach Tåsen. Er hatte angerufen, weil er über die Wohnung sprechen wollte, und Ellen hatte ihn ganz ihrer früheren Art nach gebeten, lieber für ein ordentliches Gespräch herzukommen – was alle für ein gutes Zeichen hielten –, aber als er vorschlug, er könne die Wohnung kaufen, wurde sie total hysterisch. »Du kannst dort mit niemand anderem wohnen!« schrie sie. »Für was wirst du das Zimmer benutzen, für was wirst du das Zimmer benutzen?« Simen machte sofort einen Rückzieher. »Natürlich können wir sie verkaufen, ja, das machen wir, Ellen, wir verkaufen sie. Das war ein echt dummer Vorschlag«, ruderte er zurück, und mir fiel auf, wie gern ich Simen eigentlich mochte, obwohl ich ihn nur flüchtig kannte. Die Wohnung wurde verkauft, und Ellen zog in eine Mietwohnung, die Liv in ihrer und Olafs Nähe fand. Das riß Ellen endgültig aus ihrem Winterschlaf, als würde sie sich einen Ruck geben und die Entscheidung treffen weiterzugehen. Mamas Besuchszeitenplan wurde überflüssig, und als ich eines Abends kam, um auf sie aufzupassen, und Ellen – ohne Bescheid zu geben – lieber mit einer Freundin ausgegangen war, verstanden wir mit gemischten Gefühlen, daß das Projekt zu Ende war.

Mir war den ganzen letzten Frühling über nicht klar gewesen, daß ich im Unterbewußtsein die Vorstellung hegte, Papa werde wieder nach Tåsen ziehen: Als ich mich bei dem Gedanken ertappte, war ich selbst überrascht, so genau war er ausformuliert. Fast mußte ich über mich selbst lachen, wäre es nicht so entlarvend, schmerzhaft und überempfindlich gewesen. Da ich nicht bemerkt hatte, daß meine positiven Gefühle rund um Ellens sogenannten Zusammenbruch solchen Hoffnungen geschuldet waren, war ich auch nicht auf den Schmerz vorbereitet, als diese zerplatzten.

In dem Sommer, als Mama und Papa auseinanderzogen, waren sie irrsinnig damit beschäftigt, jede Veränderung zu demonstrieren und zugleich Rücksicht zu zeigen. Zum Beispiel blieben in den ersten Sommerferien beide unserer Hütte fern. »Mal etwas anderes zu machen ist eigentlich ganz gut«, sagte Mama zu mir. »Mal raus aus den gewohnten Pfaden, ich kann mich gar nicht mehr erinnern, wann Sverre und ich zum letzten Mal nicht mindestens die Hälfte unseres Sommerurlaubs in Lillesand verbrachte haben, komisch, was man doch für ein Gewohnheitstier wird, ohne es zu merken.« Papa fuhr zum Angeln in die Finnmark. »Es war absolut toll«, erzählte er nach der Rückkehr, »einfach unvergleichlich.« Trotzdem wollten sie dann im nächsten Sommer gern ein paar Wochen in der Hütte haben, beide. »Wie ihr das löst, müßt ihr unter euch absprechen«, sagte Liv. Am Ende kam dabei heraus, daß Mama mit Liv hinunterfahren und die erste Woche bleiben, Papa in der zweiten Woche nachkommen und Mama nach ein paar Tagen mit seinem Auto zurückfahren sollte – während Ellen eine weitere Woche später Papa wieder mit nach Hause nehmen würde. Ich würde eine halbe Woche mit Mama und eine halbe Woche mit Papa verbringen. Das erinnerte an die Planung früherer Jahre, an eines der obligatorischen Sonntagsessen im Frühling, bei dem Papa einen Zettel nahm und den Stift zückte, um sich alle Wünsche und logistischen Herausforderungen zu notieren, damit am Ende die Gleichung Sommer aufging. Er hatte ein besonderes Talent dafür, das so zusammenzuflicken, daß keiner seinen Willen vollständig bekam, aber trotzdem alle zufrieden waren.

»Hoffe, die Stimmung wird nicht zu aufgesetzt«, sagte Ellen vor ihrer Abfahrt. Wurde sie nicht, und die Tage, an denen die ganze Familie zusammen war, verliefen gemütlich, echt und voll Nähe, vielleicht wie früher, bis zu Mamas letztem

Abend. Wir saßen draußen bei unserem traditionellen Krabbenessen, der Abend war lau und hell, ich fühlte mich ausgeglichener und ruhiger als seit langem, konnte sogar Papas schmatzendes Schlürfen überhören, das er bei dem Versuch machte, das Fleisch aus den Scheren zu saugen.

»Erinnerst du dich, wie du im Sommer einmal den Krabbenkessel umgestoßen hast, Liv?« fragte Papa. »Das war nicht ich, das war Ellen«, antwortete Liv und lachte. »Ja, Ellen hat ja ständig versucht, Håkon umzubringen«, scherzte Mama. »Håkon?« sagten Liv und Ellen im Chor. »Wo warst du denn?« – »Ich habe direkt neben Papa gesessen«, antwortete ich, aber bevor ich noch darauf hinweisen konnte, wie auffällig es sei, daß sich außer Mama niemand an mich erinnerte, wechselte Papa das Thema, weil er eine SMS von einem Immobilienmakler bekommen hatte. »Schau, Torill, das übersteigt all unsere Erwartungen.« – »Habt ihr ein Angebot bekommen?« fragte Liv. »Wie hoch ist es?« wollte Ellen wissen.

Jeder war vermutlich davon ausgegangen, einer der anderen habe mich darüber informiert, daß das Haus verkauft werden sollte. Es war sicher keine Absicht, und sie konnten nicht wissen, welche Hoffnungen ich hegte – das wußte ich ja selbst erst, als sie gleichzeitig mit Livs lautstarkem Biß in die Krabbenschere zerbarsten. Ich zuckte bei dem Geräusch und der Erkenntnis zusammen.

Mama und Papa hatten das Haus kurz vor Livs Geburt gekauft. Zuerst war es weiß, aber in den Jahren nach Ellens Geburt strich Mama es in regelmäßigen Abständen in einer neuen Farbe. »Ich mußte ja irgend etwas tun, während ich auf dich gewartet habe«, sagte Mama, als wir miteinander Fotos ansahen und das Haus hinter Ellen und Liv, die zu verschiedenen Anlässen gemeinsam posierten – unter dem Rasensprenger, auf dem Weg zur Schule und mit dem Schlitten unterm Arm –, innerhalb von fünf Jahren mindestens dreimal die Farbe wechselte. Im Inneren geschah hingegen wenig, widerwillig wechselten sie die Elektrogeräte aus, als Papa die Reparatur der alten aufgeben mußte, bezogen ein paarmal das Sofa und die Sessel neu, in derselben Farbe übrigens, und ersetzten die gelben Gardinen durch die Leinenvorhänge, die sie von Oma erbten – darüber hinaus ist sonst alles nur hinzugekommen, nichts wurde ausgetauscht, »und jetzt ist es also voll«, sagte ich zu Mama, als sie vor ein paar Jahren noch einen Platz für eine Lampe suchte, die Papa von Liv zum Geburtstag bekommen hatte.

Bis ich mit der Uni fertig war, wohnte ich bei Mama und Papa. Viel zu alt, um noch zu Hause zu wohnen, aber nur in der Theorie und in selbstironischen Witzen gegenüber meinen Freunden, denn in der Praxis funktionierte es ausgezeichnet. Ich kann mich nicht erinnern, daß ich mich danach gesehnt hätte, allein zu wohnen, warum auch, ich hatte alle Vorteile und völlige Freiheit. »Es ist fast wie in einer WG«, sagte ich zu Liv, sie lachte nur und erwiderte, in einer WG, in der die Mitbewohner die ganze Miete zahlen, das Essen kochen und die Kleider waschen, würde sie auch gerne wohnen. »Es ist eher ein Hotel, sag ich dir«, sprach sie weiter und strich mir herablassend über die Wange.

Liv und Ellen haben vielleicht zueinander ein engeres Verhältnis als zu mir, aber im Gegenzug ist mein Verhältnis zu

Mama und Papa enger. »Du bist ja quasi auch ein Einzelkind«, sagte Karsten einmal, er war mit drei rasch aufeinanderfolgenden Brüdern aufgewachsen. »Du hattest deine Eltern für dich, und gleichzeitig hattest du Geschwister, ist ja wohl der Jackpot.« Jetzt kann ich das auch so sehen, aber als sowohl Liv als auch Ellen ausgezogen waren, war das nicht gerade ein Spaß, Mama und Papa für sich zu haben, ich hätte sie gerne mit jemandem geteilt. Als Ellen nach der Schule in die USA gegangen war und ich keine Geräusche mehr von ihr aus dem Zimmer unter mir hören konnte, weinte ich jeden Abend. Das gab sich mit der Zeit, und Mama, Papa und ich gingen zu einem Dreisamkeitsalltag über, in dem ich die vormals auf drei verteilte Tagesdosis Aufmerksamkeit und Fürsorge erhielt.

Das Ausziehen von zu Hause war schrecklich. So schrecklich, daß ich niemandem erzählen konnte, wie ich als Dreiundzwanzigjähriger vor Sehnsucht nach Mama und Papa beinahe krank wurde – die auch noch in derselben Stadt wohnten. Ich zog höchst widerwillig aus, und nur weil der Druck von außen zu groß wurde, mit der Zeit war es dann doch ein Stigma, meinen Freunden und Gefährtinnen zu erzählen, daß ich ganz ohne solide Begründung noch zu Hause wohnte. Es ließ sich nicht damit vereinbaren, ein aufgeweckter, meinungsstarker, selbständiger Mensch zu sein; an einem Typen, der im Erwachsenenalter noch in seinem Kinderzimmer wohnte, konnte etwas nicht ganz in Ordnung sein. »Ich weiß nicht, es clasht einfach irgendwie so ziemlich mit allem, wofür du stehst«, sagte eine Freundin, »daß du dir Freiheit und Unabhängigkeit auf die Fahne schreibst und deine Mutter deine Klamotten wäscht.« Drei Wochen später bin ich ausgezogen.

Mama und Papa hätten eigentlich darauf vorbereitet sein müssen, daß ich einmal ausziehe, wir hatten darüber gesprochen und Witze gemacht, Papa zeigte mir hin und wieder sogar Wohnungsanzeigen, aber trotzdem schienen sie, als es soweit war, aus allen Wolken zu fallen. Sie arbeiteten beide weiterhin Vollzeit, hatten ein riesiges Netzwerk an Bekannten und Freunden und diverse Hobbys, aber Papa fand trotzdem, es sei schrecklich leer geworden.

»Ich habe plötzlich so viel Zeit«, sagte er, als ich einmal kurz zu Hause vorbeikam – wie häufig in den ersten Wochen. »Nein, das ist Quatsch, Papa«, widersprach ich, »ich habe ja auch vorher nicht wahnsinnig viel von deiner Zeit geschluckt. Das fühlt sich nur so an.« – »Da unterschätzt du wohl, wieviel Zeit Papa und ich auf dich verwendet haben, damit, uns mit dir auseinanderzusetzen – wo du gerade bist, ob du zum Abendessen nach Hause kommst, Gespräche, Fragen, Essen, Kleidung, Schlüssel, Geräusche und so weiter. Vergiß nicht, daß du in unserem Leben mehr Platz einnimmst als wir in deinem jetzigen«, sagte Mama und lächelte. Wie sehr sie sich da doch irrte, dachte ich.

Zugleich holte mich das schlechte Gewissen ein. Ich hatte in dem kindlichen Privileg auf Egozentrik nicht darüber nachgedacht, welche Auswirkungen es für sie haben würde. Dachte nur an mich und den Schmerz darüber, mich losreißen zu müssen. Plötzlich wurde mir klar, daß ich auch etwas zurückließ, daß sich natürlich auch für Mama und Papa etwas änderte. Eine Epoche in meinem Leben war vorbei, aber mehr noch war eine entscheidende Epoche in ihrem Leben vorüber – in die sie annähernd alles an Einsatz, Willen und Liebe gelegt hatten, seit Liv vor über dreißig Jahren auf die Welt gekommen war. Auf einmal konnte ich die Leere, von der Papa sprach, verstehen, sie handelte nicht ausschließlich von mir.

»So ist nun mal leider das Leben, Veränderung tut weh«, sagte Ellen unbekümmert, als ich versuchte, mit ihr darüber zu reden, und ich war empört über die Ungerechtigkeit, daß sie und Liv dem entkommen waren; die beiden hatten in der Gewißheit losziehen können, daß es mich für Mama und Papa gab, daß ich klein und abhängig war, und hatten den endgültigen Todesstoß mir überlassen.

Gleichwohl war für mich undenkbar, Mama und Papa könnten nicht zu dem zurückfinden, was sie ohne Liv, Ellen und mich gewesen waren, oder daß sie nicht etwas Neues ineinander entdecken würden.

Mir wäre auch nie in den Sinn gekommen, daß sie das Haus verkaufen würden. Daß sie es verkaufen könnten. Auch nachdem Papa ausgezogen war, war mir dieser Gedanke völlig fremd. Es war mein Elternhaus, mein Zuhause. Kein anderer Ort war für mich so sehr Heimat, auch nicht, nachdem ich mir eine Wohnung gekauft und sie mit eigenen Möbeln eingerichtet hatte. Ich nannte das Haus in Tåsen noch immer Zuhause. »Ich fahre kurz zu Hause vorbei«, sagte ich manchmal, »ich komme kurz nach Hause«, lautete die ein oder andere SMS an Mama. Ich weiß bis jetzt nicht, was schlimmer war, die Erkenntnis über die Endgültigkeit der Trennung, oder daß das Haus verschwinden würde.

»Ach, Schatz, hast du das nicht gewußt?« fragte Mama im vorigen Sommer über die Krabben hinweg, nachdem ich ganz still geworden und alles Blut aus meinem Gesicht gewichen war. Meine Wangen und Lippen kribbelten. Ihre Reaktionen waren längst nicht heftig genug, kein anderes Gesicht in der Runde verriet auch nur eine Spur von dem Abgrund, der sich in mir auftat. »Ich verstehe, daß es traurig ist, Håkon«, sagte Papa, »mich stimmt das selbst ganz wehmütig, du weißt ja, wie gern ich das Haus habe. Aber ihr seid erwachsene Menschen mit eurem eigenen Leben, weder Mama noch ich können allein für die Erinnerung an Vergangenes in dem Haus hocken bleiben.« – »Und die Erinnerungen bleiben uns ja«, pflichtete Mama bei. Ich brachte keine Antwort heraus.

»Findest du nicht, sie hätten uns zumindest fragen sollen?« wollte ich anschließend von Liv wissen, aber sie zuckte nur kurz mit den Schultern. »Es ist ihr Leben, Håkon«, antwortete sie, »außerdem hat Papa recht, keiner von ihnen kann oder möchte allein in dem großen Haus hocken.« Ich verstand nicht, wie sie, die vor einem Jahr beim Gedanken an die Scheidung völlig außer sich war, das jetzt so leicht hinnehmen konnte – und das machte es für mich schlimmer. Ellens und Livs empörte Reaktionen waren irgendwie angenehm für mich gewesen, hatten es mir leichter gemacht, mich zu distanzieren und der zu sein, der sich damit nüchtern und erwachsen auseinandersetzte, mit fundierten Argumenten. Ohne Livs und Ellens Widerstand hingen meine Argumente im luftleeren Raum, waren plötzlich richtungslos.

»Das ist von Paul und mir«, sagt Ellen, als sie damit fertig ist, alle zur Begrüßung zu umarmen, und stellt dann ein Geschenk vor Papa auf den Tisch.

»Vielen Dank«, sagt Papa. »Wie geht es ihm in …?«

»Dubai«, ergänzt Ellen. »Gut, nur noch sechs Tage jetzt.«

»Und mit …?«

»Thea? Besser«, antwortet Ellen.

Rund um Neujahr wurden Ellen und Paul ein Paar, zwei Wochen nachdem sie sich über eine Dating-App kennengelernt hatten. Die hatte ihr Liv ein halbes Jahr nach der Trennung von Simen gegen ihren Willen aufs Handy geladen. »Zeit, daß du wieder mit dem Daten anfängst«, hatte Liv angeordnet, »keiner sagt, daß du deshalb gleich den Erstbesten heiraten mußt.« – »Das ist das Oberflächlichste, das ich mir vorstellen kann«, hatte Ellen abgewehrt, »sich durch die App zu wischen und die Leute nach dem Aussehen zu beurteilen, ohne mit ihnen zu sprechen. Wie soll man das hinkriegen, ohne die Stimme zu hören? Ganz zu schweigen von allem, was in der Körpersprache liegt.« Zwei Monate später erzählte sie uns bei einem Bier, sie habe Paul getroffen. »Da war etwas an seinem Blick«, sagte sie, und es stellte sich heraus, daß Paul abgesehen von seinem Blick eine verstorbene Ehefrau und drei relativ kleine Kinder hatte.

Die erste Zeit war Thea, Pauls älteste Tochter, konsequent abweisend zu Ellen. Liv machte sich Sorgen, rief mich an und hatte Angst, Ellen könnte einen Rückfall erleiden – Theas Ablehnung könnte womöglich in Ellen neue irrationale Gedanken über ihre Untauglichkeit als Mutter auslösen. Aber Ellen machte alles richtig, sie ließ Thea die Nähe bestimmen, machte keinen Druck, hielt sich zurück und versicherte, daß sie keineswegs versuchte, eine Mutter zu sein. »›Ich versuche nicht, deine Mutter zu sein, Thea‹, habe ich zu ihr gesagt«, erzählte uns Ellen mit einer neuen Wärme in der Stimme, auf den Wangen und im Blick.

»Hast du mit Mama gesprochen?« fragt Ellen mich jetzt, während Papa umständlich das Geschenk von ihr und Paul auspackt.

Papa richtet sich auf, wendet scheinbar zufällig sein besseres Ohr in unsere Richtung. Ich weiß nicht, was ich antworten soll, was richtig ist. Ich habe mit ihr gesprochen, sie ist mit dem Wanderverein auf einer Wanderung für Singles auf der Hardangervidda, »aber das brauchst du den anderen nicht zu erzählen«, hatte Mama mich vor ihrer Abreise gebeten. »Besonders nicht deinem Vater«, fügte sie hinzu. »Ihr seid geschieden, ihr habt das Recht, wen anderes zu treffen«, sagte ich. »Ja, aber du weißt ja, Papa«, antwortete sie. »Er wird es bestimmt persönlich nehmen.« – »Das glaube ich nicht, denn du weißt ja, auch er könnte jemand neuen getroffen haben«, antwortete ich. »Was meinst du damit, wen hat er getroffen?« fragte Mama. »Ich weiß nicht, ob er jemanden getroffen hat, ich habe nur gesagt, er könnte«, antwortete ich und lächelte. Freute mich noch immer wie ein kleines Kind, daß sie sich auf diese Weise für Papa interessierte. »Das kann er natürlich«, sagte Mama. »Das geht mich im Grunde auch nichts an. Aber es ist ja noch immer neu, nicht wahr?« – »Nein, es ist jetzt zwei Jahre her, das kann man wohl nicht mehr als neu bezeichnen«, antwortete ich, »aber vielleicht sind die Jahre für Leute deines Alters kürzer.« – »Paß auf«, drohte Mama scherzhaft, »das hat mit dem Alter überhaupt nichts zu tun, du Altersrassist.«

»Sie ist auf der Hardangervidda, wandert von Hütte zu Hütte«, antworte ich.

»Mit wem?« fragt Ellen. Daß sie einfach nicht kapiert, wann sie besser nicht weiter fragt!

»Tante Anne«, sage ich.

»Anne? Das glaub ich kaum«, lacht Papa. »Als ich die zum letzten Mal gesehen habe, war sie kurz vorm Rollator.«

In den vergangenen Jahren waren Mama und Papa Meister darin geworden, über alle Bekannten, die Zeichen von Altwerden zeigten, mit schlecht verborgenem Triumph Kommentare abzugeben, als wäre es ein Wettbewerb. Ist es vielleicht auch, aber irgendwie ist es doch merkwürdig, darauf hinzuweisen, daß Freunde und Gleichaltrige alt werden, und zugleich aktiv das eigene Alter zu verdrängen.

»Vielleicht war es auch jemand anders, ich weiß es nicht, ich habe nicht immer den kompletten Durchblick, was Mama angeht«, erwidere ich und werde von Liv gerettet, die mit Mamas Schürze – keine Ahnung, warum die bei Papa gelandet ist – in der Hand aus der Küche kommt und verkündet, das Essen sei fertig.

»Du sollst nicht zwischen die Fronten geraten«, sagte Mama vorigen Herbst beim Ausräumen des Hauses, als wäre ich ein gewöhnliches Scheidungskind. Papa und sie konnten sich bei der Verteilung der Sachen nicht einigen, und Papa war im Affekt auf sein Fahrrad gesprungen und aus der Einfahrt gebraust. »Du kannst nicht weiterhin immer alles bekommen, Torill«, hörte ich Papa, als ich in den Flur kam. »Was glaubst du eigentlich? Daß du einfach genau wie vorher weiterleben kannst, mit denselben Sachen, denselben Gewohnheiten und derselben finanziellen Situation, und das einzige, was sich verändert hat, ist, daß du mich los bist?« – »Dich los bin?« hielt Mama dagegen. »Ich halte es nicht aus, dich noch einmal daran zu erinnern, wer in einer fast schon parodistischen Krise gelandet war und wer zuallererst wen loswerden wollte.« – »Nein, darauf habe ich keine Lust, jetzt bist du unfair, und das weißt du, egoistisch und egozentrisch wie immer, was ziemlich für sich spricht, wo das ganze doch eigentlich deine Schuld ist«, antwortete Papa. »Ach mein Gott, Sverre, nimm diese Sammlung einfach, wenn sie dir mehr bedeutet als dein Anstand«, sagte Mama. Es wurde für ein paar Sekunden still, dann rauschte Papa auf den Flur, entdeckte mich, zuckte mit den Schultern, ging an mir vorbei aus dem Haus und sprang aufs Fahrrad.

Irgendwie tat es gut, endlich einen Beweis für die Auseinandersetzungen zwischen den beiden mitzubekommen. Denn auch wenn im letzten halben Jahr mehrere Begebenheiten, etwa Mamas Panikattacke und Papas gesteigerte Trainingsmanie, darauf hindeuteten, daß nicht alles ganz so einfach war, wie sie taten, gab es auffallend wenig Reibung zwischen ihnen. Im Beisein von Ellen, Liv oder mir waren sie höflich und ruhig, sprachen mit- und übereinander neutral und wohlwollend. Auch wenn ich mit der Zeit kapierte, daß viel davon Stolz war, daß sie meinten, uns und vielleicht allen anderen etwas beweisen zu müssen – es mußte wie geschmiert ablaufen, eine Scheidung mit Siebzig war nichts Besonderes, die Entscheidung war richtig, da waren sich beide einig, »seht, wie einfach, prima und richtig das ist« –, war es trotzdem eine Erleichterung, einen Hauch von dem mitzukriegen, was ablief, wenn sie keiner hörte, wenn sie sich nicht verhielten, als würde sie jemand die ganze Zeit beobachten und beurteilen, wie sie die Situation meistern.

Eigentlich war geplant, daß wir wie eine weiterhin gut funktionierende Familie das Haus gemeinsam ausräumten, aber Ellen, die gerade Paul kennengelernt hatte, entschuldigte sich und meinte, sie werde das Zeug, das noch in ihrem Zimmer liegt, später holen. Liv und Olaf kamen kurz vorbei, trugen ein paar Pappkartons aus Livs Zimmer und verschwanden wieder. Also blieben Mama und ich zum Räumen übrig. Wir stapelten Papas Sachen in der einen Ecke und Mamas in der anderen, Mama stellte mit offensichtlich schlechtem Gewissen die Plattensammlung in Papas Ecke.

»Puh, das solltest du nicht tun müssen«, wiederholte Mama mehrfach. »Ja«, stimmte ich zu, »aber jetzt mach ich es eben.« – »Vielleicht ist es ja ein bißchen wie Therapie«, schlug Mama hoffnungsvoll vor, »du erinnerst dich doch daran, wie sehr du es bereut hast, daß du Opa nicht gesehen hast, als er tot war.« – »Nein, was ich bereue, ist, daß ich ihn nicht an dem Tag besucht habe, an dem ich es vorhatte, nicht, daß ich ihn nicht im Sarg gesehen habe, hör auf, alles immer umzuschreiben. Und man kann das nicht vergleichen.« – »Es ist doch auch ein Verlust«, sagte Mama und mußte sich setzen.

Papa kam schließlich wieder, legte mir den Arm um die Schulter, bedankte sich für meine Hilfe. »Es ist nicht immer leicht«, sagte er zu mir, eigentlich zu Mama, die uns rücksichtsvoll den Rücken zuwandte. »Es sind nicht nur Möbel, die sortiert werden müssen, es ist ein ganzes gemeinsames Leben, nicht wahr, da sind viele Gefühle im Spiel.« Er mußte schlukken. »Schon in Ordnung«, sagte ich. Er stellte die Plattensammlung in Mamas Ecke, und sie kehrten wieder zu ihrer höflichen Form der Zusammenarbeit zurück.

Ich legte mich in meinem alten Zimmer aufs Bett, hörte, roch und spürte das Haus, während ich mich fragte, wie viele solche bitteren Versöhnungspillen Mama und Papa wohl schon geschluckt hatten, ohne daß ich davon wußte.

»Ellen meint, Mama und Papa lassen sich scheiden, weil sie einander nie wirklich nah waren«, sagte Liv ein paar Tage nach dem Ausräumen zu mir. Sie suchte zu der Zeit häufiger Kontakt, benutzte mich wieder als Ersatz für Ellen, weil es für die gerade nur Paul gab.

»In meiner Erinnerung sind sie nicht distanziert, nicht zu uns, aber vielleicht zueinander?« sagte sie fragend. »Du kennst meine Meinung«, antwortete ich. »Nein«, entgegnete Liv, schien aufrichtig neugierig, und ich wurde wütend, daß ich mich wiederholen mußte: »Sie lassen sich scheiden, weil es das einzig Natürliche ist, was man tun kann«, antwortete ich, fühlte mich wie ein Roboter, »weil es absoluter Irrsinn ist, so viele Jahre mit demselben Menschen zusammenzuleben, und jetzt, wo sie keine Kinder mehr haben, auf die sie Rücksicht nehmen müssen, haben sie die Absurdität eingesehen.« – »Vielleicht hast du recht«, pflichtete Liv überraschenderweise bei. »Nachdem du ausgezogen bist, muß das Haus furchtbar leer geworden sein, ich kann mir überhaupt nicht vorstellen, wie das werden wird, wenn mir Agnar und Hedda nicht mehr die ganze Zeit zwischen den Füßen herumlaufen. Und wenn ich zusätzlich auch noch meinen Job quittieren würde, und es gäbe nur noch Olaf und mich, die die Tage mit Inhalt zu füllen haben ... Ich sage mal so: Ich kann verstehen, daß sich das leer anfühlen mag.«

»Ich glaube, die Leere ist der Ursprung«, antwortete ich, »und alle Liebesbeziehungen sind gescheiterte Versuche, diese Leere zu füllen, verstanden zu werden, doch das geht in der Praxis nicht auf – denn um die notwendige Sehnsucht nach dem anderen aufrechtzuerhalten, braucht man die Leere und das Gefühl, nicht verstanden zu werden. Man sehnt sich ununterbrochen danach, daß jemand etwas in einem füllt, daß man vollständig verstanden wird, daß man mit einem anderen Menschen in so was wie einer höheren Einheit aufgeht, aber zugleich würde die Erfüllung dieses Wunschs jede Beziehung töten. Hört man auf, sich zu sehnen, hört man auf zu lieben.« Da hatte ich Anna noch nicht kennengelernt. Ich war sicher, daß Mama und Papa das nie füreinander empfunden hatten, sich nach dem anderen zu sehnen, danach, vom anderen verstanden zu werden. Die Leere, von der Liv sprach, war von einer anderen Sorte, einer praktischen, eher physischen.

Liv sah mich an. »Ich habe nicht geahnt, daß du an Liebe glaubst«, sagte sie. »Das ist der Beweis, wie wenig ihr mir eigentlich zuhört«, erwiderte ich und wurde wütend. »Ich habe das hunderttausendmal gesagt, ich glaube bestimmt mehr an das, was du Liebe nennst, als du, Ellen, Mama, Papa und alle anderen zusammen, aber ich glaube nicht daran, sie zu regulieren, ich glaube, daß sie ohne Regeln existieren muß und ohne daß sie in Formen gepreßt wird, die andere für uns zementiert haben. Es muß Raum bleiben, um sich zu sehnen«, fuhr ich fort, aber da hörte Liv schon nicht mehr zu, konsequent im Abblocken dessen, was ihre eigenen Entscheidungen auf die Probe stellen könnte. »Grüß Olaf«, schloß ich und war ziemlich verwirrt, daß meine Argumentation über Regeln und Normen für Liebe in mir selbst nicht mehr dieselbe Resonanz auslöste wie früher.

»Das hat unglaublich gut geschmeckt, Liv«, sagt Anna und sieht Liv über den Tisch hinweg in die Augen.

Sie nennt alle immer beim Namen, auch Menschen, die sie gerade erst kennengelernt hat, auf ganz selbstverständliche Weise, was in den meisten Zusammenhängen einen entwaffnenden und vertrauenerweckenden Effekt hat. Früher fand ich Leute, die meinen Namen verwendeten, ohne mich zu kennen, übergriffig und frech, irgendwie affektiert und herablassend, aber bei Anna wirkt es authentisch – und das ist ein Detail an ihr, das Ellen vermutlich wahrnehmen und mögen wird.

Mein Bedürfnis, Liv und Ellen zu imponieren, läßt nicht nach, auch nicht im Erwachsenenalter, und wenn ich ihnen nicht imponieren kann, dann möchte ich wenigstens ihren Segen. Für alles, von Studium und Job über Kleidung, Aktivitäten, Musik und Freunde. Das Problem ist, oder war es zumindest, daß sie so verschieden sind und so verschiedene Vorlieben haben, sie lassen sich nicht von denselben Dingen beeindrucken: Liv kümmert sich zum Beispiel nicht um Annas Redestil, sie bemerkt ihn bestimmt nicht einmal, außer daß er irgendwo in ihrem Unterbewußtsein als etwas Positives verbucht wird. Ellen ihrerseits registriert nicht Annas Persönlichkeit und Stimmung, ihre betörende Ausstrahlung, die Liv aufschnappt und mit einem schnellen Blick anerkennt.

»Danke. Ist ein Rezept unserer Großmutter«, sagt Liv. »Eigentlich ist alles, was ich kochen kann, ein Rezept von Omi«, ergänzt sie und lacht etwas entschuldigend in die Runde.

»Du kannst doch auch das Lammgulasch von meiner Mutter«, wirft Papa ein und lächelt. Bisher war es nie wichtig zu sagen, von welcher Großmutter die Rede war, aber Papa möchte offenbar klarstellen, daß es nicht nur eine Großmutter gibt.

»Natürlich«, bestätigt Liv. »Unsere beiden Großmütter waren hervorragende Köchinnen. Ich schaffe es nie, daß es wie bei ihnen schmeckt. Als hätten die beiden geheime Zutaten gehabt.«

»Die geheime Zutat ist bestimmt die Kindheit«, sagt Anna. Wie natürlich ihre Anwesenheit ist, sie paßt zu uns. »Ich erinnere mich an das Essen meiner Großmutter auch als an etwas Großartiges, aber als Erwachsene erkenne ich, daß es vielleicht nicht ganz so großartig war wie in meiner Erinnerung, sondern vielleicht eher der Atmosphäre geschuldet. Als Kind bei meiner Großmutter in der Küche sitzen zu dürfen, das war ein Riesenspaß, so geborgen und gemütlich – allein schon, weil ihr Essen nicht das von Mama war.«

Papa nickt begeistert.

»Also, nicht daß ich fände, dein Essen sei nicht phantastisch«, schiebt sie nach und lacht Liv an, deren Blick und Bewegungen bei Lob immer ganz weich werden.

»Und wie lange seid ihr beiden schon *Freunde?*« fragt Ellen Anna und äfft Großmutters singenden Hardangerdialekt nach.

Anna sieht mich an, runzelt die Stirn, muß sie nachdenken? Oder reagiert sie nicht darauf, daß man uns so bezeichnet?

»Wir kennen uns jetzt seit … sind es drei Monate?« fragt sie mich.

»Drei Monate, vier Tage und …« antworte ich, sehe auf die Uhr und mache mit dem, was ich viel zu genau weiß, einen vorgeblichen Scherz, »… neunzehn Stunden.«

»Genaugenommen wohne ich gerade bei Håkon«, sagt Anna.

Es wird still. Alle sehen mich an. Liv hat Mamas Fähigkeit geerbt, hoffnungsvoll und gleichzeitig skeptisch zu erscheinen.

»Also nur für eine Woche, während mein Bad renoviert wird«, fügt Anna hinzu, zufrieden mit der Resonanz.

Ich hatte ihr das vorgeschlagen, es schien mir völlig natürlich, als sie sagte, sie brauche übergangsweise eine Unterkunft, weil in ihre Wohnung Handwerker kämen, aber Annas Reaktion zeigte, daß es für sie nicht ganz so natürlich oder klar war. »Wird das nicht irgendwie merkwürdig?« fragte sie fast mißtrauisch. »Warum sollte es merkwürdig werden? Du ziehst doch nicht ein«, antwortete ich. Es sei ein freundschaftliches Angebot, fuhr ich fort und wußte genau, jetzt hatte ich eine Grenze überschritten, in deren Nähe Anna nicht einmal gekommen war. Obwohl ich ihre Einstellung kannte, hatte ich unbewußt die Menge an Zeit, die wir miteinander verbrachten, unsere vielen Gespräche, Diskussionen, die Nähe, daß Anna sich bei mir einhakte, daß wir uns unsere Freunde und Geschwister vorstellten, als Fortschritt gedeutet. Ohne es für mich selbst zu formulieren, nahm ich an, wir seien gemeinsam irgendwohin unterwegs.

»Dann nehme ich dein Angebot an«, sagte Anna. »Solange

wir uns noch immer darüber einig sind, was das Ganze für uns ist.« – »Du, entspann dich, mein Standpunkt ist definitiv, den kannst selbst du nicht erschüttern«, antwortete ich und ärgerte mich darüber, daß ich sowohl ein Bedürfnis hatte, mit ihr um Distanz zu konkurrieren – sie brauche mich echt nicht davor zu warnen, mich zu eng an sie zu binden –, als auch, daß ich mir nicht sicher war, ob das, was ich sagte, stimmte.

»Hast du nie mit jemandem zusammengewohnt?« fragte sie am ersten Abend. Ich war so durch und durch glücklich über Annas Anwesenheit, ihren Koffer in meinem Schlafzimmer, ihren Rechner auf meinem Schreibtisch, ihr Shampoo in der Dusche, ich freute mich über den Anblick ihrer Zahnbürste im Glas am Waschbecken, hatte mich tagelang darauf gefreut. »Mit einer Ex habe ich für ein Jahr so halb zusammengewohnt, aber sie hatte weiterhin ihre Wohnung und war teilweise dort, also zählt das vielleicht nicht«, sagte ich. »Was ist aus euch geworden?« fragte Anna, und ich wertete es als gutes Zeichen, daß sie mir endlich persönliche Fragen über frühere Beziehungen, über mich stellte. »Sie wollte Kinder, aber nicht in einer offenen Beziehung, und hat mir so etwas wie ein Ultimatum gestellt, mit dem ich nicht umgehen konnte«, antwortete ich ehrlich und auffordernd, vielleicht provokant. Aber wie immer war Anna nicht neugierig, biß nicht an. »Eine Beziehung anzufangen, um dann zu versuchen, den anderen zu ändern, ist merkwürdig«, sagte sie, »das habe ich noch nie verstanden.«

»Aber ihr seid doch zusammen?« fragt Agnar bei Papas Geburtstagsessen.

Ich habe seine Anwesenheit kaum bemerkt, obwohl er mit

seinen fast zwei Metern und Gliedmaßen, deren Steuerung er noch nicht beherrscht, übermäßig viel Platz braucht.

»Nein, wir sind nicht zusammen, Agnar«, antworte ich, komme Anna zuvor. »Wir sind nur Freunde.«

»Verstehe«, sagt Agnar und lacht. »Nur Freunde.«

Ich vergesse immer, daß er schon sechzehn ist, denn auch wenn er groß ist und sich an seinem Kinn der Schatten beginnenden Bartwuchses zeigt, sehe ich Agnar mehr als Kind – vielleicht weil er und Hedda vorläufig und vielleicht für immer die einzigen Vertreter der nächsten Generation sind. Er hingegen sieht mich mehr als Kumpel, als Verbündeten in der Familie, und ruft mich an, um Rat zu bekommen – bezüglich Mädchen oder Freunden oder Liv und Olaf. »Mama fragt sich, ob du jemals eine Freundin haben wirst«, sagte er vor einer Weile, als er mich besuchte und an der Xbox spielte. »Sie kennt die Antwort«, erwiderte ich, »abgesehen davon stimmt das nicht, ich hatte mehr Beziehungen als deine Mama.« – »Papa meint, das würde nicht zählen, weil du immer mehrere gleichzeitig hast«, sagte Agnar und wagte dabei nicht, mich anzusehen, starrte auf den Bildschirm, offensichtlich neugierig und ein bißchen verlegen. »Das ist halbwegs richtig, allerdings meine ich, daß es genausoviel zählt«, stellte ich fest. Agnar drehte sich zu mir, konnte mir nicht mehr länger etwas vorspielen. »Wie geht das? Ist das erlaubt?« fragte er. »Keiner außer dir und dem Menschen, mit dem du zusammen bist, kann festlegen, ob es erlaubt ist, mehrere Beziehungen gleichzeitig zu haben«, erklärte ich. »Aber werden die nicht kraß sauer auf dich?« fragte er. »Das gehört zu den Sachen, zu denen jeder selbst Stellung beziehen muß, Agnar. Aber schau nur mal, wie viele Paare sich scheiden lassen, schau dir Oma und Opa an, was, glaubst du, ist der Grund dafür?«

Am nächsten Tag rief Olaf bei mir an und bat mich, ganz offenbar im Auftrag von Liv, meine Propaganda nicht Agnar aufzudrängen, der sich jetzt vornahm, seine Freundin abzuservieren, um lieber als freier Mensch zu leben.

»Außerdem bin ich ganz bei Håkon, was seine Theorien und seinen Standpunkt in punkto Beziehung angeht«, erklärt Anna jetzt. »Es ist ziemlich befreiend, jemanden zu treffen, der so ... ja, frei ist.«

»Was meinst du damit?« fragt Liv, Annas Antwort weckt offenbar etwas in ihr, entweder die Erinnerung an meine Propaganda vor Agnar – oder vielleicht das Bedürfnis, sich zu verteidigen.

»Ich dachte, du redest mit ihnen darüber?« fragt Anna vorsichtig mit gedämpfter Stimme.

»Ja klar, entspann dich, alle wissen es, nur hören meine lieben Schwestern nie zu, beziehungsweise nehmen das, was ich sage, nicht ernst«, beruhige ich sie und lächle Ellen und Liv an, wohl wissend, daß sie mir nicht beipflichten, daß sie im Gegenteil sagen würden, ich bekäme in der Familie am meisten Gehör.

»Aber es ist ja nicht so, daß du nicht an Beziehung glaubst«, sagt Olaf.

»Nein, natürlich nicht«, stimme ich zu und weiß nicht, wie ich jetzt weitermachen soll, denn ich möchte nicht, daß Anna Blut leckt, möchte ihr nicht noch mehr Argumente geben, bei denen sie ganz bei mir sein kann, wenn ich doch gerade unsicher werde, wie ich selbst zu ihnen stehe. Und gleichzeitig kann ich nicht von dem abweichen, was ich so viele Jahre vor mir, Ellen, Liv und besonders vor Papa vertreten habe.

In den chaotischen Stunden nach Mamas und Papas Bekanntgabe, sie würden sich scheiden lassen – bevor ich mich sammeln und die Sache in der emotionslosen Erkenntnis, das sei eine völlig natürliche Handlung, verankern konnte –, fühlte ich mich grenzenlos von ihnen verraten. Sie hatten den Vertrag gebrochen, den ich einzuhalten versucht hatte. Ich hatte mich wie ein Sohn verhalten, der verantwortungsvoll war, aber gleichzeitig abhängig von ihrer Fürsorge, sie ihrerseits sollten anerkennende, beschützende Eltern sein. Egal, wie reflektiert und erwachsen ich auch zu Freunden, Kollegen und in meinen Beziehungen bin, verschwindet diese Selbständigkeit beim Aufeinandertreffen mit meiner Familie, dann bin ich automatisch in der Rolle des kleinen Bruders und jüngsten Sohns gefangen, und wenn ich versuche, mich davon freizumachen, wirkt es affektiert und wird wohlwollend ins Lächerliche gezogen, bestenfalls als »süß« angesehen. Daher war es unmöglich, sich dazu zu verhalten, daß Mama und Papa offensichtlich so einfach ihre Rollen verlassen konnten.

Für eine Weile setzte ich alle meine Kräfte ein, um das zu rationalisieren, um das Gefühl zu verdrängen, daß man mir den Boden unter den Füßen weggerissen hatte. »Es ist ganz natürlich«, sagte ich zu Papa, und es half mir, es so oft wie möglich laut auszusprechen. »Der Gedanke, daß du dein ganzes Leben mit Mama zusammenleben würdest, ist absurd«, wiederholte ich ein ums andere Mal. Er und Mama waren früher eher skeptisch gewesen, sie fragten sich, ob meine Lebensphilosophie nicht vielmehr eine Art Rebellion einer aufs Individuum fokussierten Generation war. Aber nach ihrer Trennung wurde ihr Interesse an meinen Theorien größer, und ich übertrieb es bestimmt damit, vor ihnen und mir zu unterstreichen, wie natürlich meine Haltung war, wie ungefährlich und wenig bedrohlich, daß sie nicht meine gesamte Daseinsgrundlage in dieser Welt erschütterte.

Ich kann unmöglich davon abweichen, ich muß zu dem stehen, was ich gesagt habe, muß den ganzen verdammten Sermon ablassen.

»Natürlich glaube ich an Beziehung«, spreche ich weiter. »An gesunde Beziehungen, bei denen wir die Regeln, nach denen sie funktionieren, selbst festgelegt haben, ausgehend davon, was uns glücklich macht.«

»Eine offene Beziehung also?« fragt Liv, anscheinend aufrichtig neugierig, weder provozierend noch selbst provoziert, wirft kurze fragende Blicke in Richtung Anna, als wollte sie mir helfen, ihr etwas klarzumachen, aber ich bin weiterhin der festen Überzeugung, daß es dabei keine Sekunde um Anna geht.

»Ja, so kannst du es nennen, wenn du willst«, sage ich.

»Wie nennst du es denn?« fragt Liv.

Papa, Olaf, Ellen und Anna hören interessiert zu, Papa hat sich zurückgelehnt, als würde er Fußball im Fernsehen sehen.

»Ich nenne es nur Beziehung, nichts weiter«, sage ich. »Es ist nämlich eine Beziehung, sie erfüllt nur nicht die Erwartungen von dir oder der Gesellschaft daran, was dieser Begriff beinhaltet, für mich umfaßt er nun mal etwas anderes.«

»Ja, daß du eine verpflichtende Bindung eingehst, all das Gute erntest, was dazugehört, und gleichzeitig mit anderen schlafen kannst?« fragt Liv unbeschwert und mit neutraler Miene.

»Das ist nicht der springende Punkt«, widerspreche ich, bin es allmählich leid, daß alle es in diese Richtung drehen. »Ich ziele nicht in erster Linie auf sexuelle Freiheit ab.«

»Ach so, dann geht es also nicht darum, Sex in Hülle und Fülle zu haben?« bohrt Liv nach, und jetzt kann ich vielleicht doch etwas anderes, Härteres in ihrer Stimme vernehmen.

»Nein, es geht um die Freiheit zu leben, wie man es möchte, und für sich selbst zu bestimmen, natürlich in Übereinkunft mit seinem Partner«, antworte ich. »Für mich bedeutet es genaugenommen, daß ich mich auf einer intellektuelleren Ebene mit jemandem verbinden kann, ich brauche nicht meine ganze Kraft darauf zu verschwenden, Erwartungen zu erfüllen, die andere an mein Privatleben haben, Erwartungen, aufgrund derer sehr viele Menschen sehr viel Zeit brauchen, um ihre natürlichen Instinkte zu unterdrücken.«

Anna sieht zu uns, nickt mir eifrig zu, ist viel zu sehr meiner Meinung, und ich bereue meine Worte, das Gespräch, insbesondere weil jetzt alle *meine* Instinkte nur nach Anna schreien, danach, sie festzunageln, dieses Wunder, das sie ist, das sie und ich sind, das Sanfte, Spannende, Bedrohliche und Geborgene. Aber die Erkenntnis bringt die Widersprüche in mir hervor, denn im nächsten Augenblick, in die Stille, die rund um den Tisch entstanden ist, spreche ich weiter: »Meiner Ansicht nach sollten alle mehr darüber nachdenken, wie sie sich und ihr Leben einrichten, nach welchen Regeln sie leben.«

»Dann sollen also alle nach ihren eigenen Regeln leben?« fragt Liv.

»Mehr oder weniger«, bestätige ich.

»Okay, hast du über die ganzen Systeme und Regeln nachgedacht, die es faktisch braucht, damit die Gesellschaft funktioniert? Was würde passieren, wenn alle nur täten, was sie wollen, bei Rot über die Kreuzung fahren, keine Steuern zahlen oder gleich gar nicht arbeiten?«

»Ja, aber ich meine doch nicht, daß alles komplett gesetzlos sein soll, und natürlich teile ich deine Meinung, daß es jede Menge grundlegende Strukturen gibt, die ganz ausgezeichnet funktionieren. Ich glaube nur nicht, daß die Ehe eine davon ist und daß in Pflicht und nicht in Lust verankerte Liebe etwas ist, von dem wir uns als moderne, emanzipierte Menschen ... ja, befreien sollten.«

»Ist dir vielleicht einmal in den Sinn gekommen, daß Pflicht und Lust zwei Seiten derselben Medaille sind? Oder daß in einer gesunden Beziehung das eine natürlicherweise das andere hervorbringt?« fragt Liv, ihre Wangen werden rot.

»Ich glaube nicht, daß das gesund ist«, halte ich dagegen und möchte mir am liebsten auf die Zunge beißen, habe mich aber dazu entschieden, die Diskussion zu gewinnen. »Pflicht tötet jegliche Spontanität, Freude und Freiheit, und davon ist jede Beziehung abhängig, um zu überleben.«

Liv starrt mich an. Macht eine kleine Pause.

»Du weißt aber, daß Sartre und Simone de Beauvoir eine *grauenhafte* Beziehung hatten«, sagt sie nach ein paar Sekunden höhnisch mit erhobener Stimme. »Daß alles, worauf deine Theorie basiert, Quatsch ist, de Beauvoir war so eifersüchtig, daß sie keine Ahnung hatte, wohin damit. Sartre wiederum war ein egoistisches Arschloch. Komm mir nicht mit deiner

Grundstudiums-Philosophie und glaube, du könntest sie auf das wirkliche Leben übertragen«, giftet Liv und ist dabei halb von ihrem Stuhl hochgeschnellt.

»Es spielt keine Rolle, was für ein Verhältnis die beiden hatten«, antworte ich, und das stimmt nicht ganz, zeigt sich darin doch eine irgendwie unangenehme Kluft zwischen Theorie und Praxis, aber ich spreche weiter: »Wichtig sind ihre Gedanken, ihre Theorien.«

»Ja, die Theorie, daß man schlafen kann, mit wem man will, ist wirklich bahnbrechend«, kontert Liv verärgert und setzt sich wieder.

Es wird still. Papa scheint sich zu amüsieren. Oder gähnt. Anna hat sich vorgebeugt.

»Unentschieden?« schlage ich vor, wie wir es für gewöhnlich tun, wenn wir eine Diskussion beenden wollen, ohne uns einig geworden zu sein, und diese will ich jetzt wirklich beenden.

Liv lächelt.

»Naja«, sagt sie. »Ein Halb zu Null für mich.«

Anna sieht dennoch stolz aus, als hätte ich einen wichtigen Sieg errungen, ich möchte sie in die Arme nehmen und ihr gleichzeitig eine dafür reinhauen, daß sie mich an allem, woran ich geglaubt habe, wofür ich eingestanden bin, zweifeln läßt.

Denn vor einigen Tagen, am Abend nachdem Anna mit ihren Geräuschen, Gerüchen, Routinen und allem, woran ich mich nach ein paar Stunden schon gewöhnt hatte und wonach ich süchtig war, meine Wohnung eingenommen hatte, saß sie auf dem Sofa und chattete stundenlang mit jemandem auf Facebook. Bei jedem insistierenden leisen Pling am Telefon oder am Computer spürte ich, wie sich mein Körper im unangenehm kleinlichen Drang, Anna für mich haben zu wollen, anspannte, mit der Zeit bekam ich paranoide Gedankensprünge, ohne zu begreifen, wie übertrieben und – ja – paranoid sie waren, stellte mir ihren nackten Körper mit einem anderen vor, und daß diese Szene gerade jetzt hinter diesen Plings mit Worten erzeugt oder geplant wurde: Ich kam immer mehr zu der Überzeugung, daß sie zudem über mich sprachen. Darüber, wie sie mich getäuscht habe, um bei mir wohnen zu dürfen, während ich in meiner blinden Naivität glaubte, sie wäre in mich verliebt.

Ich war von mir selbst überrascht, in welch kurzer Zeit es Körper und Gedanken geschafft hatten, mobil zu machen, als Anna plötzlich ihren Computer zu mir drehte und mir den Chatverlauf zwischen sich und ihrer Schwester zeigte. »Findest du, wir sehen uns ähnlich?« fragte Anna und deutete auf ein Bild. Ich nickte und lachte vor Erleichterung: »Ja, ihr seht total gleich aus«, sagte ich, wollte ihr erzählen, was in der letzten Stunde in meinem Kopf abgelaufen war, wurde aber zum Glück von Mama unterbrochen, die anrief, weil sie wegen der Wanderung mit fremden Leuten über die Hardangervidda nervös war. »Wer geht eigentlich auf solche Touren? Und ist es nicht ziemlich demonstrativ, das ausgerechnet an Sverres Geburtstag zu machen?« fragte sie. »Nein«, antwortete ich auf letzteres, obwohl ich mir nicht ganz sicher war. »Es ist eine Konfrontationstherapie, du sagst doch immer, man muß sich seinen Ängsten stellen.«

Ich sitze nach dem Abendessen auf Papas Balkon, es ist mild und dämmrig. Anna hatte noch eine andere Verabredung, und ich verspürte keine Lust, ohne sie nach Hause zu gehen, umarmte sie beim Abschied einen Augenblick zu lange. »Wir sehen uns doch später«, sagte sie und lachte kurz, als sie sich schließlich aus meinem Griff winden mußte.

»Sie wirkt sehr nett«, sagt Liv, auf einmal steht sie in der Tür, ich weiß nicht, wie lange schon.

»Findest du?« frage ich nach, freue mich.

»Ja, so down to earth und authentisch. Anders«, sagt sie.

Karsten und viele andere wollten oft von mir wissen, wie meine Geschwister und ich erst miteinander diskutieren konnten, und zwar ziemlich heftig, fast schon streitend, und danach miteinander sprechen, als wäre nichts gewesen. Für mich ist das ganz natürlich, und mir ist klargeworden, das liegt sowohl daran, daß wir immer viel diskutiert haben, als auch, daß wir uns alle einander sowieso sicher sind.

»Ja, sie ist ganz anders«, sage ich.

Liv tritt auf den Balkon und setzt sich mir gegenüber an den Tisch. Im Kerzenlicht sieht sie jünger aus, so wie damals, als ich ein Kind war. Bisher habe ich nie darüber nachgedacht, daß sie sich verändert hat, sie sah für mich mein ganzes Leben lang gleich aus.

»Bist du verliebt?« fragt sie, lächelt sanft.

»Ja«, sage ich und schlucke.

»Das sieht man von weitem«, sagt Liv. »Ich habe dich noch nie so gestreßt gesehen wie beim Abendessen.«

Ich antworte nicht.

»Ist es womöglich ein bißchen konfliktgeladen?« fragt Liv.

Ich nicke langsam.

»Es ist nicht verwunderlich, daß du dich jetzt nach etwas zum Festhalten sehnst, Håkon, nachdem alles, was immer sicher für dich war, zusammengebrochen ist«, sagt Liv.

Karsten weicht mit dem Blick nicht von mir. Ich habe im voraus zu ihm gesagt, er solle zu mir schauen, wenn er zu nervös würde, und in meinem Blick die Ruhe wiederfinden. Jetzt starrt er so intensiv auf mich – und nicht auf Cecilie, die in dem weißen Kleid vor ihm steht –, daß ich ihm mit einem leichten Kopfnicken bedeuten muß, er solle sich wieder einkriegen, sonst würden bald alle denken, der Bräutigam möchte am liebsten seinen Trauzeugen heiraten.

Karsten heiratet Cecilie sechs Wochen nach Papas zweiundsiebzigstem Geburtstag. Er hielt vor zwei Jahren um ihre Hand an – was ich noch absurder finde als das Heiraten, ist, zwei oder mehr Jahre lang zu versprechen, daß man jemanden heiraten wird – und fragte mich am Tag nach der Verlobung, ob ich sein Trauzeuge sein wolle. Da war ich gerade von der schicksalhaften Familienreise aus Italien zurückgekommen.

»Schließlich bist du trotz deiner Ehefeindschaft mein bester Freund«, sagte Karsten. »Und ehrlich gesagt wärst du vermutlich beleidigt gewesen, hätte ich dich nicht gefragt, irgendwo hinter deinen ganzen Prinzipien.« Ich lachte. »Ich bin natürlich nicht prinzipiell dagegen, daß *ihr* heiratet«, sagte ich zu ihm und Cecilie, »ich hoffe nur, daß es eure eigene Entscheidung ist.« – »Natürlich ist es unsere Entscheidung«, sagte Cecilie, »ich kann mir nichts Romantischeres vorstellen, als unseren Freunden und meiner Familie zu zeigen, daß ich mich für Karsten entschieden habe, daß wir uns einander verpflichten.« Ich legte nach: »Alle sagen, es sei so romantisch, sich einander zu verpflichten, warum ist es das – mal abgesehen davon, daß euch jemand beigebracht hat, etwas zu opfern, zu entsagen wäre *romantisch?*« Cecilie war beleidigt. »Was ist dann für dich romantisch, Håkon? Mit so vielen wie möglich zu schlafen?«

»Nein, für mich ist das Romantischste überhaupt, mit jemandem in völliger Freiheit zusammenzuleben, und daß sich dieser Mensch dafür entscheidet, seine Zeit mit mir zu verbringen, weil er *möchte* – mit Leib und Seele, nicht weil er sich vor zwanzig Jahren vor jemandem oder etwas, an das er nicht einmal glaubt, verpflichtet hat. Daß ich nicht lache! Ich fasse es nicht, daß ein moderner Mensch sich freiwillig für etwas so Rückschrittliches entscheiden kann, das auch noch – egal ob bürgerlich oder christlich – in einer fundamental frauenunterdrückenden Tradition begründet liegt«, fuhr ich fort, konnte nicht aufhören. »Tollen Trauzeugen hast du dir da gesucht, Karsten«, sagte Cecilie und rauschte ab.

Ich mußte Karsten versprechen, derlei Ausbrüche bis zur Hochzeit einzuschränken, wenn ich die Rolle als Trauzeuge behalten wollte. »Sie hat doch gefragt«, protestierte ich schmollend, aber mit einem leicht schalen Beigeschmack im Mund ob meines offensichtlichen Geltungsbedürfnisses.

Mama und Papa, die für Karsten wie Ersatzeltern sind, seit er als Vierjähriger in unseren Garten und in mein Leben geradelt ist, sitzen in der Kirche in der dritten Reihe. Mama hat auf der Hardangervidda keinen nennenswerten Kandidaten getroffen und wirkt darüber eigentlich vor allem erleichtert. »Männer machen sowieso zuviel Scherereien«, sagte sie ein paar Tage nach ihrer Rückkehr. »Wenn man in ein gewisses Alter gekommen ist, hat man sich einfach viele Gewohnheiten zugelegt«, setzte sie etwas defensiv hinzu, während sie der neuen Jahreszeit gemäß ihr Bücherregal umdekorierte. »Und die Fähigkeit zur Veränderung ist wohl entsprechend begrenzt«, sagte ich und lachte. »Tja, es ist toll, sich nicht ändern zu müssen«, antwortete sie. »Eigentlich ist es ziemlich schön, daß ich endlich nur ich sein kann, nicht ständig Ehefrau oder Mutter, und versteh mich jetzt bitte nicht falsch ...« – »Ich verstehe dich nicht falsch.« Ich begriff genau, was sie meinte. »Das gelingt wohl in keiner Familie, daß man einander ganz klar sieht, jenseits der Schleier, die das Verhältnis zueinander erzeugt«, sagte ich. »Und daran ist nichts Falsches«, bestätigte Mama, »so muß es selbstverständlich sein, aber damit ist noch nicht gesagt, daß es nicht womöglich ein befreiendes Gefühl ist, da rauszutreten, zu erkennen, was man eigentlich selbst ist, ganz für sich.«

Neben Mama sitzt Anna und strahlt in einem hellgelben Seidenkleid mit dünnen Trägern, die sich über ihrem braunen Rücken, den man einfach anfassen *muß*, kreuzen. »Willst du mein unseriöses Date bei Karstens Hochzeit sein?« fragte ich sie vor ein paar Tagen. Da war die Diskussion mit Liv an Papas Geburtstag ein paar Wochen her, und wir hatten nicht noch einmal über die Diskussion oder über uns geredet. Als ihr Bad fertig war, zog sie in ihre Wohnung zurück, und meine Wohnung fühlte sich mit einemmal leer an, weniger als je zuvor wie ein Zuhause, ohne Anna. Wir waren weiterhin viel zusammen, aber meist bei ihr, und ich deutete das Schweigen rund um dieses Thema als positiv: Alles war gut, nichts drängte, und ich konnte mit der Unseriosität rumwitzeln, wenn es um etwas wie beispielsweise Karstens Hochzeit ging. Sie brauchte ein bißchen länger, um zu antworten, als ich mir vorgestellt hatte, ich dachte, sie würde mehr lachen, vielleicht sagen: »Ja, solange es ein unseriöses Date ist« – aber Anna lächelte nur zögernd und fragte, wann das sei. »Samstag in zwei Wochen«, sagte ich. »Ja, das paßt, glaub ich«, antwortete sie.

Ich war eigentlich gern in Kirchen, obwohl ich fast alles, was mit Religion zu tun hat, verabscheue, irgend etwas an dem Raum und der Akustik ist beruhigend. Karsten hat sich ebenfalls beruhigt, sein Blick ruht auf Cecilie, als der Priester ihn fragt, ob er, vor Gott und uns anderen Zeugen, Cecilie zu seiner Frau nehmen, ob er sie lieben und ehren wolle, ihr treu sein, bis daß der Tod sie scheidet. Karsten antwortet mit einem lauten und deutlichen »Ja«. Beide lächeln sich so breit, glücklich, erleichtert und zärtlich an, als der Priester sie zu rechtmäßigen Eheleuten erklärt, daß ich trotz meines hart erarbeiteten Widerwillens, trotz der in den Worten des Priesters liegenden Provokation, die aufsteigenden Tränen wegblinzeln muß. Ich bin ohne Filter einfach gerührt von diesem Augenblick.

Höre Mamas unverkennbares pfeifendes Schniefen aus der dritten Reihe, und aus dem Augenwinkel sehe ich, daß sie und Papa rote Wangen und feuchte Augen haben. Nur Anna scheint unberührt zu sein, aber sie kennt Karsten ja auch nicht, denke ich, und für ein paar Sekunden dürfen meine Gedanken bei der Vorstellung von Anna in einem weißen Kleid verweilen, die mich ebenso innig und glücklich küßt wie Cecilie jetzt Karsten: Sie will ihn nicht loslassen, macht eine Nummer daraus, hält ihn fest, und Karsten hebt gespielt hilflos die Hände – sie lachen Mund an Mund unter dem lauten Applaus der Gäste.

Ich habe lange über der Rede für Karsten gebrütet. Bin sogar bei Ellen zu Kreuze gekrochen, um sie um Hilfe zu bitten – habe sie mein Elaborat lesen lassen und dann den Entwurf, an dem ich monatelang geschrieben hatte, verworfen. »Die Rede ist voll mit deinen Vorbehalten, es ist mehr als offensichtlich, daß du neidisch bist«, eröffnete Ellen, als sie anrief, um mir Rückmeldung zu geben. »Neidisch?« platzte ich heraus. »Entweder das, oder du weißt nicht, was du sagen sollst«, sagte Ellen entwaffnend. »Ihr seid euch da ganz ähnlich, du und Liv, wenn ihr nicht wißt, was ihr sagen sollt, dann redet ihr über euch. Diese Rede ist über Karsten, oder? Und über die Frau, die seine Frau werden wird. Du mußt aufrichtig sein. Kannst du nichts Aufrichtiges über die Ehe sagen, dann sag etwas über das, worüber du tatsächlich etwas sagen *kannst*, zu dem du eine Meinung hast, und dann machst du alles an Karsten fest. Nicht an dir selbst.«

Alle Worte, die ich hier und jetzt zu Karsten sage, über Liebe, über das Gefühl von Verbundenheit und Geborgenheit sind an mir festgemacht, und an Anna. Während der gesamten Ausarbeitung dieser Rede hatte ich sie vor Augen, daß sie sie hören wird, fühlen, daß ich ihr kurze Blicke zuwerfen werde, einverständige und bedeutungsvolle. Aber Anna sieht noch immer unberührt aus, sie lächelt mir begeistert zu, lacht an den richtigen Stellen, aber es ist weithin zu sehen, daß sie nicht versteht, wie sehr es um sie geht, um mich, um uns.

Meine rechte Hand auf Annas nacktem Rücken, unter der Haut die Muskeln und Wirbel, ihr Atmen in meinem Ohr, ihre schlanken kalten Finger in meiner linken Hand, der glatte Stoff über ihrem Bauch und ihren Hüften. Ich werde aufs neue überwältigt, drücke sie eng an mich, bemerke die anderen auf dem Tanzparkett nicht. »Wir sind wie *ein* Mensch, wir sind eins«, möchte ich ihr am liebsten ins Ohr flüstern, allein bei dem Gedanken zittert meine Hand von der Fallhöhe, die sich jetzt vor mir auftut, wie innig und echt ich sie haben will, ich möchte mich nicht sehnen, möchte nicht vermissen, möchte nicht bangen – ich möchte nur haben.

»Wir waren uns doch darin einig, daß wir ehrlich sein wollten«, sagt Anna und wirkt von meiner Reaktion ernsthaft überrascht. »Und das Ganze unseriös halten.«

Ich kann nicht antworten. Ich stelle mir vor, wie ich meine Hände um seinen Hals lege, zudrücke, die Adern an seinem Hals treten hervor, sein Blick, der begierig über Annas nackten Körper gewandert ist, wird trübe. Sein Körper spannt sich aufgrund des Sauerstoffmangels an, dann gibt er den Widerstand auf, er stirbt zwischen meinen Händen.

»Håkon?«

»Ist okay«, sage ich schließlich und schlucke.

»Aber ich möchte dich weiter treffen«, sagt Anna. »Wir haben es so gut miteinander.«

»Nur nicht gut genug?« frage ich, kann nicht anders, verschränke die Arme über der Brust, rechts über links, über dem Herzen.

»Mehr als gut genug«, sagt Anna und legt mir freundschaft-